二嫁得好 3

文創風 392

小餅乾 著

目錄

第四十二章　洞房

「一拜天地，二拜高堂，夫妻交拜，齊入洞房。」

好不容易完成儀式後，田慧由潘喜娘扶著往新房裡去。

秦氏已經搬出了正房，把那間正房讓出來，搬到原先田慧住的那間屋子去了，陪著圓子哥兒倆住。

用秦氏的話說，就是享享天倫之樂。

田慧端正地坐在床上，只是屁股下磕得慌，不知道是花生還是啥的，坐滿一屁股，也不知道這床上，有多少「早生貴子」。

「新娘子，妳先坐會兒，冬子一會兒就過來了。我家老爺是冬子的同僚，擔著衙門裡縣尉一職。」

田慧辨別傳來聲音的方向，大抵是在正前方靠左一些，聽著聲音應該是離自己不遠。

田慧衝著那個方向，微微地點頭。

「這嫁衣還真是精緻，好像是兩層的，一層綢緞、一層紗，難怪剛剛在外頭瞧著，好像都要隨著風飛起來了。」

「咱鎮上也不曾見過吧？」

「回頭問問新娘子，我家還有個小妹才剛剛訂了親，前些日子還說怎麼嫁衣都這般枯燥呢！」

田慧聽著一屋子的女人對著她評頭論足，幸虧她頭上遮著紅蓋頭，雙眼骨溜溜地轉著，只見滿目的紅。

「新郎官來了！趕緊讓讓，讓咱看看新娘子長啥模樣了。」這屋子裡的好些人都是衙門裡楊立冬同僚的夫人。

她們都沒見過田慧此人，只是聽說，滿滿的聽說。

據說，是個傳奇一般的人物。

難怪能將楊立冬迷得七葷八素的，她們之中不少人都試著把自己的閨女或姪女介紹給楊立冬，可全都被拒絕了。

從自家接到喜帖，到成親當天，這才不過幾日而已，婚事辦得有些倉促，因此不少人都在猜測其中的緣由。

掀開蓋頭。屋內一片靜謐。

田慧低著頭，半晌聽不到聲音，悄悄地抬頭，就對上了楊立冬的眼睛，黑幽幽的好像能將人給吸了進去。

田慧心慌地低了頭，屋子裡的人都笑了起來。

依著喜娘的吩咐，兩人喝過交杯酒。

楊立冬朝著一屋子的女人，深深地行了個禮。「各位嫂子，還請外頭吃酒去吧——」

知縣夫人噗哧一聲，樂了。「楊將軍這是著急了，生怕咱們吵著新娘子，咱們就出去吧，讓這小倆口也說會兒話。」
「慧娘，過來！」楊立冬在桌子旁坐下，招呼著田慧過來吃點兒東西。
田慧原本還有些拘謹，但是看著楊立冬跟個沒事人似的，拿著筷子挾了一粒花生扔到嘴裡，慢慢地嚼著。
田慧站起身子，左右扭了扭腰，脖子轉轉——
「妳這是做啥？」楊立冬看著田慧古怪的姿勢，韌性倒是挺好的。
「為了我一世的安寧，我這臀部沾著轎子就是一動都不敢動。你再看看這床，棗子、花生、桂圓、蓮子——我這屁股硬生生地坐在這上頭，一動都不敢動。」田慧想起這萬惡的床，看著自己坐過的地方，暗恨自己怎就不機靈些。
楊立冬起身，走到田慧的身旁。「那就先把床鋪給整理了，一會兒吃了東西，妳換了衣裳就先睡吧。」
楊立冬動作熟練地將東西撥到一處，又找了塊布，將東西都給包了起來。
田慧無用武之地。
「愣著做啥？趕緊把床鋪撣撣乾淨了。」
「哦哦——」
背著田慧，楊立冬忍不住扯了扯嘴角，無聲地笑著，待對著田慧的時候，又是一番若無其事的模樣。
「慧娘，過來吃點兒東西，這是娘特意讓廚房準備的。」楊立冬指著碗裡的菜，還有一碗熱騰騰的鹹肉粥。

田慧想也不想地撲到了桌邊，很準確地站定位置，挨著楊立冬就坐下了，因為屋子裡就兩把並排的椅子。

田慧捧著粥碗。「若是弄髒了嫁衣，可怎麼辦？」她猶豫了半晌，還是沒敢下口喝粥。

「我幫妳把紅嫁衣給脫去吧，若是弄髒，那真的是可惜了——回頭放在箱底吧，可得好好存著。」楊立冬站起身子，親自給田慧更衣。

田慧順從地聽著楊立冬的吩咐，伸手脫衣。

待得他看見田慧脫完了一件嫁衣，裡面卻又有一件紅色的！

心塞！

「妳這是穿了幾件衣裳呢？」楊立冬有些抓狂，田慧抽空，比劃了個「五」。

楊立冬認命地陪著田慧喝粥、吃菜。

「喝點兒大骨頭湯吧，這可是燉了一日的。」楊立冬伸手給田慧舀了一碗湯，放在田慧的跟前。

嘔——

「這是咋了？哪兒不舒服？」楊立冬緊張地拍著田慧的背。

田慧忙將大骨頭湯給挪遠了一些。「可能一日沒吃啥東西的緣故，又坐在轎子裡被顛得難受，我吃點兒鹹肉粥就挺好的，再吃點兒小菜。」

田慧將油膩膩的肉都給推遠了，就挾了幾口酸菜吃吃。

楊立冬看得著急。「這不吃東西，哪兒有力氣呢？我去讓廚房下點兒麵條，就用酸菜下麵，只放點兒肉，保證不油膩。」

不一會兒，楊立冬就端回了一碗酸菜雞絲麵，還有一些開胃小菜。

田慧忍不住咽了咽唾沫，還不等楊立冬招呼，就開吃了。

楊立冬就在一旁說著話。「一會兒我還得出去，妳先睡，若是睡不著，讓圓子團子來陪妳說說話吧。咱自家府上招待的客人都是衙門裡的，還有就是南下鎮有頭有臉的人家。其他的都放在酒樓裡，村子裡的，也都是在酒樓裡。這菜是半點兒不差的，有酒有肉，妳就放心吧——」

說起楊家村，田慧就想起了。「阿土的奶奶和阿土的二嬸這一家子真的沒請嗎？」

「哪能呢？都是一個村子裡的，里正又在一旁說和，大喜的日子也不想讓人在背後說道。」

田慧點點頭，對於她來說都是一樣，反正她一個都見不著。

錢氏一家子和阿土娘都留了下來，幫著田慧收拾乾淨了才去坐席。

「可是多虧了妳們幾人，這一大攤子的事兒，真是生怕漏著啥事兒了。」秦氏早就累癱了，躲在新房裡捶著腿兒，兩眼不斷地打量著田慧。

平日裡怎就沒瞧出來，慧娘長得其實挺好的哇，也是，圓子團子就長得挺不賴的！

一想到未來，自己一排兒一溜兒的孫兒都長得好看，秦氏就忍不住偷樂。

幾人又說了一會兒話。

「娘，我還得去一趟酒樓。錢嬸她們都累壞了，就在這邊歇息便好，都已經安排好了。」楊立冬喝了一圈兒，就打算去酒樓那兒招呼一下。

速戰速決！秦氏捶著腿，站起來。「那就趕緊吧，再弄下去天都黑了。」

錢氏幾人被安排去坐席了。

圓子領著幾個小的，光明正大地走了進來。

「娘，要不要吃點啥？」團子一腳邁進屋子，就急吼吼地大聲道。

田慧很想說點兒自己不是飯桶啥的話，不過看在兒子這般孝順的分兒上，她就不計較了。她想著這是因為自己被餓了一天，兒子心裡頭不舒服著呢。

「娘，冬子叔說了，我們得叫他爹——還有，我們的學名一直都沒有，也得取了，冬子叔讓娘想想，回頭再跟先生商量商量。」團子有好多問題要問，他自然是懂得他娘嫁人的事兒，只是不知道，會不會跟原先一道兒過日子的生活有差別。

當初書院裡的同窗紛紛給團子出主意，至於圓子，則在一旁看著書呢！

都是十歲左右的小娃子，正是活潑好動，鬼主意多的年紀。

「你娘要嫁給那個天天給你送飯的鴨子叔啊？」因為楊立冬時常給團子他們加菜，而且大多是一品樓的雞鴨，故而，楊立冬在書院的同窗中，就有了一個響亮亮的名號，鴨子叔！

「團子，你不高興嗎？我看你家的鴨子叔挺好的啊，又不摳門，還捨得給你們加菜。」

團子搖頭。「鴨子叔，不，冬子叔挺好的！」

「不過，也不知道後爹會不會對小孩子不好——」

繼而，一群孩子們對這個後爹展開了深刻的討論，根據「後娘」的暴虐傳言，大抵這後爹也是好不了的。總之，團子很忐忑。

尤其，楊立冬還是上過戰場的「後爹」，那收拾小孩兒是不是一個一個的特別順手？

「娘，別搭理團子，這事兒咱過幾日慢慢說。」圓子瞪了眼不識趣的團子，團子踢著腳尖，眼睛泛酸。

田慧自然是看出團子的反常。「這是咋的，怎就鬧彆扭了呢？」

「娘——哥哥欺負人——」團子也說不上來圓子到底咋對他了，因為根本就沒對他怎樣，就是稍稍地瞪了他一眼而已。

圓子哪肯依，他自己心裡頭也正忐忑著呢，偏偏團子還亂告狀！

「我哪兒欺負你了？你就哄著娘偏著你！」唉喲，這是槓上了！

田慧哄完這個哄那個，屋子裡亂成一團。

一一是無條件地幫著圓子。「團子哥哥，你別欺負圓子哥哥，圓子哥哥對你最好了。對我都沒那麼好，我上回都被他罵哭了……」一一顯然還記著上回給圓子暖床，被圓子給弄哭了。

田慧也知道圓子是最疼團子的，只是沒想這會兒兩人竟吵架了，還是當著她的面。

「娘，我不管，哥哥他不疼我了，他剛剛瞪我，還讓娘別理我。」團子撲進田慧的懷裡，就是不肯出來。

「團子，咱不能不講理啊，平日裡你哥哥對你多好，就是一一那麼小也知道，你還能不知道？」

團子默不作聲。

「圓子，跟娘說說，這你們倆到底是咋回事兒呢？」田慧也知道根本不能期待團子這小子能說清楚。

圓子搖頭。

「嬸子，我知道，就是團子哥哥欺負圓子哥哥，圓子哥哥說今兒個是您的好日子，不能吵、不能發脾氣，團子哥哥不依。」一一搶答道。

「妳就幫著妳圓子哥哥吧，想給我哥哥做小媳婦，我告訴妳不可能！我是不會認妳做大嫂的！」

團子氣沖沖地衝著一一道，吼得一一哇哇直哭。

田慧也管不了團子了，抱起一一。「團子，怎麼跟妹妹說話呢，一一還小，你是個哥哥，就要跟圓子一樣，做哥哥的就要有哥哥的樣兒。」

團子癟著嘴，默默地在那兒掉眼淚。

等楊立冬和秦氏兩人回來的時候，被屋子裡亂作一團的情況給嚇到了。

秦氏拉著噘著嘴的圓子，小聲地問道：「咋的？這是你娘大喜的日子，這做啥哭成一團了？」

圓子看了眼站在那兒的楊立冬，目光關切地看著田慧。

團子又搶先告狀了一番，不忘添油加醋。

圓子本就有些羞愧，只是，看著人都哄團子，忍不住大吼一聲。「團子就怕這個爹跟別人家的後娘似的！」

搞了半天，原來是鬧小情緒了？

團子支支吾吾的，更加不願意從田慧的懷裡出來，悶聲悶氣道：「本來就是！今天他們都不給我娘吃的，要不是我跟哥哥給送了一碗肉包湯圓，我娘一整天就得餓著了，連我娘都會餓著，我跟哥哥還不得受苦？」

聽這話裡頭的意思，哥兒倆是和好了？

「你們給你娘送了一碗肉包湯圓？你娘吃了？」秦氏不死心地問道，看著田慧低著頭不搭話，就知道這應該是實情了。

團子乾脆地抹了一把淚，從田慧懷裡伸出頭來。「不吃還不得餓死啊，那轎子顛的，這吃進去都快吐出來了，這沒吃的，還不得將膽汁都吐出來！那些人盯著我娘，不許我娘吃早飯，中飯也不許，就拿了塊小點心捏了一點點給我娘吃，哼！」

圓子低頭不語，裝作他根本就不是和團子一夥兒的。沒法子了，本來說好了是偷偷給娘吃的，這一日都沒過去，就全部給倒出來了！

楊立冬並不知道田慧一整日沒東西吃。「娘，做啥不給東西吃呢？這人餓著哪有力氣！」他現在很關心田慧有沒有力氣。

「這新娘子都是如此的，不單單慧娘這樣子。就是以前，我嫁人的時候，人生地不熟的，從黃昏迎親開始就不能小解，一直到了夜間，賓客都散了，才能沐浴更衣，才能小解……

「好了，都去吃點兒夜宵吧，也哭累了。若是你們爹對團子圓子不好的話，奶奶頭一個揍他！」秦氏一手拉一個，還抽出手來，拍打了下楊立冬的胳膊。

看著窩在田慧懷裡哭到睡著的一一，秦氏伸手抱著一一，讓圓子哥兒倆跟上。

團子抽著鼻子跟著秦氏一道兒出去了，圓子早就巴不得出去了，跟著團子丟人丟大了。

「慧娘，我對圓子哥兒倆定然會好的，跟親兒子一樣，妳就放心吧。」楊立冬順勢坐在田慧的身旁，這床沿本只坐著田慧一人，所以她大剌剌地坐在了中間。楊立冬這體格，坐了下去，就顯得有些擠了，田慧盤算是否該往邊上挪一挪，還是將這床讓給他。

田慧拘謹地點頭，心裡想著——能不能不要在我手心手背畫圈圈了，你這是啥意思咧？

「既然慧娘信我，為何不跟圓子哥兒倆說說？」楊立冬不急不緩地問道。

田慧僵硬地試著抽回自己的手，扯、拉、拔，紋絲不動。

「呵呵——你不去外頭看看？好像，賓客還喝著吧？」田慧生硬地轉移話題。

楊立冬點點頭，手裡的小動作不停，估摸著以田慧的功力，快扛不住了，又狠狠地摸了一把。

「那妳就先睡吧，外頭應該會鬧得挺晚的。若是一會兒我回來的時候，妳還沒有睡著，我再給妳帶點兒點心，肉包湯圓還要嗎？」

楊立冬沒忽視田慧狠狠地咽了下口水，笑得那個真。

「嗯，那我就先睡了。」田慧實在是不好意思被人當成個飯桶一般對待。

楊立冬起身，很貼心地關好門。

楊立冬喝了好些酒，等回來的時候，田慧已經睡下了。楊立冬還特意讓廚房留了些肉包湯圓，沒想他回來時，這人已經睡著了。

看田慧睡得正香，楊立冬玩興大起，一骨碌地鑽進被窩裡，呵了呵手，還是有點兒冷。

他小心地摸上田慧的身子，只是這手感，有些不對，不死心地又摸了摸，確實不對啊。他撩開被子，怎還穿著衣裳睡呢？

楊立冬小心地將田慧的衣裳繫帶給解了，摸著田慧的肚子，這才叫做「肉」。

田慧正在作夢。她大口地吃著肉包湯圓，湯圓皮薄肉多，還加了蝦仁，很鮮很有肉味兒。

可她「啊嗚」咬了一大口後，這天兒怎的突然黑了，黑壓壓的，讓人喘不過氣兒來。

「怎就下起雨來了，我的湯圓還沒吃完呢，要不，讓我吃完了再下雨？」田慧小聲打著商量。

這雨下了起來，只是感覺怪怪的，好像自己整個人都給泡在了水裡，濕答答的。

唔——

「慧娘，妳醒了？」楊立冬啞著嗓子道。

「你在這兒做啥，被孀子看見就要命了！」田慧剛剛睜開眼睛就被壓在自己身上的楊立冬給嚇了一跳，伸手推他。

楊立冬早就紅了眼，呼吸微重。「慧娘，妳忘記今日是咱大喜的日子嗎？該罰！」說完，低頭就吻了上去。

田慧有些反應不過來，楊立冬吻了一會兒，田慧仍是有些在狀況外，楊立冬的手一路下移，狠狠地捏了下田慧的屁股。「親我！」

「不、不，冬子哥，你先下去，我有事兒跟你說……」田慧急道。

「叫相公。」楊立冬又捏了下她的屁股，握在手掌心，軟軟的。楊立冬又忍不住捏了下。

田慧刻意忽視楊立冬支起帳篷頂在自己的那兒，雙手抵在楊立冬的胸口。「冬子哥，你是喝醉了吧？」

「叫相公！」

楊立冬好像發現了什麼，往下移動，坐在田慧的腿上，撫上田慧的腰，輕輕地來回撫摸著，粗糙的雙手碰著光滑的肌膚，田慧抑制不住地顫慄。

「冬子哥，我冷，能不能把被子給我？」跟個醉漢最沒法商量了！

「叫相公——」

楊立冬的手不斷上移，肉包包——一手握住，勉強只能握住，軟軟的。

「冬子——哥，疼……」田慧倒抽一口氣。

「叫相公，乖——叫相公——」

田慧一度懷疑楊立冬這是裝的，只是，楊立冬眼神有些迷離，眼裡的火好似要竄了出來。

拉上被子，楊立冬對著田慧的那一對肉包包奮鬥起來，又捏又揉。

「唔……」田慧抑制不住往後仰，用手遮住那凸起的一雙小包子，楊立冬哪肯依了，這可是到了嘴的肉。

楊立冬張嘴含住那晃動著的紅梅，一陣舔咬吮吸，另一隻手則握住另一只小包子，捏出各種形狀。

他抬頭從被子的縫隙中看著田慧痛苦的神情，輕輕地小咬了一口。

「嗯……」田慧悶聲叫了出來。

楊立冬喘著粗氣輕啄了一下田慧的小嘴兒，灼熱的氣息呼上田慧的臉，讓她有些臉紅發熱。

楊立冬動手褪了田慧的裡衣、肚兜，衣裳全褪。

田慧環抱著胳膊，看著楊立冬坐在自己的腿上，將身上的衣裳一件件地褪去，露出精壯的身體，身下那傢伙隨著楊立冬的動作，一抽一抽的。

「慧娘——」

田慧一絲不掛地被楊立冬緊緊抱住，那根火熱的傢伙直直地頂在柔軟敏感的黑森林外。

楊立冬親吻著，田慧想閃躲，一手卻被楊立冬圈著，楊立冬吸著田慧的舌頭，又放開，追著玩兒。

一手摸索著向下，來到了那片神秘的黑森林，田慧驀地收緊雙腿，楊立冬哪會讓她如意。

「寶貝，乖——妳想我了，妳的相公——」

楊立冬用大掌摩挲著那片黑森林，察覺到洞口已經濡濕，楊立冬分開田慧的大腿，一挺身就將自己粗壯的棒子插入幽深的花徑中。

啪啪啪！楊立冬伸手拍了拍田慧的屁股。

「寶貝，放鬆放鬆，我快被妳夾斷了……」

田慧猛地感到下身被火熱粗壯的異物侵入，身子被撐開的感覺，讓田慧不由自主地夾緊了。

楊立冬心有難耐，還是貼心地等田慧適應自己的存在。「別咬著唇，喊出聲來，親我，乖，放鬆——」

楊立冬誘哄著田慧，伸出舌頭舔著田慧的紅唇，趁虛而入。

等田慧稍稍放鬆了些，回應了楊立冬的吻，楊立冬這才敢抽動一下。

「唔——」被楊立冬吻著的嘴裡，逸出了一聲低低的呻吟。

「寶寶，妳可真是敏感。」楊立冬吸著氣兒，讚美道。

隨著一次次的衝撞，田慧只覺得那根粗壯的棒子擠開緊鎖的火熱肉壁，越插越狠，那黝黑的棒子好似在肉壁中也堅挺了不少，越插越深，緊脹感越來越強烈。

實在是酥麻難耐，田慧的小嘴中，情不自禁地嬌哼連連。

「磨人的小妖精——」

楊立冬用力一挺身，壯碩的棒子在嬌小嫩滑的洞口進進出出，一頂到底，不斷地撞擊著田慧最深處的稚嫩花心。

一陣陣酥軟微麻的極致快感讓田慧不自覺地抬腰，迎合著楊立冬的抽送。

楊立冬好似得了最好的鼓舞，更加用力地衝刺著，一下下，直要頂到花心才算罷了。

田慧兩隻手攀著楊立冬的肩膀，小聲地哀求著。「冬子——哥，唔——輕——輕點兒！我——啊——受不住——」

「喜歡不？寶寶，喜歡不？叫相公，我就饒了妳——」楊立冬啞著聲兒蠱惑道。

「相公——相公——輕——點兒——」

楊立冬眼前一亮，用力一頂！

最深處被楊立冬撞擊著，田慧呼吸一窒，強烈的快感讓她呻吟出聲。

「寶寶，叫我、叫我相公——」

在楊立冬飛快的抽送下，田慧已經不知道自己身在何處。

「相公——相公——」田慧乖巧地輕聲喚著楊立冬，夾雜著急促的嬌吟聲。

「啊——我、不行了——快——走開——」田慧掙扎著想離開。

楊立冬哪會讓到嘴的肉給逃脫，他緊緊地握著田慧的腰身，將田慧的雙腿架在自己的肩膀上，下身不斷深深地進攻著。

汗水淋漓。

隨著一聲拖著長音的尖叫。「啊——」田慧渾身緊繃，嬌嫩的花徑猛然收縮。

楊立冬倒吸一口氣，猛地抽送了幾下，直抵花心，一股熱流噴灑出來。

運動了一番過後，楊立冬壓在還在嬌喘的田慧身上，一隻手還不老實地搭在小包子上。

「寶寶，舒服不？」楊立冬厚著臉皮道。

「下去，快壓死我了。」田慧一根手指頭都懶得動了。

楊立冬重重地「啵」了一口，才翻身從田慧的身上下來，這酒也醒了大半。

楊立冬心滿意足地摟著田慧，小聲地討好道：「餓了嗎？我之前特意讓廚房留了火。若是餓了，我就給妳下湯圓去。」

田慧搖搖頭。「累——不想吃——」

楊立冬一隻手對著白胖的包子揉揉捏捏，一手被田慧推開。「走開！」

楊立冬吃飽饜足，只是心裡頭還是蠢蠢欲動，嘿嘿地衝著田慧傻笑。

「娘子——」楊立冬火熱地盯著田慧，恨不得將她揉進身體裡。

田慧一點點地感受著他的小兄弟又要甦醒，討饒道：「相公，咱來日方長，是不？我已經累了一晚上加一天了，相公你就饒了我吧！」

田慧低低地撒嬌道，企圖挽回楊立冬的「愛心」。

「乖，睡吧！」楊立冬自打見著田慧的第一日起，哪有見過如此的田慧，渾身懶懶的，嬌喘過後的嗓音帶著一絲滿足，這大大地滿足了楊立冬。

秦氏看著緊閉的房門，瞇著眼直樂呵。

第四十三章　敬茶

田慧渾身如同散了架。

田慧聽著動靜，試著抬了抬腿，剛想轉身，就被楊立冬連人帶著被子給抱住了。

「楊立冬，你讓開些，這天兒都大亮了，娘還等著敬茶呢！」

楊立冬慵懶地抱著田慧，就是不鬆開。「我還想抱著娘子睡會——」

還不待楊立冬說完，田慧一挺身，就坐了起來。「啊——色狼，閉上眼睛，你盯著哪兒看？」

又是一番吵鬧中，田慧才算是穿齊了衣裳。

「娘子，妳穿紅色真好看，不穿更好看。」

「趕緊起來打水去！」田慧暴喝。

楊立冬得令，嘻嘻哈哈地起來了，昨晚吃飽饜足，幹勁十足，幾下就套了衣衫。

「等等，穿這件新的吧！」田慧說道。

南下鎮講究，新婚三日穿新衣，日日新衣，日日喜氣。

「有媳婦的日子就是美好，吃穿不愁咯——」楊立冬滿足地就著田慧的手，穿了新衣。

之後，田慧終於吃上想了念了一晚上的肉包湯圓，她細嚼慢嚥，不時喝口湯。

楊立冬已經喝了一碗粥，並著一碗肉包湯圓。

「娘子，外頭一群人等著妳去敬茶呢，妳這般吃法，怕是不大妥當吧？」楊立冬小聲地提醒著。

田慧滿足地喝了一口湯，福嬸很是貼心地在湯中加了蝦皮、雞蛋絲兒，這舌頭都給鮮掉了。

說起這蝦皮，還是楊立冬不知道從哪兒給弄來的，南下鎮靠著的也是康河，離海邊可遠著呢。不過，這蝦皮聞著有股腥味兒，鹹鹹的，是正宗的海裡蝦曬乾的。

田慧最喜歡這些海產品了，只是楊家人都吃不慣。後來，有一次田慧弄了一點點兒的蝦米給磨成了粉狀調味，那日的菜便格外鮮美。可不管別人怎麼問，田慧都不肯說，這是小蝦米的功勞。笑話，偶爾吃個一回就成了，若是其他人老是惦記著，那自己還不沒得吃了……

楊立冬又暗示地催促了一聲。

「急啥呢，反正都這麼晚了，已經被人說道了，我這會兒急巴巴地趕出去有啥用，早飯吃不好，還得被人說，倒不如現在這樣子，吃得舒暢。讓他們多等一會兒，我這心裡頭也能好受些——你不要跟我說，他們沒說我啊，我還真不信了！」

楊立冬也不知道田慧這是哪兒來的歪理，不過竟是無言以對。

偏偏他娘剛剛還拉著田慧，千叮嚀萬囑咐，讓她別著急，先吃好了要緊。

因為秦氏跟田慧住得久了，知道田慧一向是早飯若是吃得不大美好，這一日的心情也會不大美妙。

終於吃飽，兩人到大廳敬茶。

「娘，兒子把媳婦給娶回來了。」楊立冬跪在蒲團上，由著福嬸端著托盤遞給田慧。

「娘，請喝茶。」田慧跪在蒲團上，雙手捧著茶盞。

秦氏連說幾個好。「趕緊起來、趕緊起來，這麼冷的天兒，膝蓋怎受得了！」

「娘就是心疼兒媳婦！慧娘，我扶妳起來吧。」楊立冬伸手去扶田慧，田慧只是揚著笑，等著秦氏象徵性地喝了一口茶。

「這兒媳婦茶就是好喝，我可是盼了二十多年，來，趕緊起來，這是娘給妳的紅包，來年給娘生個大胖孫子！」秦氏也沒啥可以教導的。

林氏看著托盤裡放著一對金簪子，成色頗新，只是這樣子瞧著她都覺得自己能眼冒金光。

田慧孝敬的是自己親手做的棉襪子，針腳還算是平整，只是跟做慣繡活的自然無法比。不過雖說只是一雙棉襪子，秦氏卻好些受寵若驚，撫著那針線，跟一旁的福嬸誇著讚著，田慧都有些聽不大下去了。

「也別跪了，就給妳大伯娘和三叔他們敬茶就成了。」秦氏端著茶盞，又喝上了，這兒媳婦茶，不喝完，實在是有些浪費吶。

秦氏是個實在人，也不想對著田慧擺啥婆婆的架子，一家人和氣最重要。

楊立冬自然是巴不得如此，這麼多年沒回來，自家娘又沒託了這兩家人照顧，別動歪腦筋就算是不錯了。是以，他跟這兩家的關係也就只是面上情。

「是，娘。」田慧乖巧地應了。

劉氏給田慧的見面禮是一對銀的小耳釘。「妳娘也是苦了一輩子，好孩子，往後要好好孝順妳娘。」

「好、好——」楊定銀只準備了一個紅包，就沒有別的話了。

至於林氏，也只是準備了一只鍍銀的鐲子。「我家比不得大嫂他們家寬裕，這鐲子還是我當年的嫁妝。」

「那如何使得，弟妹妳這鐲子應該留著給妳家兒媳婦，或是三柱的媳婦。我家慧娘可要不得，慧娘，記住了！」秦氏一聽這話，就誇張地說道。

「是，娘，我記下了。」田慧乖巧聽話得好似換了個人。

秦氏滿意得不行，自家兒媳婦就是聰慧，不用使眼色就知道自己的意思。

「嬸娘，我是萬萬不敢要了。」田慧歉意地衝著林氏笑笑。

林氏尷尬地拿著一只鐲子，硬塞也不是，不給吧，又沒有準備別的。

劉氏也有些惱怒林氏，自己送見面禮，還偏偏扯上自家。「三弟妹，既然這樣子，下回再補就是，咱自家人不講究這許多。」

「那、那下回我準備個好的，再給慧娘送來！」林氏尷尬地收回手。

敬完了茶，三家人就坐在一道兒喝茶說話，小孩兒都在院子裡散著玩兒。

「圓子，這間屋子是誰的？我數著這屋子好像還多出了一間。」看著一溜兒的屋子多了一間，大柱只是隨口那麼問了一句。

「是阿土哥哥的，他暫住在這兒。」圓子照實說著，村子裡的都知道阿土住在楊府，這不算是啥秘密。

三柱揪著半開的窗戶往裡望，架子床、圓桌子、三折屏風——跟圓子他們屋子裡的擺設一模一樣。

「這一個外人怎就住在咱家，還住那麼好的院子，應該讓他住在下人房！這架子床，也就我奶奶有一張。」三柱還是不敢找圓子哥兒倆的茬。

團子跟阿土處得跟個親兄弟似的，聽著三柱說的這話，就忍不住嗆聲。「阿土哥又不是下人，為啥要住下人房？再說，我家沒有下人，更加沒有下人房！」

「怎就沒下人呢？那些開門的、燒飯的，都是下人啊！」三柱摸著懷裡這個厚厚的大紅包，若是能住在這兒就好了，日日都有銅板拿，又有下人使喚，不用做活兒，雖說他從小到大，就沒做過啥活。

「他們不是下人，是福奶奶、鄭爺爺！不是下人，是爹兄弟的爹娘！」團子護短得緊，在他眼裡，福爺爺他們可都是自己人，他身上穿的鞋襪衣衫都是福奶奶她們一道兒做的。

「可是，不是自家人怎能住在一起？幫著做活的，不是下人是啥？」三柱這幾日，聽著奶奶和娘說著自己的二叔如今可是了不得了，出行都有馬車，而且趕車的是下人、做飯的是下人、掃地的是下人，洗衣的也是下人。總之，啥活兒都用不著做，整日只需醒了等吃的，吃完了等著天黑……

「福爺爺他們不是下人，是自家人！奶奶說過，等他們老了以後，我們跟爹都要給他們養老送終的，所以，這話往後就不要再說了！」圓子正色道，若是這些話被福爺爺他們聽見了，指不定多難受，就是自己這個旁觀者，聽著也很難受！

三柱不情願地應了一聲。

三梅看著圓子如此霸氣，三言兩語就讓三柱乖乖地認了，恨不得立刻圍著圓子討教一番。

因為三柱平日裡最是囂張跋扈，就是對待自己姊妹也是如此。

「這間是做啥的，怎麼還將門給鎖上了？」三柱搖了搖門鎖，紋絲不動。

這鎖是團子特意尋來的，那可是楊府裡最大號的一個鎖。

「這是書房。」圓子看了眼正得意著的團子。

「書房？就是那些讀書人念書的地方？」三柱拍了拍窗戶。「怎的連窗也給關上了，快點兒打開，打開讓我瞧瞧，回頭我跟奶奶說，我也要去念書！」

三柱催促著圓子趕緊把門給打開，還抬腿踢了踢門，好些著急。越是不讓他看，他就越發著急地想瞧瞧。

「都是些書啊筆紙的，你又不認字，看這些做啥！」大柱打著圓場，他知道二奶奶並不大待見他們兩家人。

大柱如今長大了，有時聽著村民們說的話，就知道這些年來，他們兩家人對這二房並不熱絡，甚至還有算計他們的心，大柱聽得臉紅不已。村子裡人，背地都說著，這就是報應吶！

若不是他奶奶堅持一家人都要跟來，還讓他們守規矩，大柱實在是不願意來丟這個人，光是想著就已經臊得慌，偏偏這三柱還在那兒一刻不停地惹事兒。

二奶奶雖說客氣地讓圓子團子好好招呼他們幾人，那也真的只是客套。

「大哥，你別瞧不起人，我說過了，我也要回去就念書，我先瞧瞧這屋子裡都有啥，我讓奶奶也給我準備一份兒！」三柱越說越覺得是那麼一回事兒，不斷地催促著圓子趕緊開門。

「我並沒有鑰匙。」圓子早就已經不耐煩應付，只是既然秦氏吩咐了，圓子也不想讓秦氏難做。

「你騙鬼啊！這書房你用的，你還能沒鑰匙？趕緊開了，別小氣巴拉的，這點兒東西我還真瞧不上呢，也不掂量掂量自己的身分。」三柱一向是在女人堆裡長大的，這罵人的話信口拈來。說到罵人的話，三柱想都不用想，出口就是，那腦子就跟個擺設似的。

「你是鬼嗎？我哥哥騙你做啥！」反正他也沒說謊，鑰匙在鄭爺爺那兒呢。

三梅拉著三柱的袖子，鼓起勇氣道：「哥哥，咱來之前，娘咋說的，你忘記了不成？說不準圓子哥哥真的沒有鑰匙，聽說讀書人是不說謊的。」

「這兒哪有妳說話的地兒！若是他們把我當成自家親戚，就該把門給我開了，這像是招待親戚的樣子嗎？別拿著雞毛當令箭！」三柱說著又踢了一腳鎖著的門，無限憤恨。

「不管你信不信，反正這門不是我鎖的，這鑰匙我也沒有。」圓子瞥了眼三柱，就招呼眾人往前頭院子去。

若不是三柱想著看看他們的屋子，圓子也不會將人給領到這後院來。

三柱就像是娘說的那樣，這人啊不能慣的！有一就有二，有二就有三，這一不同意，立刻就將人給得罪了。

「你們竟然敢忽視我！都不許走，誰也不許走！」三柱狂躁地喊著。

「三柱，這不是你家，你稍微注意點兒，回頭別讓你爺爺奶奶難做人，趕緊跟上，看圓子的模樣，說不準還真不是他鎖的門，若是要鎖，他就將自己的房門給鎖上了。」大柱攬著三柱的肩頭，試圖往外帶，別再杵在書房門口了。

「大哥，你居然幫這兩個來路不明的野小子！別以為念了幾年的書，別人就得圍著你轉，我告訴你們，要不是你們娘眼巴巴地要嫁給我二叔，你們能過上這樣的日子，能念書、能不用做活？別擺著這副臭架子，哼，我可不吃你們這一套！」三柱心裡嫉妒得發狂，若是自己才是二叔的親兒子該有多好。

「你再說一遍試試，我保管打死你！」團子咬牙切齒，像隻隨時都能撲過去的豹子。

三柱想到自己可是比團子大了三、四歲，便道：「怎的，誰打死誰還說不準呢！你不就仗著你有個這樣子的娘，橫啥橫，再橫也不是我的對手！」

「大梅，趕緊將二奶奶他們叫來，這甭管誰傷到了，咱都討不了好去！」大柱悄聲吩咐大梅趕緊去喚人。

大梅點點頭就去了。

這裡，除了大柱，旁人也不敢勸三柱，紛紛往後退，只求這怒火別燒到自己就成。

二柱跟大柱不大親近，又瞧不上三柱，只抱著胳膊看著好戲。

「三柱，你再胡鬧，咱就立刻回村子去！這丟人都丟到鎮子上來了——團子，你別跟三柱一番見識，他只是個粗人，也沒啥見識，就是被三奶奶寵壞了，平日裡盡是由著性子來。」

三柱正欲衝著大柱發火，圓子隨手抄起一塊石頭就朝著三柱扔去——

嘭！

石頭砸到了三柱身後的房門，還被彈出去老遠，這一看，便知是下了死力氣的。

三柱看著門上的石頭印跡。「他娘的，你這是想砸死我啊，狗娘養的野東西！」說著就衝上來。

大柱暴喝一聲，上前抱住三柱。「二柱，你還站著做啥，不把人拉著，你以為你能得了好去！」

不過二柱還是慢了好幾拍才抱住三柱。

三柱暴怒地揮著拳頭就往大柱和二柱身上揮，二柱挨了好幾下，就不幹了，伸手也跟三柱槓上。二柱是確實做慣農活的，對著三柱就掄上拳頭。

團子乘機對著三柱拳打腳踢，也不往臉上招呼，只尋暗處，可圓子偏偏不同，就對著三柱的臉招呼！

「二柱！你這是做啥？你怎能打三柱，這可是你弟弟啊——」林氏一來，就見著自己的寶貝疙瘩被人抱著打。

大柱二柱兩人一鬆開手，三柱就被林氏給抱住了，「肉啊、心肝啊」地直叫喚，恨不得立刻暈厥過去。

田慧早就將圓子團子護在身旁，拉著這兩人看看是否傷著哪裡了。

楊立冬看著田慧這般著急，悄悄地握了握田慧的手，朗聲問道：「這是咋回事兒？都是自家人，怎就這樣子大打出手？這是誰家的規矩！」

「奶奶，他們這些人合起來打我，就欺負我一個人，奶奶——」三柱撩起冬襖，白白胖胖的，沒半點兒傷痕。「他們都往我身上招呼，還有臉上，圓子這個傻子，就往我臉上招呼！」

林氏怒瞪，抹了一把淚，招呼著兒子兒媳婦看好三柱。「圓子，我家三柱跟你算是無冤無仇吧，如今也算是一家子的兄弟了，你怎就下得了這般狠手！」

田慧早就驚呆了，這大兒子最是穩重，心思百轉千回、晦澀難懂，但也不至於在親戚間幹架時，特意往臉上招呼的。

田慧緊緊地握著圓子的手。

「我就是特意往他臉上招呼，三柱，我告訴你，你可得記牢！若是你這張嘴仍是這樣子不乾不淨的，小心你的臉！」圓子根本就不畏懼三柱一家子虎視眈眈地盯著自己。

三柱是林氏的獨孫，打小就是寶貝疙瘩，林氏的兒媳婦連生了兩個閨女，都沒能為三柱再添個弟弟，三柱的地位很牢固。

「哦？圓子這孫兒的性子我最是清楚了，三柱你自己說，你說了啥事兒，惹得圓子發這般大的火？若是我沒猜錯的話，定是說了慧娘吧？圓子孫兒最是孝順，若是說了他娘，他一準兒找你拚命！」

大梅跟在秦氏的身旁，早就將事兒說了個八九不離十。

三柱不敢應聲。「是圓子防賊似的防著我，說著好聽是招呼親戚逛逛院子，可偏偏還把門給鎖了起來，當我們是賊呢！」

眾人看著三柱搖晃著的大鎖，臉色都有些不佳。

「我當是啥事兒呢，這門是我鎖上的，這屋子裡還放著好些我從衙門裡拿回來的文書，衙門裡雖說放了假，但還是有些活兒指派下來。昨兒個人多，我就讓人把門給鎖上了，若是弄丟了衙門的東西，一大家子都不夠賠！」楊立冬解釋道：「所以才用了個最大號的鎖。若不是自家人，我還得以為這是哪兒的人派來想打探消息來著——」

衙門裡的東西哪能讓別人隨意地翻看，自然得好好鎖著的，若是在別處發生這種事，一準兒給抓進了牢裡，好好吃鞭子去！

聽到這話，林氏被嚇了一跳，高高地揚起手，輕輕地落下。「你這小子，被慣得越發無法無天了。這東西是你能瞧的，半點兒眼色勁兒都沒有！被大柱二柱抱著打都不知道討饒，這眼前虧也跟著吃！你當自己是鐵打的不是？」

林氏算是看明白了，這圓子哥兒倆如今可是有不少人給護著，並不是想欺負就能欺負的。

二柱雖說不大愛管閒事，但也根本不怕林氏的胡攪蠻纏。

「三奶奶，這話我就不怎麼愛聽了，是三柱要衝上去跟圓子團子拚命，大哥非得讓我攔著三柱的。這三柱卻是對著我直掄拳，您當我是傻的，這來勸架，還活該被三柱傻揍呢！我可不是大哥，被三柱揍了好幾下還不還手。」

林氏這下子真不知道該說啥了。「你這小子也是個實心眼的，自家兄弟就是有個口角，啥事兒不能好好說呢，非得動手？就是有再大的氣性，也不能動手的，讓你記不住，活該你吃這個虧！」林氏罵罵咧咧地指桑罵槐。

三柱覺得委屈，這明明就不是他的錯。「是圓子先動手的，他用那塊石頭下了死力氣地扔我！」

林氏看了眼地上的石頭，怒上心頭。

「盯著我作什麼，嘴巴不乾淨，沒砸到你還真是可惜了，看來我得好好練練身手。若是下回再讓我聽到半句我娘的不是，哼——」圓子的身子抑制不住地顫抖著，氣得狠了。

田慧雙手箍著圓子，想讓他平靜些。

「三柱，若是你還承認我是你二叔的話，圓子的娘就是你二嬸，你倒是跟我說說，你對你的二嬸有多大的不滿，才在圓子團子面前說他們娘的壞話？」楊立冬冷聲道。

最後，自然是楊定銀出來打圓場，一干人等才回了楊家村。

田慧更是乾脆，領著兩個兒子，連送都不送。

等將鬧哄哄的一干人等送走了，秦氏等人都來到屋子裡。

圓子哥兒倆眼裡都含著淚，可憐巴巴地在面壁思過，低著頭，無限心酸。

「慧娘，妳這是做啥，那門是我要關的，團子也只是給我跑跑腿，妳若是要罰就來罰我吧！」秦氏一手摟著一個。

田慧並不作聲。

「慧娘，這鑰匙可是一直在我身上呢，這鎖也是我掛上的，妳別欺負這兩小娃兒，要打要罰衝我來！」鄭老伯取出一串鑰匙，晃得叮叮響。

楊立冬站在田慧的身旁。「行了，這教訓過了就好了，午飯都沒吃成呢，餓壞了孩子，心疼的又是妳自己。要說，這說謊的也是我，不過，這人可不能太老實了，若是讓人欺到頭上，還不知道還手，妳就自己哭去吧！」他伸手拉了拉田慧，這才新婚，就氣了一場。

「你那謊說的，就是半大的小子都能聽出不對來，虧你好意思說得出口！」田慧的聲音不小，不過秦氏一心跟圓子哥兒倆說話，小聲地問著，田慧有沒有揍他們。

楊立冬一手搭在田慧的肩膀上，隨意地道：「那又如何，就算知道是假的，別人也不得不當真，這就是能耐！」

田慧氣笑了，這人就是個無賴啊！

「慧娘，妳嚇著兩小的了，這氣啊發過就好。他們這還不是孝順妳，聽不得旁人說妳不好，咱家的人就是孝順。」秦氏說著，也頗為自豪。

不是一家人，不進一家門。

「娘，您不能慣著他們，聽聽那話說著，就衝著臉招呼，打一次記一次，這才多大的小子，怎就能這樣子說話，不給扳回來，往後有得吃虧了。」田慧是鐵了心地不願縱容。

「我就沒有見過比圓子團子還懂事的兄弟倆，這小孩兒都有性格，難不成軟軟弱弱的，妳就歡喜了？打不還手、罵不還口的還得了。」秦氏招呼著兩小的趕緊出去。「好了，咱去吃點兒東西吧，我這肚子裡都還是空的呢！」

福嬸也過來拉著圓子的手。「這都訓了好久，手擀麵我都做好了，就等著下呢。」

「娘，往後我勸著些哥哥。」團子討好地道。

「管好你自己！」田慧暴喝一聲，團子乖乖地不再說話。

楊立冬推著圓子團子出去。「好了，爹來勸勸你娘消消氣，一會兒出來就沒事兒了。」

楊立冬笑嘻嘻地關上門，田慧嚇得連連往後退，臉色唰地煞白。「冬子哥，你、你關門做啥？我還要出去呢！」

楊立冬搓著手，賊笑地一步一步走近。「妳說呢，娘子，妳說我想做啥？嗯——」

「冬子哥，哥、哥，咱有話好好說，這太陽還高高掛著呢，白日宣那啥的，不大好吧？」田慧諂媚地迎上去給楊立冬整了整衣衫。「哥，我餓了，想吃福嬸的手擀麵了……」

「嗯——餓了？」

田慧忙不迭地點頭。「哥，你最疼我了，我肚子都餓得快燒起來了，我都能吃下兩大碗了！」她還用手比劃了下，有些浮誇。

「這不大好吧，既然妳這麼想吃——」楊立冬高高地吊起話頭，田慧為了證實自己的可信，一直衝著楊立冬點頭。「我這做相公的，總不能讓妳剛剛嫁給我就不給妳吃飽吧，要是讓別人知曉了，還指不定笑話妳嫁了個不能讓妳吃飽的。那就走吧，我看著妳吃，兩大碗手擀麵！」

田慧趕緊攙著楊立冬，熱情地招呼著楊立冬往外走，親自開了門，喜氣洋洋地送了人出去，自己則乖乖地跟在後頭，服務很到位，態度很諂媚。

團子心情忐忑地坐著，不時抬頭望著門口。

「別怕，你爹去收拾你娘了，等出來就好了。」秦氏這午飯並沒有吃好，也只是隨意扒拉了幾口，所以福嬸做了好些手擀麵，打算一家子都再弄點兒吃吃，就算是晚飯了。

「我娘老厲害了，我這般機靈的，到了我娘的手裡，也是半點兒輒都沒有，空有一番能耐施展不開。」團子搖著頭，顯然不大信任楊立冬這個剛上任的新爹的本事。

說實在的，秦氏也不大相信，況且那柄麵粉如意都斷了，天意如此吶。

老小三人排排坐，憂傷地望著門口。

「娘，麵還不能吃吶？圓子團子，餓了沒？我早就餓了——」田慧伸手摸了摸肚子，作一副好餓狀。

「爹，您揍我娘了？這是把我娘揍壞了吧？」團子仰著頭，來回看著楊立冬和田慧。他娘實在是態度變化太大，若不是披著他娘的殼子，團子定然不會相信這個笑靨如花的美麗婦人就是他娘。

前後反差實在是太大了，大到連自己這個親兒子都難以接受。

楊立冬笑著望了一眼田慧，田慧原本僵住的笑，復又舒展開來。「這小子說話就是這樣子，沒事兒跟娘開啥玩笑呢！娘也已經教訓了你們，那咱自然還是跟以前一樣，都好好的、好好的——」說完，還怕團子不信，咧著嘴傻傻地笑著。

圓子不忍直視，盯著楊立冬不眨眼。
「兒子，盯著爹做啥？」楊立冬的心裡早就樂開了花，湊近圓子，悄聲說道：「往後你娘不講理，就來找爹，爹會用自己的濃濃心意，讓你娘改變主意。」
圓子瞥了眼楊立冬。
「不信？」楊立冬心裡暗想著這小子也不知道像了誰，心眼兒可真多。「若是往後有中意的姑娘家了就來跟爹說，爹給你提親去！」楊立冬眨了眨眼。
圓子白了眼楊立冬。
楊立冬自顧自地說道：「不過要尋個跟你娘一樣的媳婦來——」
「那還用你說——」
「一點兒都不可愛，若是個閨女就好了。」
圓子滿臉黑線。「我已經是兒子了，改變不了，您跟娘自己生個閨女去！」
全場靜默。
實在是太不巧了。
「爹在問我，妹妹好不好！」圓子果斷棄暗投明，出賣楊立冬。
「我不喜歡妹妹，若是娘生了個一一這樣子的妹妹……算了，還是生個弟弟吧！」團子經過了嚴酷的心理鬥爭，實在是無法想像，若是自家的妹妹變成了一一。
死對頭一樣的妹妹，團子實在是愛不起來。
秦氏聽得歡喜，這才剛剛結婚，就已經討論上生兒子還是生閨女的問題了，真是太有效率了。

「那啥，先開花後結果也是好的，咱家都有兩個大孫子了，先生個妹妹也是好的——」秦氏自然盼著先生個孫子，畢竟楊立冬和田慧年紀都大了，要等到下一個也不知道得等到何時。不過，作為一個貼心的婆婆，秦氏不想田慧有壓力，還是說了閨女的好處。

「我去看看這麵兒好了沒有。」田慧頭也不回地走了。

「慧娘這是害羞了！」秦氏更是樂了，看來娶了個相熟的就是有這般好處，想說啥就說啥，也不怕兒媳婦生悶氣，回頭就恨上了自己。

「我娘哪會害羞，奶奶您看錯了。」團子拿著一雙筷子，戳戳戳。

「小孩子不懂——」秦氏神祕地笑著。

團子往楊立冬身旁挪了挪。「爹，看來我娘還是聽您的，您就讓我娘生個兒子吧，妹妹太會哭了，這一哭我腦子就不大清楚。我怕我以後對妹妹不好，不愛帶著妹妹玩兒。」

團子很是糾結，他自然是盼著自家妹妹黏著自己玩兒，只是若妹妹跟一一這般模樣，唉，太為難自己了。他看了眼圓子，往後妹妹一定是黏著哥哥的，一一就喜歡哥哥。團子好受傷。

「行！回頭我跟你娘商量商量。」楊立冬如今心想事成，對付田慧又自有一套，無師自通吶。「不過，團子不喜歡妹妹，若是不小心生了妹妹咋辦呢？送給別人嗎？」

楊立冬可不是小孩兒，不過覺得生個慧娘一般的閨女，無事兒逗逗趣也挺好的。

團子糾結地搖頭。「自家妹妹怎能送人！」

「嘿，過來過來！爹跟你說，生個跟你們娘一樣的妹妹，軟綿綿的多好！若是下回你娘再欺負你了，你就欺負妹妹去，誰讓妹妹跟娘長得像，報個小仇也好。」

不得不說，團子聽得兩眼發光。

「可以嗎？」

「怎麼不可以，你可是哥哥！」楊立冬挺了挺胸脯。

秦氏只是在對面看著這父子三人神神祕祕地說著話，會心一笑。

「那就生個妹妹吧！」團子最終還是受不了那種誘惑，期待哪日能欺負跟娘長得一樣的小娃兒出氣，弄哭她。光是想想，他就覺得未來一片光明，剛剛挨的揍，都不算啥，早晚得弄點兒利息回來。

「爹，您別教壞了弟弟，娘會找您算帳的……」圓子早就想捏捏娘肉肉的臉，不過他不敢說，若是有個妹妹捏捏……

所以，圓子還是決定沈默。

第四十四章 年禮

自從楊府有了女主人後，各府的年禮都隨著請帖、拜帖被送進了楊府。這才三朝歸門，整個楊府就忙碌了起來。

田慧一早就接了三份禮單，分別是縣尉府上、陸府和陳夫人府上三家派人送來的。這陸府就是阿花奶侄子的府上。

雖說衙門裡已經放了假，楊立冬還是照例每日出門，就是田慧也不得不佩服，真是敬業的好同志！

田慧拿著三張禮單去尋秦氏，秦氏正與福嬸他們一道兒收拾野物，這是楊立冬自己給獵回來的。

「娘，這三份禮單是剛剛送來的，咱府上以前可有舊例不？我也好按著舊例來回禮，總不好啥事兒都煩勞冬子哥，我瞧著他最近好似挺忙的。」

秦氏正在褪雞毛，團子在一旁收集五彩的野雞毛。

「喲，這還是一隻錦雞，團子你弄這些雞毛做啥？」田慧一看到那隻漂亮的野雞，便蹲身翻著團子收集的那些雞毛。

「慧娘，以前這些東西都是冬子處理的，妳打算咋處理這些？」

田慧也順手挑了幾根漂亮雞毛，跟團子打著商量，讓他勻點兒給自己。她聽到秦氏這般問，想也不想地回道：「娘那裡若是沒有以前回禮的標準，我就等著冬子哥回來的時候，再好好問問可有慣例可循。還有那些個商戶，是不是能收。」

秦氏聽著田慧說的，好似心裡也是有譜的，她轉眼看到禮單被田慧隨手放在地上，去拾弄那些還沾了點血跡的野雞毛。幸虧自家兒媳婦也不是個眼皮子淺的，若是個只知道撈錢、人都往錢眼子裡鑽去的，這個家往後怕是要動盪了。

秦氏悄悄地鬆了口氣。「嗯，這些事兒都是冬子弄的，我不識字，那些是啥東西，我也不大懂，你們夫婦倆商量著辦就行了。只有一點，咱得問心無愧，不該收的，咱可不能收，咱不缺吃不缺穿，安分過日子就成了。」秦氏仍是不放心，教導了一番。

田慧一開始還沒回過神來，不過看著秦氏認真的模樣，田慧還是恭敬地聽完了。

「娘，您放心，如今這樣子的日子，我很知足了。咱以前在楊家村的時候，若是能喝點兒大骨頭湯，那就是最幸福的事了，現在日日吃肉，我已經很滿足了。」田慧正色道。

秦氏聽得直點頭。「可不就是這麼個理兒，我就是怕你們年輕人容易走歪路。」

「娘，您還不瞭解我？我這人就是喜歡吃點兒肉，旁的，我可是半點兒追求都沒，我就喜歡自己慢慢地攢錢，然後開鋪子。只是可惜，自從來了鎮上後，就是給人看個小病，賺點兒小錢的機會都沒了。」

待得用過午飯，田慧隨著楊立冬回房歇息。

「冬子哥，這些禮單有啥講究不，你跟我說說？」田慧虛心好學，既然都是一家人了，她總不能當甩手掌櫃，讓個男人來處理這些瑣事兒。

楊立冬對好學的田慧很驚喜，招了招手，讓田慧走近些。「離得這般遠做啥，我又不會吃了妳。」

田慧無奈地翻了翻白眼，會讓人誤會的好不好！一步、兩步，蹭近後，她快速地將禮單放在圓桌上。

楊立冬挑眉，拾起，翻開。

「這陳府是跟妳有交際的吧？」

田慧皺眉，將自己跟陳府的淵源幾語帶過，說起來，前些年，她受了陳府頗多的照顧。

「陳夫人跟我合得來，就是以前身分不相當，陳夫人也不避嫌，後來還受了頗多的照應。」

楊立冬曲著手指頭叩桌子，一下一下的。「嗯，若是如此，便可往來。這陳夫人也是規矩的，這禮單上的東西就是跟尋常交好人家來往的分際，送的不過是些吃的用的。可還有其他交好的夫人？」

田慧搖頭，能稱上夫人的，也就這陳夫人了。若是娟子娘這些人，那就是跟楊家村的一樣尋常往來罷了，根本用不上禮單，他們能約略識字就不錯了。

「嗯，那其他的商戶都拒了去，若是有特殊的，我會提前知會一聲。至於衙門裡的，這來往也不過那幾位，知縣大人的會多些，依次遞減，回的禮也比照著我之前的來辦就是。回頭，我給妳尋著之前的回禮單出來，比照著來就是了。若是實在手頭拮据，就在自家抓幾隻雞，再弄點兒點心便成。」楊立冬笑著道。

如今，楊府在南下鎮出了名，連楊府裡頭養了雞這事，都已經成為南下鎮大街小巷的話題。

楊府並無半個下人，就連買菜都是楊大人的母親，每日一大早親自提著菜籃子，上西市來買的，據說只買肉食，那些個蔬菜，都自己種。

據說，楊府裡頭無花無樹，卻有雞有菜。

總之，楊府什麼事都是傳奇。

就是楊大人娶的媳婦，也是特別的，帶著兒子倆嫁進了楊府，據說，還頗受楊家人重視。

據說，她還是個神醫。

總之，楊府只可遠觀。即使說到楊大人的娘親，每日去買肉的肉攤子的老闆娘，都已經被許多人問起，楊大人的娘親是個如何的人。

那肉攤子的生意甚至好了不少，還有人特意掐著點兒來，企圖跟楊大人的娘親一道兒買肉！

若是有幸成為了肉友，回去就能好好誇耀一番。

不過楊府的傳奇，楊府裡的人半點兒都不曾知曉。

「等忙過了這陣子，過完年，就成了。反正咱家也沒啥家底，差不多就行，總不能為了送年禮，回禮就把家裡給掏空了吧，這日子還過不過了。」

「難不成之前你就是這樣子回禮的？」這得多厚的臉皮？

可是，楊立冬並不覺得有半點兒的不妥當。「以前我還上山獵過野物當回禮，我好不容易就存了那麼點兒銀子，總不能為了充面子，連媳婦都娶不上吧。」

隻言片語中，田慧算是總結出來了，楊立冬根本就是個摳門的男人。

往後的幾十年，田慧會深深地體會到，楊立冬對自己辛勤賺來的銀子，是絕對不高興拿出來給人置辦年禮、送禮啥的。那是對楊立冬辛勤勞動的蔑視。

「那咱之前收的還在不？不會都給當了換現銀吧？」田慧越想越覺得可能。

楊立冬幾個跨步就到了床上，衝著田慧勾勾手指頭。「來啊，緊張些啥，我讓妳看看咱家的小金庫。」

「小金庫、小金庫——」田慧財迷般地靠近床，四下打量著，這床會是小金庫？

楊立冬將床鋪捲起，推開一個暗格子，抱出個小箱子，大方地讓田慧打開。

田慧顫抖著雙手，原來自己每日都枕著小金庫睡覺哇！她小心地打開，卻見裡面孤零零地躺著幾把鑰匙，並著五個銀錠子。

「好窮！」田慧忍不住嘆道。

原本田慧還打算向楊立冬借點兒銀子使使的，沒想到這小金庫還真是夠小的，田慧頓覺得壓力很大，這個家不好當吶。

楊立冬點頭。「這鑰匙就給妳放著了，回頭妳跟個地鼠一樣，在那塊青磚下刨個洞，藏起來吧。這五十兩銀子放著備用，若不是萬不得已，這銀子不動。」

田慧在心裡默默地為楊立冬的打算按了個讚，只是這話聽起來自己就不入流，為啥自己就是刨個洞，他卻偏偏弄個暗格，格調高了不少。

「走，我帶妳去瞧瞧這把鑰匙的用處。」楊立冬順勢牽著田慧的手，往隔壁的耳房走去。「去，打開。」

「喀嚓！」

田慧取下鎖，在楊立冬的示意下推開門，瞪大眼！

入眼就是一排排的大箱子，跟前頭送來的大箱子一樣。

田慧迫不及待地打開大箱子，預料中的金光閃閃並不曾出現。她的心咯噔地落回了原位。

楊立冬看著好笑，催促著田慧一個個將箱子打開。

「好像有不少藥材，妳看著可用的，都給整整。娘之前說自己不大懂這些，生怕弄壞了，所以這些東西都是一動不動地放在這兒的。還有這些擺件，有喜歡的，妳就擺出來吧。還有好些是筆硯，圓子團子用得上，讓他們自己來挑吧。」

田慧應了。「不過這些東西就這樣擺著怕也不大好吧，回頭我讓鄭老伯給我做幾個架子，我擺擺藥材，存放不當，失了藥效都還是小事。」

「妳看著辦就行，咱家也就這些值錢點，說不準以後還能作為傳家寶呢。」

田慧得了令，當日就跟鄭老伯商量起事兒來，說來也是了不得，鄭老伯啥事兒都懂得些。

經過商議，田慧決定走「勤儉持家」的路線。

太陽快要下山了，秦氏還是習慣性地去數數幾隻雞，然後將雞趕進雞舍。今兒個，田慧難得隨著秦氏來一道兒數數雞，表現出了對雞極大的熱忱。

秦氏瞧著心慌慌的。「慧娘，這些母雞都還是能下蛋的。」

「我曉得，咱家吃的雞蛋就是這些雞給下的。」楊府如今，早上一人一顆白煮蛋，一日一盤炒雞蛋，雷打不動。

也幸虧他們不是挑挑揀揀的人，吃得都挺帶勁兒的。

不過，不知道為啥，聽著田慧「一隻、兩隻，一對、兩對——」地數著，秦氏就覺得自己這些雞都要飛了。

「慧娘，妳別數了，娘養這些雞也不容易，若是妳想吃雞的話，冬子昨兒個弄回來的野雞，燉一隻給妳吃就是了。」秦氏安慰自己，反正早吃晚吃都是吃。

田慧兩眼冒著金星，盤算著能省多少銀子。

「慧娘，妳到底想如何？想拿我的雞如何？」伸頭一刀，縮頭一刀。

田慧支支吾吾的，不好意思道，自己看上了她的母雞。

「娘，那二十多隻雞，能讓我拿去送禮不？等來年開春，咱再抓幾隻小雞仔？」

秦氏愕然。「這送年禮還有送母雞的？這可不是鄉下地方，能拿出手嗎？」

田慧正色道：「這怎就拿不出手！娘可是冬子哥的親娘，娘養的雞，怎就送不出去了？說不準誰家收了，都好好地養在後院呢，專門就為了討點兒靈氣，給自家的小姐少爺補補身子呢！若不是娘，能有冬子哥的今日？所以我就說嘛，冬子哥可是吃著娘養著的雞下的蛋長大的！」

秦氏被田慧誇得滿臉通紅，自信膨脹，好似自己養的是神雞，一雞難求！

「那行，我可說好了，最多十隻雞，這雞還要留著下蛋呢。」秦氏想也不想地就同意道：「慧娘，是不是咱家銀子拮据了？」

冷靜下來，秦氏心裡就隱隱有些後悔，總覺得自己的雞就是充數的，後悔自己答應得太快了，盤算著來年得養多少小雞仔才夠本。

秦氏一向知道田慧的性子，絕不會是個做這種麻煩事兒的人，若是能在集上買，她絕不會將主意打到自家。

不過，田慧除了自家買肉，其他都是摳摳索索的，秦氏如此想著也弄不明白了。

「沒，只是咱不能總吃老本兒，這每年的年禮都是不小的開支，別府上送來的，咱也不好變賣。我就想著，讓冬子哥上山去獵點兒野物，我再弄幾罈子藥酒，也勝在別處鮮有，省了銀子不說，重在心意。」

秦氏一聽，倒也不錯。

「這個家給妳當，我也放心，我那裡還有三十多兩銀子，回頭我給妳送來，妳就掂量著辦吧。」

楊立冬只給了田慧二十兩銀子，說是給置辦這些年禮的，還有家用。

真是窮得只剩下一條褲子。

「冬子哥有給我銀子呢，娘的銀子留著買菜吧。」

秦氏一臉的放心。

田慧心疼得一抽一抽的，想著自家大概也就五十多兩的家底，這日子真是夠艱難的。

唉——

不過他們就是再摳門，這每家幾兩銀子還是得送。

以前，楊立冬都是自己獵的野物，再加上些鋪子裡買的點心或筆墨紙硯，合起來十兩銀子總是要的，這還是按著怎麼省錢怎麼來。

可如今，他只給了田慧二十兩銀子。

這還是田慧頭一回當家，新官上任三把火。

「若是實在無法，就將庫房裡的東西整理整理，再送出去就成了，只要別是哪家的東西回哪家去便行。」楊立冬也知道自己這是在難為田慧。

「若是沒銀子了，跟娘說啊，就是買菜也用不了這許多的。」秦氏信以為真。「這些日子妳要忙些，等過了年就好了。」

「娘，我想著等開了年，就開家小鋪子，賺點兒小錢，自家的開支也算是能應付過去。」田慧早就下訂了一些材料，只是原本是自己的事，可現在總不能看著楊家日漸拮据。

秦氏並不懂這些，只是本能地覺得田慧想的應該是錯不了。

「這事兒，妳跟冬子商量著辦好了。這個家你們倆看著做主就成……」這才剛剛成親，田慧就如此有幹勁兒，秦氏很滿意。果然是成了親，這人一下子就成熟了。

秦氏想得美美的，絲毫沒考慮若是虧本了該如何是好。

「我想先問問娘的意思，若是娘也覺得好，我再跟冬子哥去說說。」田慧攙著秦氏的手，往後院走。

秦氏笑得美美的，很滿意田慧重視自己。

「傻丫頭，妳也別跟冬子生疏了，冬子其實挺好說話的，妳好好跟他說，他定然同意，只是若妳自己去開鋪子還當掌櫃，冬子怕是不會答應。」

秦氏最盼著冬子和田慧夫婦倆恩恩愛愛，這樣子，她抱孫子的願望才能早日實現。

明明衙門裡已經放假了，可是楊立冬卻是天天早出晚歸，秦氏決定今兒個等楊立冬回來，再好好地說說他。

放著好好的「正事兒」不做，老想著往外跑。

「娘，我想著請知故做掌櫃，知故那小子算帳啥的都不成問題，只是欠缺鍛煉，若是讓知故跟著別家酒樓裡的大掌櫃學學，他要做個小鋪子的掌櫃，應該是不成問題的。」

秦氏聽著田慧話裡的意思，應該是早就有計畫了，她催促著小倆口好好打算打算。

田慧自然是乖乖地應了，十足一個好媳婦的模樣。

接下來的幾日，田慧就忙著收禮送禮。

縣令、縣丞、主簿、縣尉，都是按照野物一對、家雞一對、藥酒數罈不等的分例來送。田慧將藥酒都標明了何種人喝有效，就是送人或自家喝，都是不錯的選擇。

田慧暗自想著，後院一向是競爭激烈的地方，所以像是送到縣令府上的，田慧就送了四對小罈子的藥酒，有養顏潤膚、祛斑美白、美白護膚、減肥瘦身四種。

據說，縣衙後院鶯鶯燕燕，競爭激烈，為了讓縣令大人少受困擾，田慧特意多送了些，以示體貼。

後來縣令大人還特意尋了楊立冬，說是自家占了大便宜了，他家的年禮實在是送得太輕了些。

當晚，楊立冬就用自己的實際行動好好地誇讚了一番田慧。

待得年三十一早，秦氏早早地就準備了好些菜餚，準備一家子回楊家村祭祖。

「福妹子，你們也張羅著擺些飯菜，祭祭祖。」秦氏在準備的時候，就問福嬸他們幾人的意思。

鄭老伯搖頭拒絕了。「我們一會兒出城，去城外的那個寺廟擺一桌，也是一樣的。早些時候就已經跟寺廟裡說好了，回頭再添點兒菜，盡夠了。」

好些背井離鄉的，都是選擇在寺廟裡擺上一桌子的素菜，再自家添些葷菜，若是不早些說好，還訂不到桌子。

等秦氏一家子到了楊家村，早就已經有一批人祭完祖了。

楊里正看著楊立冬一家子拎著東西朝著祠堂這邊過來，趕緊迎了過來。

「這是一大早就出來了吧？趕緊祠堂裡邊請吧，桌子特意給你空了一張，趕緊的。」楊里正二話不說地就將人往裡帶。

女子不能進祠堂，秦氏帶著田慧在祠堂外頭站住，將東西交給了楊立冬。

「圓子團子，拿著東西來給爹幫忙。」楊立冬手裡拎著瓦罐，示意圓子哥兒倆接過秦氏和田慧手裡的東西一道兒進祠堂來。

楊立冬並不覺得里正特意給他留了一張祭桌有啥不對的，這事兒里正早就跟他說好了。就是楊家村的人，也沒有半點兒不服的，誰讓人家的兒子有能耐。再說，楊立冬也不是個忘恩的，秦氏原先說是讓族裡代管的那些田產，都被楊立冬確實給了族裡，變成了祭田。

原本有些不服氣的，卻駁不過楊里正的一句話。「你們若是有不服的，就給族裡添個十幾畝、二十幾畝地，往後楊立冬家如何，你家就如何。別說祭桌了，就是往後族裡的大事兒，都能決策。」

楊里正看著圓子哥兒倆，好些年不曾注意到這兩小子，都已經長大了，多了點讀書人的儒雅之氣，一看就跟村子裡的不一樣。

「圓子哥兒倆的名字可取好了？還是按照大柱他們來的？」楊里正也只是隨口問著。

楊里正家早就已經祭祖完了，他只是在祠堂裡看著。

楊立冬還是頭回自己擺桌子祭祖，楊里正就在一旁指導著，等擺好了，酒都斟上了，才道：「不了，我這一房自開一支，圓子團子若是按著排行來，三柱四柱他們都得改名，這也麻煩了些。我跟他們先生商量了下，就叫楊端辰、楊端逸。」

「端辰、端逸，好名字！」楊里正默念了幾回，讚道。

說來，這名字楊立冬跟田慧一道兒也是商量了好些日子的。

最後還是楊立冬給拍板定了下來。「圓子是長子，這辰字取諧音，成，盼著萬事能成，這個家也能在圓子的手裡立起來，照顧弟妹。至於團子，依著團子的性格，妳也別介意，團子的性子不如圓子穩重，有些跳脫，盼著他能安逸些，往後閒散些，掌掌家倒是不錯的。」

如此，圓子哥兒倆的名字就定了下來。

田慧早就窩在錢氏的屋子裡暖著，錢氏早早地就生了炭盆，屋子暖意十足。

「等午時過後，還得上族譜，我讓老大媳婦備下飯菜了，一會兒就在這兒吃，妳那院子已經好久沒有生火了。阿土娘一早就拿來了些曬乾的菇子、栗子之類的東西，一會兒記得帶回去。」

錢氏家祭祖順序排得早，已經早早地弄好了。

孔氏挺著大肚子。「慧娘，妳中午可要多吃些，上族譜的時候，妳得跪半個時辰呢，還有圓子哥兒倆。這大冷的天兒，就是在祠堂裡，有棉墊子也是受不住的。」

知事媳婦顯然也深深地記得這事兒。「對啊，慧姊，就是膝蓋上綁著棉包包，這寒氣逼人，仍是受不住。那會兒，我記得我還得抱著二二跪祠堂門口，女子又不能進祠堂內，那穿堂的風，真是受不住。」

田慧顯然還是頭一回聽說，給嚇得不輕。「這非得跪不成？」她戰戰兢兢地問道。

錢氏絲毫不以為意，還讓兒媳婦別嚇唬田慧了。「村子裡的都是這般過來的，想讓祖宗承認身分，自然是得付出些代價的。這半個時辰，一跪就過去了。就是這天兒有些冷了，會受些罪，今年倒是還好，這雪還沒下。」

待得楊立冬拎著瓦罐子回來，田慧就立刻尋了藉口將楊立冬拉到了一旁。

「瞧這小倆口，這才分開了一會兒，就有悄悄話要說了。」

「感情好妳就樂著吧，我看妳是巴不得這小倆口感情好著呢，往後能給妳多多生孫子孫女的，人丁興旺。」

田慧拉著楊立冬，再三確認了此項規矩。

「那就託妳吉言吶！」

「冬子哥，可有啥法子能不跪？」

「嬰兒不跪，都是爹或者娘抱著跪半個時辰，其他的倒是沒咋聽說過。」楊立冬也只是小的時候聽說了一些，畢竟他十多歲就離了村子，哪會知道這許多。

「慧娘，妳是不想跪嗎？回頭我讓娘給妳做個厚厚的棉墊子，膝蓋上也綁上，這樣就能少受些罪。」楊立冬看著田慧皺著圓圓的臉兒，出主意道。

「若是有個不方便呢，比方那啥啥的……」

楊立冬不明所以。

「咱倆是啥關係了，妳有話直接說就是，不必吞吞吐吐的。若是有難言之隱，我定不會告訴旁人就是了。」楊立冬替田慧擋著風口，催促道。

背好冷！

「若是女子來了月事咋辦？」田慧咬牙道。

「我當是啥大事兒，這自然得跪著，又不上香啥的，無妨。」楊立冬鬆了一口氣。

田慧忘記了，在這兒，女子來月事不算啥事兒，最是稀鬆平常，就是下地幹活也是照常去。自己碰上秦氏這樣子的婆婆，已經是極幸運的，能思己及人。

「就不能有人代著？」田慧不死心。

「昨晚上不是還好著嗎？妳又沒來月事，娘說妳來月事的時候都是懨懨的，我瞧著不像吶。」

田慧搗臉，秦氏連這個都跟楊立冬說了。

楊立冬搖頭。「不曾聽說過，要不咱們去問問娘？」

田慧頓時蔫了。

「不過，慧娘，妳到底有啥事兒？妳不說清楚，我也無法跟娘說清楚吶。族裡的規矩如此，就是我再有權勢，咱家子孫都是省不了的。若是妳心疼圓子哥兒倆，咱準備齊全些就成了。今年的新媳婦挺多的，也不會冷清。」楊立冬放軟了聲音。

「我知道。」田慧無奈地點頭。

「那咱進屋再說吧，這風口上，凍人得很。」楊立冬偷偷地捏了捏田慧的手，如今田慧也不排斥楊立冬偶爾拉拉手、捏捏臉了。

楊立冬剛想轉身，就被田慧用力捏住了手。

「冬子哥——」

楊立冬心下大軟。「乖，我去問問娘看，可有啥舊例可循。」

他牽著田慧往屋子裡帶，田慧亦步亦趨地跟著。

楊立冬小聲地向秦氏詢問，秦氏搖頭。「我也不曾聽說過。問問你錢嬸，她或許知道的多些。」

錢氏早就聽見了楊立冬問的話。「這哪有啥舊例可循，不過，我剛剛想起來，也就聽說過一、兩回，前任里正的兒媳婦有了身子的時候，就讓兒子代跪著，兒媳婦站在身後的。不過這事兒也不多見，因為咱楊家村多半都是入了冬才娶媳婦的。那回，會開春娶兒媳婦，是因為里正的爹快不行了，想著沖喜。」

這事兒也是錢氏聽老一輩的人說的。

「慧娘——」秦氏古怪地看著田慧的肚子。

田慧被盯得往楊立冬身後縮了縮。

「娘，您這般古怪做啥！別嚇著人了。」不用說，楊立冬看著他娘猛然站起身子，瞪大著雙眼都有些嚇著了。

「去，我沒跟你說話呢！」秦氏是知道自己的兒子曾半夜不在屋子裡的，越想越覺得可能。

田慧躲在楊立冬的身後不出聲。

屋子裡，只有那麼幾個人。

秦氏深吸了一口氣。「慧娘，妳是不是……」

錢氏回神，表情古怪，她站起身子，將田慧從楊立冬的身後給挖出來，帶到身邊。「難不成妳娘說的是真的？」

「娘，妳們到底在說啥？」楊立冬被弄得莫名其妙的。

田慧點點頭。「還不確定。」

「兒啊──」秦氏驚呼。

於是楊立冬要暈不暈中接受了一個事實，那就是田慧有了身孕！

田慧一再強調。「現在日子有些淺，還不一定。」

不過這話對已經興奮過了頭的楊立冬來說，那是直接自動遮罩了。

秦氏在一陣激烈的心理鬥爭後，默默地直掉眼淚，趕緊攙扶著田慧好好坐下，又慰問了下可有啥不適應的，或是有啥想吃的，都得到搖頭回覆後，她就雙手合十，不知道在那嘀咕著啥。

也不知道她是在喃喃地跟楊立冬的爹傳達這個喜訊，還是在對各路神佛表示感謝。

總之，秦氏又是哭又是笑的。

錢氏在田慧身旁坐下，心裡明白，這才剛剛成親沒幾日就有了，那定然是之前有的──難怪，一個屋簷下，男女有情，難免擦槍走火，又都是大齡男女。

不過，這事兒可得守牢了。

錢氏拍著田慧的手，安慰道：「別擔心，這都是喜事！」

錢氏並不曾有過這樣的經驗，兒子失而復得，且二十多歲才成親，最終兒媳婦在新婚幾日就得以有了身子，所以秦氏的坎坷心路，錢氏還真的不大能感同身受。

楊立冬終於半暈不暈地暈完了，繼而就拉著田慧的手問長問短。「慧娘，坐著舒服吧，這墊子是不是有些薄了？來來來，趕緊再加個墊子，不，兩個，這樣才夠軟、夠暖！」

楊立冬說到做到，趕緊從隔壁的椅子上將椅墊兒都往田慧的屁股下塞。

田慧被迫站了起來，看著疊疊高的棉墊子，有些頭疼。

錢氏準備的墊子都是新墊子，這還是田慧上次回門的時候，錢氏特意給準備的，舊棉被拆了做成新墊子，還加了不少的碎布條。

這三個墊子一疊，足足三寸有餘！

錢氏在一旁看得哭笑不得，主動將墊子拿開了，只剩下原先的這個。「這墊子我都有好好曬過，暖和得很。」平日裡拿來當被子蓋的，能不暖和？

楊立冬不好意思地衝著錢氏笑笑，左右張望著，試圖找些事兒做，好來殷勤地討好田慧。

「冬子，我看你還是先想想午時過後的跪祠堂該如何辦吧，其他的事兒慢慢來，咱不急，啊？」錢氏重新拉回田慧的手，生怕楊立冬一亢奮，又來一齣新花樣。

「對，我現在就去尋里正說話！」楊立冬立刻站直身子，讓田慧安心地等著他的好消息，田慧整個給弄得哭笑不得。

「也讓你娘別神神叨叨的了，這會兒這事要緊。」不過錢氏知道楊立冬這會兒好似有些神志不清的，也不知這事兒他能不能說清楚。

秦氏在最後總結道：「冬子他爹，你就保佑咱孫兒平平安安的，先不跟你說了，我照顧兒媳婦去了！」

田慧聽得忍不住搓了搓胳膊，感覺到涼意啊。

「老姊妹，這事兒妳看看如何辦，慧娘這喜事怕是還得再瞞上些時間，若是現在就被外人知道了，應該不大好，對慧娘的名聲不大好，就是妳家孫兒出生以後，說不準都會被別人說道……」

錢氏看了眼這母子倆的臉色。「不說別人，就說段娘子好了，她家人都認了，這村子裡說長道短的還多得是，就是段娘子的娘家人，也不大願意跟她往來，這幾乎就跟娘家人斷了關係。」

楊立冬握著拳頭，嗜血地道：「誰敢說！」待得注視到田慧時，他渾身的煞氣才弱了不少。

「冬子，你別亂來啊，慧娘可是剛剛有了身子，這要多多地為你兒子積福，你不許再莽撞了。」秦氏掰開楊立冬握得緊緊的拳頭，這心跟著一突一突的。

楊立冬點點頭。「娘，我哪兒都不去，我都當爹了，還能莽撞不成？」他默默地在心底補了一句，咱得智取！

得到楊立冬的保證，秦氏也慢慢地冷靜下來。

「這頭幾個月，最是不穩了，我當初就是不曉得事兒，懷冬子的時候傷了身子，後來再想生的時候就難了。」秦氏最遺憾的事兒，就是只生了冬子一個，哪怕之後再生個閨女也好。

「你錢嬸說的對，可不能說漏嘴了，也幸虧咱是住在鎮上，左右村子裡的說不到鎮上去！這事兒我去尋了里正的媳婦說說吧——」

秦氏自然不會忽略，曹氏得了里正的吩咐，對秦氏那可是一口一個老姊妹，叫得勤快。

特別是這回，剛剛在祠堂外頭碰見了，曹氏便拉著秦氏的手，非得讓秦氏婆媳倆去她家坐一坐，秦氏只能道：「一會兒祭祖完了就過來坐坐。」

如今，楊家村早就傳遍了，楊立冬成親那日，可是連縣衙裡的大人都來喝酒了。那關係，跟兄弟一般似的，可是看掉了一干人的眼。

不過，會進楊府的，都是跟楊立冬這一家走得近的，特意來參觀參觀楊家的大宅子，至於村子裡的其他人家，一聽說知縣大人都在宅子裡，可是敬畏得連門都不敢進。

楊里正就算曾到衙門裡辦過多回的差事，可連知縣大人的影子都沒有見過。楊里正只遠遠地看過縣尉大人的影子，看了一眼就恭敬地低下頭。

這回，楊里正相信自己絕對是南下鎮最有出息的里正了！

因為，他跟衙門裡的眾位大人們一道兒喝過酒！雖說只是他敬了幾位大人幾杯水酒，不過，那激動之心，他實是無以言表。

待得他聽到知縣大人說道：「楊家村，我知道這個村子。我很看好楊家村，好好幹！」

當晚，楊里正一直激動到喝酒都能哆嗦，因為手抖。

田慧被鄭重地交代給了錢氏。楊立冬母子倆決定兵分兩路，去尋里正和曹氏。

他們才剛剛到楊里正家的院門，里正夫婦倆便雙雙出來迎接，還帶著兒子兒媳，規模甚是浩大。

楊立冬隱晦地表示有事相商，楊里正才讓自家兒子媳婦都出去了。

屋子裡只剩下四個人。

曹氏早就拉著秦氏在那兒窸窸窣窣地說著話。

楊里正本就是有要事相商。「冬子，你見過的世面多，你幫我出出主意兒，這事兒可行不可行？咱楊家村也算得上是南下鎮的大村子了，咱一個村子裡住的都是楊氏一族的族人，可是咱村子卻是連一間學堂都沒有，竟是比不上楊柳村那個小村子。前幾日我也跟族裡的老人商討過了，認為這學堂是一定要辦起來的。」

楊立冬想也不想地點頭。「這辦學堂本就是好事兒，咱村子裡可有不少的小孩兒，就是閒著多認點字也好，並不要求非得走科舉一路，就是能寫會算，往後到鎮上找個差事做做也方便。」

「原本我們幾個老人商量著的是，讓村子裡的娃兒都能念書，免費讓他們念書。不過，轉念一想，這小娃子實在太多了些，近百戶。若是都聽說不要束脩，那還不得搶著來。唉，條件有限，這束脩還是得意思意思地收些。」

楊里正不是沒想過要免費，只是光是先生的支出就不得了，因為一個先生絕對是教不過來的，況且好先生也不是這麼容易尋。

「里正應該知道，我手頭並不是很寬裕，我也是剛剛在衙門裡站穩了腳跟子，我娘還在宅子裡養著雞，都是自家養著種著，省點開銷的。這樣吧，一年我出個十五兩銀子，往後若是手頭寬裕些了，咱都好商量。」

楊立冬也知道這是喜事，自然是萬分贊同的。

「那我可替村子裡的好好謝謝你了，又是祭田、又是銀子的，難為你出息了還能想到村子裡。年後，我就將這事兒交給我的大兒子，讓他督促著將學堂給建起來，也跟大隱書院一樣，辦得有模有樣的。」

楊里正又拉著楊立冬說了好些打算，都是關於書院的。

「咱村子書院的名字，你來想想叫啥合適？我就識得幾個字，取不了啥好名字。」楊里正一門心思撲在了書院上。

楊立冬哪敢取書院的名字，自己也就是讀寫不成問題，若是要做學問啥的，可是差得遠了，有時候看著圓子寫的字，楊立冬都覺得自嘆不如。

「這還是留著讓先生取吧，再請新來的先生賜字，讓人刻了匾額掛在書院的門口。」楊立冬提議道。

「極好、極好——」楊里正一向是個負責的里正，對楊家村來說，還真是難得一見的。雖說平時他可能有些小私心，譬如，想讓自己的大兒子，繼任自己的里正之職。

待得楊里正暢想了一通未來的楊家村，秦氏已經跟曹氏將話頭扯到了重點兒，秦氏這會兒滿腦子都是田慧。

「也不知道今年上族譜的有哪幾家？」

曹氏想也不想地道：「今年有些多，大概有十幾戶人，都是年前成親的，具體有幾家我也不大清楚。」曹氏並不知道秦氏是為此而來，若是為了此事來的，她可是還沒準備啊。

「我家冬子可算是娶媳婦了，這回慧娘母子三人都得在祠堂裡跪著，這自然是應該的，誰家娶媳婦都如此，不過，我這不好不容易才得了個媳婦，我就是盼星星、盼月亮地等著慧娘能給我生個孫子。如此我就是去了地下，也有臉去見冬子他爹了。說來也是怪我，年紀小的時候，隨著爹娘大冬天搬到了南下鎮來，那會兒哪曉得啥寒氣入體，後來月事就不大準，還疼得厲害，就是有了冬子也不知道，這輩子，我最遺憾的就是只替楊家生了一個。」

說起來，楊家村的婦人，只要跟秦氏走得近的，都知道這事兒。

曹氏聞弦歌而知雅意，看來是跟今兒個跪祠堂入族譜有關係了。

「是慧娘有啥不方便的？」曹氏試探地問了句。

秦氏熱情地直點頭，跟聰明人說話就是省心。

「這事兒我做不得主兒，我得問問我家老頭子！」曹氏揚聲打斷了楊里正。

楊里正沈吟了半晌。「晚半個時辰吧！」

楊立冬也知道，這事兒確實是有些為難里正了，楊立冬很是鄭重地謝過了。

「老頭子，你說這慧娘是不是——」

「行了！活到一把年紀了，還不管好自己的嘴？楊立冬承了這個情，往後老大若是想當里正，說不準還得讓楊立冬幫著說說好話呢。」楊里正自是進屋去了。

田慧是被楊立冬背著來到祠堂外頭的，幸虧田慧經驗豐富，見過不少扭傷了腿的、腿腳有問題的。

田慧似模似樣地瘸著腿走了幾步，恰巧阿花的後娘，翠兒眼尖地瞧見了。其實，只要是個新媳婦的，都瞧見了。

都是出來的人，這要進去的，就只楊立冬這一家子，能不突兀？

翠兒是唯一跟田慧說過話的新媳婦，她自來熟地打著招呼。「嬸子，慧娘、這是咋的？腿給扭了？」

田慧繃直了一條腿，不時地咳嗓子。

秦氏扶著田慧。「可不就是，我讓慧娘安心地在家待著，可她不聽，非得上山去瞧瞧，這不，一不小心就扭了腳。」

還不待秦氏抱怨完，翠兒就僵著笑。「我剛剛想起，還有點兒急事——」

因為，翠兒過來前，就聽到阿花爹說了，要上山去看看！翠兒，是阿花爹後來娶的媳婦。

「別裝了，這人都已經走光了，妳裝瘸還裝上癮了。」楊立冬輕拍了下田慧的後背，讓她趕緊適可而止。

秦氏亦是一臉不贊同地盯著田慧的腿，又盯著田慧的肚子。

「呵呵……」田慧訕訕地裝不下去了。

楊里正點了幾支香，分給楊立冬父子三人一人三支香，田慧隨著秦氏站在門檻外邊，雙手合十地默念著。田慧有模有樣地學著。

跪完半個時辰，楊立冬神清氣爽，兩個小的，好似也並無啥不妥。

第四十五章 拙字

楊家村裡的人，私底下雖說議論紛紛，說啥田慧是近水樓臺先得月，繼而兔子吃到了窩邊草。不過，看秦氏如此稀罕這個兒媳婦的模樣，村裡人又搖擺不定了。

若是田慧下的手、張的嘴，秦氏定然是不情不願，怎會連兒媳婦跪祠堂上族譜時，秦氏這個做婆婆的，也跟著一道兒去祠堂外頭陪著。

眾說紛紜。

楊家村的都只敢在私底下議論著，誰都不曾想到，田慧裝的這個腿是有問題的。因為田慧扭傷腳的模樣裝得實在是太像了，像跟真的瘸了一樣。

楊家村要辦書院！這般如此震驚的消息，轟炸著村民。

楊里正說了，按著大隱書院的束脩減半，少的都由族裡貼補。就是沒有銀子，也可以用雞蛋、雞啊來充數，啥都可以。

錢氏從屋子裡拿了一床棉被，讓楊立冬墊在馬車裡，免得顛簸。她又抓了幾隻老母雞後，還在那兒使勁兒地滿屋子尋著，有啥能讓他們帶去的。

「嬸子，我一早還不是這樣子坐過來的。」田慧真的是受寵若驚吶。

原本被當作野草一樣，隨意地活著，現在突然間被移到了暖房裡！田慧表示，這麼高的溫度，真的好嗎？被幾雙眼盯著，她走路都差點兒同手同腳了。

「娘，您是病了嗎？」團子聽楊立冬時不時就扭頭問一句：可有啥不舒服的？

田慧搖搖頭。「娘的身體倍兒棒，就是你爹他大驚小怪了。」田慧弱弱地望了眼秦氏，到底不敢說秦氏大驚小怪。

秦氏張了張嘴，圓子哥兒倆就是再聰慧，若是一不小心說漏嘴就不好了。「你娘就是有一些小小的不舒服，你爹這是關心你娘。圓子團子可也得跟著你爹學學，好好地將你們娘照顧好了。」秦氏語重心長。

楊立冬聽著車裡他娘對他的維護，忍不住感慨了聲，不愧是親娘！

好不容易他們熬到了鎮上，這太陽都快要落山了，今兒個可是年三十，這年夜飯也不知道何時才有著落。

楊立冬變戲法似地不知道從哪兒弄來一個小馬紮子，阻止了田慧往下跳。

可就是連秦氏都是縱身一躍，跳下去的。而她整個就是腰好、腿好、韌帶好的人，卻硬生生被楊立冬阻止了下跳的動作，做作地抬著腿，一步一步地下了馬車。

「冬子哥，我說你咋不直接抱我下來呢？費這些勁兒做啥——」田慧偷偷地擰了下楊立冬的胳膊。

楊立冬絲毫不覺得疼痛。「我這不是以往見著別人家的夫人都是這般下馬車的？確實是怪麻煩的。往後，我就直接抱著妳下來，又快又安全！」

也幸虧福嬸有準備，早早地就將年夜飯給準備起來。不過秦氏看了之後，連連搖頭。「不行，這實在是太簡陋了，把先前縣尉大人送來的牛肉也燉上。」這牛肉可是稀罕物。

福嬸好半會兒沒反應過來。「這是有啥事兒我不知道的？這才回了趟村子，就有大喜事兒了？」

秦氏是巴不得尋個人跟她一道兒分享分享她內心的喜悅，自家的福嬸和鄭嬸兩人自然想瞞都瞞不住。

「慧娘有了——」

壓低聲音，三人圍成了一圈，窸窸窣窣地說著。

「這是啥時候的事兒？若是這樣算，那冬子這小子實在是太壞了！若是別人家的小子，非得揍死他不可！」福嬸壓根兒不用算日子就知道，這定是在成親前就爬了床。

鄭嬸點頭同意。「慧娘的性子，就是平日裡最愛吃的肉放在眼前，都得猶豫個半晌，才走過去吃肉，還想著若是肉不好吃該咋辦。就這樣子的性子，若不是冬子把慧娘算計了，我還真的不信！」

秦氏嘿嘿地笑著，不斷在安慰自己，那是自己兒子有能耐，讓兒媳婦這麼快就有了身子。「慧娘就是好生養的，性子又好，肥水不流外人田，冬子眼光好！」

「那倒也是，慧娘呢，怎不見慧娘過來？」福嬸這才記起這八卦事件的女主角。

秦氏神祕一笑。「被冬子逼著回屋休息去了。」

鄭嬸一聽就樂了。「看來慧娘的好日子可是結束了——」

一語成讖。

田慧使喚著楊立冬將箱子都放進耳房裡，順帶地去挑些東西作為回禮。

「娘，這裡放的都是啥？」團子好奇地看著田慧親自開了鎖，原本楊立冬搶著要開鎖的，不過被田慧一瞪眼就給瞪開了。

「這可是咱家的藏寶庫——」田慧神神祕祕地道，惹得團子摩拳擦掌。

吱呀——團子趕緊反身將門給關上，逗得田慧嬌笑連連。

「這是做啥？趕緊將門打開，你爹還要搬箱子過來，咱還要好好歸整歸整。」

「慧娘，妳就領著圓子哥兒倆看看，一會兒要搬東西讓我來就成了，我先去將箱子搬過來。」楊立冬囑咐再三。

團子看這楊立冬的身影消失在門後，團子悄聲說道：「今兒個爹怪怪的，老是纏著娘！」嘟著嘴表示抗議。

圓子撿起箱子上的一張紙，輕唸出聲。「文——房四——寶？」

聽著圓子斷斷續續、猶猶豫豫地唸完這四個字，對於田慧來說，就是個折磨。

圓子揚了揚手上的紙，剛想出聲，就看到田慧忽明忽暗的臉色，果斷地閉了嘴。

團子靠得近，隨手接過圓子手裡的紙張，反覆看了幾遍，才出聲反駁道：「哥哥，你這字唸錯了吧？怎瞧著不像是文房四寶？」

田慧一把奪過團子正看得聚精會神的紙張。「這就四個字，你還能瞧不清楚，我看你最近是念書念得少了，連字都不認識了！」

團子驚呼，不怕死地追問：「娘，這不會是您寫的吧？真是文房四寶四個字？」

「從明兒個開始你就每日拿著書，到我的屋子裡念書給我聽吧。」田慧不顧團子死灰的臉色，痛快地下了決定，絲毫不給團子機會求饒。

誰讓這小子沒個眼色勁兒，看來這些日子疏於管教，團子竟然學會挑戰自己的權威了。

「娘，我這不是不知道這是您寫的嗎？若是我知道，就是給我一百個膽子，我也不敢嘲笑您哇——」團子喊冤吶。

團子可是深刻地體會到他娘折騰人的法子是層出不窮的。

啪——啪——田慧陰惻惻地盯著團子，手指頭彈著紙張。

「我怎麼這會兒才算是聽明白了，你這是在嘲笑我吶，故意嘲笑我？也是啊，就是只認得文房四寶的兩個字，瞎猜也能猜到這是哪四個字了，敢情一直是在故意嘲笑我吶！」

團子驚恐了，原來自己說了如此大逆不道的話。

「娘，我可是您疼愛的兒子吶，您還能不相信我的心，我心可昭日月！」

「你那可昭日月的心，可不是向著我的，你剛剛還在嘲笑我吶，當我老年癡呆啊，轉個背就忘記了。」田慧壓根兒不吃這一套。

田慧將那原來放著紙張的箱子打開，入目全是文房四寶，還有好些書。

「娘——好多好東西——」團子頭往裡一探，就忘記他剛剛還把田慧給得罪了。

楊立冬將箱子搬到了門口。「慧娘，妳先來瞧瞧，咱歸整歸整，若是合用的都給揀出來，免得搬來搬去的。」

「這些布疋還是都放起來吧，咱家的新衣裳都已經做好了，若是做夏衫定是涼快得很。怎還有一匣子的絹花？這也拿出來吧，若是過年了，有小女娃子來，就一人送上一支吧。大老遠地還運了書過來，不過瞧著好像是手記，難為趙菜子這個粗人還曉得送這些文謅謅的東西來。」田慧逐一地清點著。

圓子翻著那一疊的書。「爹，能不能把這些書給我吶？」很是識時務。

田慧想也不想地就拒絕。「你現在哪用得上吶，等你先過了縣試再說，貪多嚼不爛。」

「爹——」

田慧瞪大眼睛，看著圓子衝著楊立冬「撒嬌」，可是嚇得不輕。

圓子並不像團子一樣，經常張口閉口的「爹」，這難得地喊上一回「爹」，楊立冬哪會拒絕。

「若是用得上就都搬回去吧，這些書放著也是放著，若是喜歡都搬到你們那裡，都是你們的東西。不過你娘說的是，咱還是穩紮穩打些，等過了縣試再說。」

楊立冬也知道這二月就是縣試了，時間上還是有些緊張的。

「等過了年，我已經跟主簿大人說好了，挑個日子跟你們說說歷年的縣試題目。」

田慧由著圓子團子將書搬回書房，才小聲地問：「這樣子，是不是不大合規矩？」

「有啥不合規矩的，也只是請主簿大人說說往年的試題，妳別多想了。就是我有能耐讓圓子團子過了縣試，這往後的路還不得自己走？若是沒個本事的，怕是連個秀才都得不到。主簿大人畢竟是文官，這科舉的經驗也豐富著，多讓圓子團子聽聽，也不會有壞處。放心吧，這些規矩我都懂的。」

田慧一向是守法守紀的好孩子，根本就不懂這些，生怕給楊立冬帶來壞事兒。

「咱做爹娘能做的，就是給兒子鋪平路，可這路還是得靠兒子自己走。就是往年，主簿、師爺，都有不少人請去給別府的小子講講學，這都不算啥。」

追問再三，田慧才放了心。

「呼，你可別亂來就是了，若是圓子團子不能過再念幾年書就是了，我又不指望他們能給我掙個誥命夫人啥的，這樣子一家人在一道兒就夠了。別讓我提心吊膽的，我這人膽子小，會嚇破膽的。」

楊立冬趁人不在，捏了捏田慧的手，大手包小手，暖暖的。「妳放心吧，如今又多了你們母子三人，我哪兒都不去就陪著妳。」

田慧終究是敵不過楊立冬的深情告白，紅撲撲的「大餅臉兒」低下去了。

崔魚兒還送了一匣子的銀錁子，一個個純銀打造的狗崽子，還有些金狗崽，形態各異。

「難不成這是送來給我把玩的？這會不會太大手筆了？」田慧克制住往嘴裡送的舉動，很想咬一口驗驗貨。

田慧捧著匣子不撒手，用手向匣子底一抄，聽到清脆的銀子撞擊聲，醉了。

團子一進來，就忍不住眼冒金光，給圓子使了個眼色。「我說的對吧，這裡肯定還有好些好東西！」

圓子接受到團子的眼神示意。

「娘——銀子！」團子伸手拿了塊銀子就往嘴裡送。

咯——真銀吶！

「娘，給我幾個吧！」

「真銀？」

團子點點頭。

「你不覺得這狗崽子看起來挺逗趣的？」田慧不死心地問道。

「呃——沒注意到，也就女子才會看這些——」鄙夷之情盡露。

這是好了傷疤忘了疼。

「圓子你呢？」田慧不甘心。

「娘，那狗崽子好可愛，讓我挑幾個擺在屋子裡吧！」圓子很配合，結局很圓滿。

「喏，挑幾個吧——」田慧很是大方地將匣子遞到圓子面前。

「娘，您偏心！」團子控訴。「爹，娘欺負人！」

田慧只裝作沒聽見。「這個伸出舌頭的、這個趴著的——」

才一會兒工夫，圓子的手裡就有六個了。

「娘，那巴掌大的狗，能擺在屋子哪裡？您就別聽哥哥瞎吹了，不就是跟我一樣稀罕銀子嗎？」團子本著「我得不到的，大家都別想痛快」的心思！

田慧正往圓子手裡塞第八個。聞言，她一時頓住了！

「娘，我就擺在床頭，天天摸著睡。」圓子早就有打算了，臉不紅地答道。

不說還好，這一說，更財迷了。

「走走走，都是來氣我的！」田慧將匣子合上，分贓結束了。

「娘，我還沒有呢！」團子眼巴巴地望著那木匣子，拉了拉楊立冬的衣角。

「自己分去，跟你哥哥分去，都只會坑我！」田慧怨念十足。

圓子雙手捧著銀錁子。「娘，這八個怕是不大好分，大過年的，四個、四個不吉利。要不，妳再給我兩個？」

惱了！不過，她到底還是開了匣子，想了想，取了四個出來，一人六個。

田慧抱著一匣子的絹花和一匣子的金銀錁子，回屋去藏好了。

「這可是有些年分的老參了，這手筆也太大了些吧？」田慧看著這藥材就裝了半個箱子，難不成這是崔魚兒來報答她了，投其所好？

「京城的大都這樣，若是比起來，這些並不算得上咋樣，妳就收著吧，總有一日要還的。」楊立冬在京城住過些日子，也算是見過一些世面了。再說，趙菜子他們倆那喜事，還是託了自家的福才得以成的，就是謝媒禮也算輕了。若是有機會，他可得再好好地敲打敲打些出來。

今年的年夜飯是一道兒吃的，還有送了禮來的趙府管事和車夫，很是熱鬧了一番。

田慧和兩小的抵不住睏意，都先回屋了。

「冬子，你過來、過來——」秦氏招呼楊立冬到她身邊來。「往後，你睡我那屋去，我就在你那屋子裡睡，若是慧娘要起夜啥的，也方便。」秦氏不大好意思跟個兒子說這些。

楊立冬想也不想地就拒絕了。「娘，我才剛剛新婚，您這就要拆散人吶？」

「這哪是拆散，這不，你們年輕人不懂事兒，若是不曉節制——」

「娘，您說這許多做啥，我還能不曉得！」楊立冬打斷了秦氏的喋喋不休。「娘，我先回去看看慧娘幾個。」

秦氏看著楊立冬落荒而逃，在身後直叫喚，都沒能將人給喚回來。

鞭炮聲陣陣。

楊立冬鑽進被窩裡。「吵醒妳了？繼續睡，才剛剛新年呢，外頭都在放鞭炮。」

「嗯，真吵——」田慧翻身睡去。

楊立冬趕緊手快地讓田慧枕著自己的胳膊，抱著田慧，才舒服地睡著了。

昨兒個楊立冬睡得極好，雖說只是抱著田慧睡。

「娘，趕緊起來了——」

楊立冬聽到團子的叩門聲，忙將門打開。

「你娘還沒醒呢，今兒個怎麼這麼早？」

團子湊近看了看屋子裡。「大柱他們都來了，說是來拜年的。」

「這一大早？」楊立冬抬頭看了看天色，因著睡得好，所以他醒得可比前幾日都早些。不過，這人從楊家村走過來，最快也得半個時辰吧？總不可能天兒剛剛亮就過來了？

「那我哪能知道呢，不過依我看是差不多來著。奶奶讓我喚你們起來，還有那紅包，準備好了！還有，這一時半會兒是沒有啥能吃的——」

團子說著又看了眼屋子裡，傻人有傻福，睡得可真夠香的。

今早，是楊定銀領著人來的，一溜兒的九個娃兒，還有娃兒他們的爹娘。

說來也是奇了，三房的一個都沒用過早飯。要說昨兒個大過年的，這剩菜剩飯自然是有，不都講究年年有餘嗎？不過林氏卻是一點兒都不曾準備，還說今早不開伙了，將人都趕著去了大房那兒。

但劉氏準備的也不過是一家人的粥，她見五梅一個五歲的小娃兒，看著自己喝粥直咽口水，這一問，才知道，這是沒吃早飯就給趕了出來。

劉氏二話不說就招呼三房的人坐了，一人喝上半碗粥，這不，也算是肚子裡有食了，便緊趕慢趕地來了鎮上。

大年初一的，誰也沒想到要起得早，也是湊巧了，這一鍋的餃子剛剛煮下，人就來了。

要說也是田慧持家有道，將全盤虧損的局面，扭轉成小有結餘。

因為，楊家雖送了年禮，不過都是自家產的，其他無非就是買點兒藥材、弄點兒酒，再在庫房裡找對花瓶，就給對付過去了。反而是給楊家村的年禮倒還豐盛一些，啥都不送，就給肉了！

大房和三房那兒都送了三十斤的肉，錢氏和里正那兒又多了些茶葉、點心、酒這些東西，因為人家早早地就給送了年禮過來，禮尚往來。

秦氏真的只是隨口招呼一聲。「要不一道兒吃點餃子？」

畢竟誰家出門拜年還會空著肚子的，這一年初始，都講究好兆頭，新年穿新衣，吃得飽飽的。而三柱，一向是個記吃不記打的。

「二奶奶，給我來一碗兒！」他還當是在外頭酒樓裡吃飯，使喚上了。

楊定銀覺得丟人，瞪了一眼三柱。「二嫂，別聽三柱的，我們都已經吃過了。」

「吃啥吃咧，就半碗的粥，這過來，尿了一泡，早就尿光了！」三柱在三房，一向都是地位超越楊定銀的存在。

「二奶奶，妳看，我來您家拜年多不容易吶，如今您家是發達了，可不能忘了照應我家這窮親戚啊，怎麼說也得讓二叔弄輛馬車來接我們來拜年吶！村子裡可都說你們如今有錢了，我們都能跟著享福呢！二奶奶，我要一碗大碗的，是肉餡的不？不是肉餡的我不愛吃！」

秦氏哪見過這種娃兒，這三柱過了年也已經十二了，竟然比他的妹子還不懂事。還是自己的孫子懂事多了，她望了一眼，只見圓子還在替自己燒火，團子應該是去尋楊立冬了。

圓子看秦氏正盯著自己看。「奶奶，團子讓您別生氣，他去搬救兵了，一會兒讓爹來收拾他！」

「你們兩個機靈鬼！」秦氏笑著，也不反駁。

一回生，二回熟。三柱仗著自己已經來過不止兩回了，尋了個凳子便坐下。「趕緊坐啊，一個個傻站著做啥，大哥，你家的粥都被我們分吃光了。今兒個你可別說你吃飽了，我就看你喝了半碗湯，你別整那虛偽的一套！」

秦氏看著其他人都懂事地站在一旁，也有些心疼。「趕緊坐吧，這鍋餃子就要熟了，一會兒我再下鍋麵條，讓你們爹娘也吃點兒。」

秦氏招呼著眾人坐下，不去搭理三柱。

大梅看著秦氏端了一碗出來，就站起身說道：「二奶奶，我來幫您端吧，我在家裡就是做慣這些活的。」

「噯，好——」

等最後一碗端出來，三柱碗裡的餃子已經空了。

「二奶奶，怎就這麼一點兒，我剛剛看鍋裡可不止這些，我這連肉味兒都還沒能嘗出來——」三柱意猶未盡。

「你啊，就是讓你生啃肉，你都不可能嘗出肉味！」圓子嗆聲。「我奶奶他們忙了一早上還沒吃過一口餃子，吃不出肉味，你啃草去！」

其餘八個小的都低著頭吃餃子。

秦氏懶得搭理三柱，牽著圓子的手，回灶房去吃餃子。

「奶奶，要不送點兒去給爹他們？」圓子捧著熱熱的湯碗，跟秦氏並排坐灶臺前。

「你福奶奶早就藏好了——」福嬸衝著圓子眨了眨眼睛。

三柱自己碗裡空了，哪會甘心看著別人吃著，眼饞心癢。

大房的欺負不了，自家的三梅和五梅卻是恰好，三柱掂量著筷子不好挾，在桌上撈了個湯匙，就往三梅的碗裡撈餃子。

「哥哥，那是我的，你自己的吃完了！」三梅眼睜睜地看著碗裡的一個餃子被三柱撈走了，趕忙用手遮著碗。

三柱嚼了幾下就下了肚。三梅也顧不得嚼，趕緊往嘴裡扒拉餃子。

「三梅妳敢！奶奶說過，家裡的都是我的，妳竟然敢跟我搶吃的，妳這個賠錢貨！」三柱見吼不住三梅，就去拉三梅的頭髮。

三梅就是忍著痛，不停地往嘴裡扒拉，等三柱搶到的時候，就只剩下一個餃子了，三柱罵罵咧咧地將一個餃子咬進嘴裡，轉頭去看五梅的，只見五梅已經碗裡淨空，連湯都不剩。

三柱忍不住小聲嘟囔了一句，就看著大房的人小口喝著湯、吃著餃子。

三梅好不容易將嘴裡的咽下了，端過碗，也慢慢地喝著湯。真香，是大骨頭湯吧？

秦氏早就聽到了裡頭的動靜，半晌猶豫都沒有，只是吃著碗裡的餃子喝著湯，跟圓子說說笑笑。

「奶奶給你們準備了大大的紅包，一會兒等人走了，再到奶奶房裡來拿啊——」

原本，秦氏打算等用過了早飯，再給孫子倆一個大大的驚喜，現在卻被亂糟糟地打亂了。秦氏心裡有些不爽，這才大年初一就吵吵嚷嚷的，這新的一年可咋過啊——

等秦氏吃完了東西，才下了一大鍋的麵疙瘩，喊了楊定銀他們過來吃早飯。

等田慧夫婦倆過來的時候，都已經吃完了。

三柱看著田慧的湯碗裡是滿滿的餃子，狠狠地咽了一口口水，咕嚕！

「二奶奶明明說已經沒有餃子的！」三柱指控著秦氏騙人。

楊立冬撇頭看著田慧胃口好像不錯，心下微喜，也不跟三柱計較。「我娘留點兒餃子給兒子吃，難不成也要跟你報備？你是想吃空了我家是吧？」

田慧輕吹，慢慢地放進嘴裡，咀嚼，真香——

任誰被人這般盯著吃東西，還恨不得衝上來搶了吃的，胃口一定會大好的。被三柱如此渴望的眼神盯著，田慧喝得連湯都不剩一點兒。

給楊家的九個小兒發了紅包，田慧一家人也坐著馬車來了楊家村。楊家村，自來便有正月初一要給先人上墳的習俗，稱作「拜墳頭歲」。

秦氏將籃子裡的東西都一一擺了出來。

「娘，咱啥時候請個泥瓦匠給爹前面這塊地整整，看起來也體面體面。」楊立冬看著他爹的墳前坑坑窪窪的，帶來的碗碟子只能擠擠挨挨地靠在一處兒，才排得穩。

祭品一般是單數，三個、五個的。單為陰，雙為陽。

而雞不一定得是全雞，就那麼半大的碗裡也放不下這整隻雞，除非將鍋也給弄上來。不過，這雞得有頭、有腿、有屁股，象徵著全雞。還有整條魚和豆腐是一定要有的，秦氏昨兒個就用素油炸了豆腐。

秦氏就是再心疼銀子，不過準備得一點兒都不含糊。

也有紅燒肉、茶葉蛋。秦氏還特意加了個牛肉片兒，這一小塊牛肉，可是秦氏早就留下來的，早早地打算了好給老頭子上墳的時候，嘗嘗鮮。

再者是風乾的臘腸、饅頭，並一碗菘菜。

「冬子，給你爹倒酒。」秦氏吩咐楊立冬往酒杯裡倒上酒，手裡拿著香。「老頭子哇，今年的菜特別好，我特意給弄了九個菜，你也慢慢吃，過個好年。這是咱的兒媳婦，和兩個孫子，頭一年來給你上墳了。」

田慧娘兒三人排排站著，聽著秦氏「介紹」到自己了，恭敬地鞠個躬。他們嘴裡說道：「爹過年好——」、「爺爺過年好——」

楊立冬倒完了酒，看著田慧娘兒三人乖順的模樣，樂得笑開了。

「愣在那傻笑著做啥，小孩子家家一點兒都不懂事！趕緊的，拿酒去邊上倒幾圈——」秦氏指著墳頭的四周，做了個倒酒的動作。

楊立冬在離家前，也是年年跟著他娘來上墳的。

「老頭子，這酒啊，你也請鄰居親戚一道兒喝點，聽冬子說，這可是好酒——」

秦氏帶了整整一小罈子的酒。「真是太奢侈了——」不過她轉念想到，這一年也才幾回，就數這大年初一的最是豐厚了。

看著時間差不多了，秦氏讓楊立冬把紙元寶給燒了。秦氏也跟著蹲下身子，燒了幾個元寶之後，就招呼田慧母子三人過來。「來，給妳爹、你們爺爺燒點兒錢去。」

「老頭子啊，這錢若是不夠用了，你就託夢給我，用不完也送點兒給別人用用。」

田慧瞪眼，聽著秦氏在耳邊嘮叨，倒也不是因為害怕，只覺得秦氏這話好不可思議。

秦氏早就注意到了今兒個田慧母子三人特別乖巧聽話，不說不鬧。「怎麼了，頭一回來，這是怕了不成？」

團子一聽秦氏終於說回了「正常話」。「奶奶，我就是有些怕弄錯了，以前來跟我娘上墳的時候，我娘就是將東西擺上、香點上，然後說了句：可以吃了——等一會兒，就燒紙錢，最後就是收東西回去。」

秦氏知道，團子說的是給楊家老三上墳的時候，她掙扎了好一會兒，才道：「要不要也給那楊家老三上上墳？」

楊立冬一直瞪著秦氏，心裡老不願意了——我的媳婦、我的兒子，憑啥去給個爛賭鬼上墳！

「我就不去了，我跟他們家人已經沒啥關係，給爹上墳就好了。」等田慧話落，楊立冬才展顏。

秦氏是知道的，田慧只給楊家老三上了三年的墳，自此，就不去山上了。對於圓子哥兒倆，田慧也從不拘著。

不過，第四年，田慧雖不上山去，圓子哥兒倆卻是隨著柯氏他們一家子去的，只是那一年之後，圓子哥兒倆再也不肯去了。

「我們不去了，現在我們是爹的兒子，跟別人家沒啥關係。」

圓子一直沒有說的是，柯氏已經替楊家老三尋繼子了。

秦氏雖說這樣子問，不過心裡也仍是不大樂意自家的孫子去給別人上墳，更別說自己的兒子還在，雖說是繼父，但圓子哥兒倆也是喚楊立冬為「爹」的，儼然親熱得似是一家人。

「圓子團子，你們給你們爺爺燒多些元寶吧！」秦氏讓田慧站起來。「妳也是個實心眼的，妳自己的身子都不注意，不能久蹲的，這都生了兩個了。」

田慧訕笑地站起來。「我就是想多盡盡孝。」這些日子，跟團子處得久了，田慧嘴巴不自覺甜了不少。

果真，自從有了身孕，被人嬌著慣著，田慧這猛地一起身，就覺得有些頭暈腰疼。

「老頭子，咱的大孫子和二孫子在給你燒元寶呢，你收了銀子可得保佑咱兒媳婦和咱孫子都能好好的，一家子順暢，冬子在衙門裡也能順順當當的。」

等最後一個元寶都快燃盡了，秦氏將酒杯裡的酒撒到火苗上。

嗤啦——

秦氏端起牛肉片，揀了一片塞到楊立冬的嘴裡，楊立冬想也不想地就吃進嘴裡，嚼著。

田慧看著秦氏遞到眼前的肉，愣了神。

秦氏催促道：「嗯？吃吧，妳爹會保佑你們的。」

田慧張大嘴，由著秦氏將肉給塞到嘴裡，嚼了一口，就死命地往下嚥。

秦氏又遞給圓子團子，最後往自己的嘴裡塞了一片兒。

「嗯，這肉味兒還不錯，聽慧娘的，做成醬香味兒的真好吃，你爹準喜歡。」楊立冬的爹，生前就最喜歡吃秦氏醃的醬。

秦氏嚼著肉，看著田慧呆呆的模樣，心道，唉，真是可憐。

分食祭品，是能吃到祖宗給的保佑，好讓新的一年順順當當的。

「去你爺爺奶奶的墳上去上幾炷香吧——」秦氏將東西收拾好了，讓楊立冬提著籃子，背上還背著一個大背簍。

楊立冬的爺爺奶奶是合葬一墳的，至於上墳，都是三家一年輪一回，今年輪到的是楊定銀他家，這會兒可能正在上墳。

果然，八九不離十。

不過，也只有楊定銀一個人，墳頭空空的，啥也沒擺著。

「三弟，這是上好了？」秦氏看著還在燒著的香。

楊定銀坐在墳旁的一塊石頭上，低頭不知道在想啥，聽到動靜，才抬起頭來。

「二嫂、冬子，你們來了啊——」楊定銀搓著手，站起來，拘謹地站在一旁。楊定銀有些羨慕地望著楊立冬一家子，熱熱鬧鬧的，雖說這結合不盡讓人滿意，不過，好歹這一家子和和樂樂。可是自己，卻是孤零零的，兒子孫子早就遠遠地躲開了，就是讓他們來上墳，都全當沒這事兒。

楊定銀一向是個懦弱的性子，他娘看他如此扶不上牆，才特意給他說個能幹潑辣的媳婦。原本，他娘還在世的時候，林氏是頂能幹的，就是心裡有委屈，也都只是笑著受了。後來，他爹娘一去，這家就在里正的主持下分了家，楊定銀早就習慣了不做主的日子，碰上要拿主意的事兒，這就沒轍了。

後來，林氏看不過眼，奪過了當家的權，楊定銀也樂得沒這種煩惱，只要種好地就好了。就是如此，林氏才越發不將他放在眼裡，楊定銀如今說的話，可是連半個人都不願意聽了。

秦氏看著楊定銀反常地立在那兒，笑著卻是比哭還難看，有些擔心。

如今，秦氏的日子一日好過一日，更是有了盼頭，這心腸也軟了不少，可不是當初那個獨居時的怪異性子了。更別說，楊定銀當初也沒少偷偷地幫襯她做活。

「三弟，這是來給爹娘上墳嗎？」

楊定銀這回總算是聽清了。「沒有，我就是在爹娘的墳前坐一坐，康子已經上過墳了，祭菜都帶回去了。」

楊定銀生怕秦氏一家人不信，煞有介事地點頭道：「真的，這、這祭菜還是我在前一晚的時候準備的，雖說沒啥菜，但是，都是蒸肉蒸魚的。」

若是遇到年景不好的，上哪兒弄全雞整魚去？所以楊家村不少人家都會用麵粉捏的肉、魚來代替。雖說有糊弄祖宗的嫌疑，不過，也是一片心意，想著讓祖宗吃得好些。

楊立冬看著楊定銀侷促不安的模樣，開口解釋道：「三叔，我娘不是這意思，我們就是給爹上完了墳，也來給爺爺奶奶上炷香，正巧看見三叔您坐在這兒。」自家這個三叔，最是沒啥心眼，也不大會說話。

聞言，楊定銀趕緊往一旁讓讓。「你們上香吧，我也沒啥事兒——」就是心裡頭有些難受。

因為有楊定銀在，楊立冬一家子也沒再說說笑笑。

特別是看著楊定銀一副愁眉苦臉的模樣，這得多缺心眼兒才能在一旁若無其事地笑著鬧著。再說，上墳也是一件特嚴肅的事兒。

楊定銀是隨著秦氏一家子一道兒下山的。

「嫂子，今早的事兒，實在是對不住了，我……我也不曉得會這樣……」楊定銀還是張不了嘴說都是林氏的錯。

秦氏半點兒都不怨楊定銀，跟個木偶一樣的人生氣，那還不得氣死自己。別看楊定銀一大把年紀了，不過確實鮮少用腦子想事兒，大多都是林氏說啥就做啥的。

今早他跟林氏的吵嘴，還是因為林氏觸犯了楊定銀的底線。因為，給他爹娘上墳，居然是背著自己，哄自己去鎮上，然後自己去上墳。

別人家墳前都是熱熱鬧鬧的，一家子，或是好幾家子，可他爹娘——

這是打老臉的事兒！

「我能怪你啥，就是怕耽擱了給你二哥上墳。往後啊，三弟還是多自己想想，別老是被林氏牽著鼻子走，這些年，林氏越發老糊塗了——」

楊定銀吶吶地應是。見此，秦氏也不欲多說。

秦氏一家子哪兒都沒去，只在錢氏家的院子門口說了一會兒話，就坐上了馬車，晃晃悠悠地回了鎮上。

劉氏聽了兒子倆說的話，長長地嘆了口氣。「唉，你看這事兒給辦的，出力不討好——」

劉氏看著已經老了不少，力不從心。

「娘，這事兒不怪您，都是三嬸給辦的，三柱那小子也真是的，就是三叔，也是攔他不住，絲毫不將他爺爺放在眼裡。」楊立海寬慰著他娘。

楊立海並不多話，只是看著他娘皺著眉頭，忍不住勸道。

「我原本想著，若是老三那一家子去了鎮上拜年，可咱家不去，說不準你二嬸他們就該多想了，是不是咱家擺著大房的架子。娘就是想讓你二嬸別記恨著以前，看在咱這般恭敬的分上，前事兒都一筆勾銷了。」

自打楊立冬發達了後，劉氏就生怕自己當初動的這些歪腦筋，會害了自家兒子。所以，她越發只是待在自家院子，就是在村子裡也是鮮少走動。

劉氏更是要求自家兒子媳婦、孫子孫女，不准借楊立冬的勢，免得惹人生厭，新帳舊帳一道兒算。

劉氏的二兒子，楊立河滿不在乎。「我說娘，咱為啥非得如此巴著楊立冬這一房，咱自家關起門來過日子就成了，免得看著人家的眼色過日子。半點兒好處都無，大不了我不想著去沾楊立冬的光，自家安分過日子還不成嗎？」

劉氏看了眼楊立河，幽幽地道：「你不想想自己，那你也多替你兒子閨女想想，哪一日咱兩家關係緩和了，咱也不想著占多大的便宜，只是讓大柱、二柱他們能走出這個村子，不用再看天吃飯。若是再跟那幾年的災年一樣，咱說不準可是沒那麼好的運氣了。」

楊立河是記得的，他家大嫂有了身子，不過因為日日根本吃不飽飯，睡了一晚就滑了胎，也只是睡在床上休養，可躺了整整一個月，都沒有養回來，畢竟根本就沒啥能吃的。後來，肚子就一直都沒有消息了。

不過，楊立河還記得的是，秦氏那會兒，還送了一斤米過來。

「嗯，咱家還是一樣這般過！」劉氏終於下定決心。「若是楊立冬要念著舊情的話，也是念著老三的舊情，以前，你們三叔就沒少幫著咱家和你二嬸家幹活。不過，老二說的也有道理，我找個機會給你二嬸說說清楚，該道歉的就道歉。若是你們二嬸不能原諒咱，咱就關門過自己的日子，也好過現在自己折磨自己。」

好不容易回到鎮上，田慧終於沒有再吐了，卻是恨不得立刻去床上躺著。

「你們可算是回來了，早上的餃子你們都沒有吃幾個，我跟鄭嫂子就尋思著再擀點兒麵，做餃子吃——」

嘔——嘔——田慧白著臉，乾嘔了好幾聲。

「這是咋的？」福嬸看著田慧如此，可給嚇得不清，不斷地問著是咋了。

秦氏是過來人。「別急，就是早上去楊家村的時候，給顛簸吐了，說是嘴裡都是餃子味兒，這會兒聽到餃子就忍不住想吐，可能是肚子裡的東西空了，所以才吐不出東西來。」

楊立冬輕撫著田慧的背，很是關切。

福嬸鬆了一口氣兒。「這日子還淺著呢，這就開始吐上了，那可真的是遭罪了。」語帶憂心。

秦氏讓楊立冬扶著田慧先回屋子裡去。「一會兒就燉個鹹肉粥，慧娘喜歡吃這個。」

田慧搖搖頭。「我現在一點兒胃口都沒——」

圓子團子兩人像個小尾巴似地跟在田慧的身後，兄弟兩人正在那兒抹眼淚，可給嚇唬得不輕。

「娘，您這是病了嗎？」團子憂心忡忡，聽說快死了的人，都是這樣子臉色蒼白，吃不下東西。

他娘現在是吐東西，到了以後會不會吐血……

越想，團子快把自己給嚇死了。

「你娘這是有了小寶寶，往後，圓子團子又會有小弟弟了，不過咱還不知道是小弟弟還是小妹妹。」楊立冬這話是經過田慧同意的，再看哥兒倆這樣的臉色，就知道給嚇得不輕。

明明是好事兒，可把兩孝順娃子給嚇的。

團子聽說自己也能當哥哥了，一時半會兒反應不過來。「那往後我得跟哥哥一樣了？」團子對自己以後的日子表現了無限的憂愁。

這會兒，團子好心疼哥哥圓子，難為圓子容忍自己這麼久了……

待得年初五，這年也算是過出了。

秦氏只是在楊家村裡擺了幾桌，請了親戚朋友，也算是宴請過了。

隔日，劉氏在自家的院子裡，擺了兩桌，請請自家人，算是跟秦氏冰釋前嫌。雖然，秦氏根本就不大在意。

三十年河東，三十年河西，誰也無法預料。

第四十六章 赴宴

自大年初一回了楊家村，田慧就沒再回楊家村過，生怕又給顛簸吐了。

昨兒個接了縣尉夫人的帖子，田慧受邀去縣尉府。

田慧攪著碗裡的粥，有些燙口。田慧如今就喜歡吃鹹肉粥，磨點兒小蝦米撒進去，又加了些蛋絲，光是看著就賞心悅目，吃著更是鮮爽。鹹淡適中。

「娘，下回別做這粥了，怪費事兒的，我現在好多了，而且哪兒都不去，又不會不舒服——」田慧對秦氏盼孫子的心情很理解，不過，越是看著秦氏如此殷切地照顧自己，田慧生怕秦氏會失望。希望越大，失望越大。

若是自己生了個閨女，只要想著秦氏臉上掛著僵硬的笑，田慧就忍不住想撓頭。

田慧自己要是能決定，她也想生兒子吶，楊立冬歲數已經直逼三十，若是放在村子裡，說不準過幾年，孫子都能有了。

秦氏碗裡盛著的是白粥，雖說現在家裡日子好過了些，秦氏仍只是在過年過節的時候，才會好好奢侈一把。

今兒個初五了，福嬸一大早做的就只是白粥，切了些酸菜，還有昨日的剩菜，楊立冬也是跟著這樣子吃的，這會兒已經去了衙門。

所以，田慧這粥是開了小灶的，也就是圓子哥兒倆，能隨著田慧吃上一小碗。

「就這麼點兒粥，也不費啥工夫，只要放在爐子上煮著就成了。有了身子餓得快，妳想吃粥，最是方便了。」秦氏堅持，一說到田慧有了身子，秦氏這眉眼都柔和了不少。

田慧默默地喝著粥，暗嘆一口氣，幸虧，也只有早上的這粥是開了小灶的。

「娘，一會兒我去趟縣尉府，縣尉夫人昨兒個就派人送了帖子來，這事兒冬子哥是知曉的。」田慧擦了擦嘴。

秦氏也知道這事。「只是妳一個人去可以嗎？要不、要不，娘陪妳一道兒去吧？」

秦氏心裡很糾結，她還是頭一回考慮，家裡頭是不是要買個小丫鬟，往後能跟著田慧出門。這樣子，自己在家裡頭也放心些。

「無事，這八、九個月，我總不能老是待在家裡頭等著生蟲吧——」田慧早就想著出去透透氣兒。她還有事兒要做，也不知道在石匠那兒訂的東西好了沒有。

秦氏實在是學不來大戶人家這種遮著帕子說話的作態，如坐針氈。

「等冬子回來，給妳買個丫鬟吧？我看別人家的夫人都跟著好幾個丫鬟、婆子的。」

田慧笑著擺擺手。「咱家過自己的日子，管別人家做啥，咱這樣子就挺好的，冬子哥還自己趕車，娘也沒少做飯洗衣，難不成我就看著嬌滴滴的？」

秦氏知道自家根本就沒啥底蘊，不過就是靠著楊立冬的俸祿過日子，日子也是緊巴巴的，若是再養個下人，就是如何定規矩也是一件難事兒。

縣尉夫人是親自帶著車駕來接田慧的，同行的還有貼身的婆子。

「咱還是一路走過去吧，也就隔了一條街，好不？」縣尉夫人開口建議道。

其實，衙門裡任職的幾個大人家的夫人，都是時常聚聚的，不是賞花宴，就是生日宴，名頭眾多。不過，田慧從不曾接到這些請帖。因為，楊立冬早就截去了。

還沒成親前，便是如此，成親後，越演越烈。

便說這回，還是縣尉夫人親自跟楊立冬說的，因縣尉夫人在楊立冬之前處理各種瑣事兒上，給了不少主意，就是縣尉平日裡也沒少幫著楊立冬熟悉南下鎮的事務。

所以楊立冬算是勉強應了，不過，不忘含蓄地指出，田慧最近坐不得馬車——

縣尉夫人看楊立冬這神色，就知道他有難言之隱。

不得坐馬車——縣尉夫人是過來人，看楊立冬重視他家夫人的模樣，就知道，若是一不小心出了點兒差池，怕是自家就得跟著遭殃。

據說，楊立冬的性子一向不大好，畢竟是武將出生，能跟你好好地坐下說上幾句話，也算是不錯了。這話還是她家老爺說的，不過她家老爺頗為推崇楊立冬。

縣尉夫人遲疑地望著楊立冬。「我托個大，你若是瞧得上我，我娘家姓柳，就喚我一聲柳姊，慧娘這是還有啥忌諱不成？」

楊立冬瞪著眼，他好像從不曉得還有啥忌諱的，壓根兒就沒聽他娘提起過……

楊立冬茫然地搖搖頭。「柳姊，我自然是信妳和縣尉大人，慧娘她是有了身子，不過這事現在張揚不得——」楊立冬說起這事時就只有興奮，這要當爹的興奮勁兒還不曾過去。

縣尉夫人在心裡默默地算了下日子，這前後也就只有半個月，心下了然。「那可得好好恭喜你了，這麼大的事兒，我自然曉得分寸的，楊兄弟既然信我，我自然不會辜負了楊兄弟的厚望。就是我家老范，我定然也會守口如瓶的，那個粗人，說不準哪日就張揚出去了。這天大的喜事，可難為你憋了這許久還一個人都不曾說……」話末，縣尉夫人打趣道。

楊立冬半點兒都不覺得有啥好羞澀的。「可不，我這巴不得能找個人來說說，好幾回都是話到嘴邊，就咽了下去。」

縣尉夫人心裡是極欣喜的。

這回宴請田慧，是知縣夫人授意的。她家老爺在知縣的手底下做差事，若是得了知縣老爺的刁難，就是她家老爺是南下鎮的，也是升官無望了。

縣尉這個官職，也是使了不少力的。

雖然，聽說知縣夫人並不得知縣大人的歡心，不過這枕邊話還是忽視不得。

即使是現在，縣尉夫人得了楊立冬的信任，可這差事也不好做，寶貝疙瘩裡又弄了個小寶貝疙瘩，只需出了半點兒差錯，楊府的人怕都會上門來拚命。

縣尉夫人繼而給楊立冬說了好些有了身子的人不能做的事兒。「我也是過來人，不過慧娘是個大夫，這能不能吃啥的慧娘應該比我懂得還多些。

「不能吃兔肉，據說產下的孩子會有兔唇，我娘以前也見過一個娃子是如此的。

「不能吃公雞，這樣生下的孩子夜裡才不會啼哭，夜啼的小孩兒可是不好帶的，大人受罪不說，小孩兒也受罪，還長不大。

「不能食鴨子，吃了鴨子，孩子要生搖頭病。

「不能縫針線、動剪刀，這樣生出來的小孩可能會有缺陷。不過，這是在最後一、兩個月，這可得記好了。若是肚子八、九個月了，別人在動刀子，也不能站在那人的正前方，這樣子小孩會有胎記，若是這一刀指在臉上啥的，可就不好看了，這最後兩個月是頂重要的。

「不能去看別人生孩子，不然自己將來要難產……」

縣尉夫人扳著手指頭說著，如數家珍。這也是當初她娘知道她有了身子後，一直在她身旁念叨，這不許做那不許做、這不能吃那不能吃，縣尉夫人生了三個孩子，每回有了身子，她娘就在她身後念叨，現在，就是閉著眼睛她都能說出來。

楊立冬長了不少知識，不過，若是如此要求田慧，也不知道田慧能不能忍受。

縣尉夫人讓車駕先回去，陪著田慧一道兒走著。

「柳姊姊，怎敢勞煩妳特意來接我，這不，我一個人慢慢走過來就是了，也就一條街的工夫。」這條街最是安全了，誰敢在縣衙後院附近瞎溜達，若是一不小心，被衙門裡的人給抓了去，那就是叫天天不應了。

據說，還真有那麼一個人，也不知道啥原因，在這幾條街上轉悠，這不，讓巡邏的官差盯上了。可是那人真的啥事兒都不做，只是到處轉悠，兩差爺一合計，寧願錯殺一千，也不放過一個，就給帶回了衙門。

領頭的一問，為啥將人給帶回來？差爺答，這人長得猥瑣，一看就不像是個能做出好事兒來的。

自此，這幾條街上，連個閒逛的人都不曾有，不過還是有差爺走過路過的。

這才走了一半的路，就遇上了兩差爺，都是自己人。

因為縣尉大人管的就是這南下鎮的治安。

「自打我家老范做了這個縣尉以後，我也很少出來走走了，平日裡出門有轎子、馬車的，都是來去匆匆，也不知道每日在忙些啥。這回可是託了慧娘妳的福，偶爾走走感覺還真不賴，這人就跟解脫了似的，不再困在這四四方方的地方裡了。」

縣尉夫人煞有介事地吸了口氣，就這樣子慢慢地踱著步，也不錯。

又是兩差爺。

這人是不是都閒著，只在這條街上瞎逛了？

「一會兒，知縣夫人也會過來，旁的人呢，我便沒請了，咱就一道兒聚聚。」待得到了范府門口，縣尉夫人才想起來，還不曾說過這要事兒。

等田慧幾人晃晃悠悠地到了范府大門，門房上前道：「夫人，知縣夫人已經來了小一會兒了——」

這是天要亡我吶！縣尉夫人心下一咯噔。知縣夫人不是一向最晚到的，這回怎的來得這般著急了？不是說，這有身分的，都是端著架子，最好能遲到個一刻鐘、兩刻鐘，知縣夫人一向是秉持這原則的，反常即有妖。

縣尉夫人覺得主動出擊，保得了一個是一個。「慧娘，不妨實話跟妳說，我請妳來這事兒就是知縣夫人委託我的，至於啥事兒我還真不知道。妳也知道，知縣大爺是我家老范的上峰，知縣夫人有事相託，我拒絕不得。若是一會兒，知縣夫人說了啥為難的事兒，妳給我使個眼色，我就想個法子打個岔，咱給對付過去。昨兒個，我就跟楊兄弟說過了，放心。」

知縣夫人已經在待客廳坐了一刻鐘。

因為心裡惦記著事兒，知縣夫人坐立不安，生怕這田慧又不來。

「夫人，這縣尉夫人作為一個主人家，怎還親自上門去迎客？」知縣夫人身後立著的一個大丫鬟問道。

知縣夫人向來寵這些大丫鬟，平日裡也頗多依仗，是以，就是十八、九歲了，也不曾訂了婚約。

馮知縣也是從縣尉，一步步地做到了如今的知縣，知縣夫人已經許久沒有試過，主人家將她晾在一旁的感受了，心裡說是半點兒不吃味兒也是假的。

知縣夫人抿了口茶，將茶盞遞給身旁的大丫鬟。「妳啊，也不瞧瞧這是在哪兒，平日裡都怪我將妳們給寵的，說話也不尋思著地兒。」

大丫鬟見她家夫人話裡並沒有責怪的意思，膽子越發大了。「夫人最是疼奴婢姊妹幾人了，奴婢跟著夫人可是天大的福氣。夫人疼奴婢，奴婢也不能給夫人丟臉吶，奴婢早就將縣尉府的下人打發下去了，這縣尉府的下人也就那幾個，顧得了這頭顧不了那頭的。也不知道啥時候會將人請過來，夫人您可是這南下鎮父母官的當家夫人，要奴婢說，這楊夫人也怪會拿捏的，不過就是領著一虛職的武將，沒念過幾年書。不就是運道好，跟了陛下，這才撿回來的軍功！」

「行了，還越說越來勁兒，這事兒哪是妳能說的。楊將軍雖說只是五品的將軍，那也是個五品的官兒。咱老爺只是個正七品的官兒，若是京裡有人，才有可能升到從六品。」知縣夫人對比了下各家的男人，實在是在田慧面前直不起腰桿子來，如今，田慧可是五品將軍的正房夫人。

若是楊立冬給田慧請了誥命的話……

為了這事兒，馮知縣平日裡也沒少感嘆。可是，如今新皇登基，馮知縣的師兄都不得君心，好些都是自身難保。

所以，馮知縣一再告誡，讓知縣夫人不得來尋田慧，就是因為方府的事兒，惹惱了楊立冬。

唉，此一時彼一時。

縣尉夫人一跨進門檻，就拍著手笑道：「端姊姊，讓妳久等了。這不，因著楊夫人身子骨不大好，楊將軍都不肯放行，我這才特意跑了一趟楊府，將人給請來。」

田慧臉上揚著得體的笑，這幾日睡得舒服、吃得舒心，臉色紅潤，穿著大紅的裙衫，只是站在那兒盈盈一笑，就讓人瞧著身心愉悅。

也難怪楊將軍這樣的人物，還能將田慧寵到天上去。

說起田慧，這徜門裡的那些個夫人無不羨慕，都道她是前世修來的好福報——

不過，私底下她們卻都等著看田慧如何丟了寵，或是被人分了寵。

這些個夫人，自家後院裡多多少少有那麼一、兩個姨娘，兩、三個通房。就是縣尉府上還算是好的，那也關鍵是縣尉夫人能生，不過照樣還是有兩個通房。

光是這樣子，也已經讓一干夫人羨慕不已。

至於田慧，那根本就是嫉妒，恨不得代而取之！

據說，一般來說，武將都是疼夫人的，就是看楊將軍，也知道是個疼人的。

知縣夫人笑著站起來，嘴裡說著。「我也就是早來了一會兒，這不閒著也無事兒，索性就早些過來了。聽說楊夫人最近都不曾出門，就是楊家村也沒回去過呢——」

「我家那點兒底子，兩位姊姊都知道，也沒啥事兒可忙乎的，我就是日日閒著，這不還閒出病來了，我家老爺都說我是個不會享福的。」田慧笑道，將楊立冬提出來擋話再說。

果然，知縣夫人笑得更真了。「田妹妹可是好福氣呢，這南下鎮誰人不知，楊將軍錚錚硬漢，卻是個最疼夫人的，好生讓人嫉妒呢。田妹妹往後若是得了空，也到縣衙後院來坐坐，我每日就是看看帳本，也是閒得慌。」

「都站著做啥，我家的這些丫鬟婆子慣會偷懶的，剛剛進門的時候，竟是連半個人影兒都沒見著。」縣尉夫人招呼著兩人坐了，立刻就有丫鬟過來上茶。

寒暄了一陣，知縣夫人就坐不住了。「這回是我特意請柳妹妹出面兒，請田妹妹去看看我表外甥女。不知道田妹妹還記得不記得方府，就是我那表姊家？」

田慧自然是記得的。

待得看見田慧微微地點頭，只是田慧的臉色有些僵，並不如一開始笑得這般自在，知縣夫人心裡也沒底。

「田妹妹，我知道我那表姊失禮了，也求妳看在我的面兒，再去瞧瞧？這麼花一樣的年紀，瞧著真是怪不忍心的。」說到此，知縣夫人難得露出哀求的神色。

若是放在此前，自己自然是能一口就應允了。

但現在自己懷著身子，總不能招呼不打一聲就跟著人走，若是被秦氏知道了，自己怕是往後都難出來了。

田慧面露難色。「端姊姊，這事兒若是放在以前，我自然是二話不說便跟著妳走一趟的，上回，我不也是如此嗎？可是今兒個，怕是真的不行了……

「昨兒個我家老爺就讓我可別四處瞎走，去了柳姊姊這兒就徑直回府。大年初一我這身子骨就不大索利，回了楊家村上墳也沒在村子裡多待，這幾日，老爺他們回村子時，我仍是稱病哪兒都不曾去，就在自己屋子裡待著。若是這回，我跟著妳一道兒去了方府，我家老爺怕是會多想。要不今兒個，我等老爺從衙門裡回來，就將這事兒跟老爺說一說，回頭再跟著端姊姊去方府？」

知縣夫人本就是背著馮知縣的，若是田慧回去這麼一說，這事兒又得黃了，就是知縣夫人的日子也別想好過了。如今，馮知縣對她就已經不冷不熱了，她不過是看著表外甥女可憐，想著破罐子破摔，才應承下此事。

箭在弦上，不得不發。

知縣夫人不想讓自家表姊知道，如今自己連個面子都已經賣不動了。

自打做久了這個知縣夫人，她覺得自己的面子越發重要了。

「唉，田妹妹，不瞞妳說，我就是背著我家老爺來求妳的，上回的事兒惹了楊將軍心裡頭不舒服，這不，楊將軍一直不鬆口，我這不沒有法子了，才託了柳妹妹來請妳——」知縣夫人豁了出去，只求田慧能跟她走這一趟。

田慧就是再傻也聽出來了，這事兒原來都是楊立冬在背後操控著，只是這會兒卻是發作不得，強打著精神應付。

「說句不怕兩位姊姊笑的，恐怕南下鎮應該無人不知，我能嫁給我家老爺是我天大的福氣，我既無娘家，年齡也不小，又沒啥銀子，可說是三無！若是有事兒，我不跟我家老爺商量著來，我怕是會坐不穩這個正房夫人的位置——我這心裡頭，也無時無刻不在擔心著。」田慧低頭，絞著帕子。

「唉，我也知道這事兒是難為田妹妹了。」知縣夫人嘆了一口氣，這要怪就怪自己的表姊，怪拎不清的她，如今聽說田慧做了楊府的女主人，便放了心。她真弄不懂這放心是從哪兒來的。

以前她還覺得自己的表姊慣會做人，就是老爺做了南下鎮的父母官，她也從來不進府攀關係。可是，一旦碰上了真事兒，這不，就亂套了。

這想法也怪驚奇的。

就是田慧嫁進了楊府，方夫人有啥好放心的？

「端姊姊，妳看這樣子成不，這事兒我回去跟我家老爺好好商量商量，我勸勸老爺，別讓知縣大人知道這事兒。不管成不成，我都給妳回一個信兒。」田慧寬慰道。

原本田慧就沒想過不做大夫，只是一直沒啥病人可看。

知縣夫人聞言，感激地拉著田慧的手。「那我可多謝田妹妹了，不管這事兒成不成，我都記得田妹妹的好兒。不管咋樣，我也盡力了。」

田慧謝絕了知縣夫人的好意，說是想一個人走走。縣尉夫人送了知縣夫人上了轎子後，才追上了田慧。「這人是我接出來的，我可得好好地將妳給送回去，若是少了一根頭髮絲兒，楊將軍說不準就要找上門來。」

縣尉夫人笑著打趣道，田慧的臉色有些僵。

田慧邀請縣尉夫人進府坐一坐，都被縣尉夫人給拒絕了。

田慧是冷著一張臉進楊府的。

「慧娘，這是咋的，在外頭受委屈了？」秦氏生怕田慧在外頭受了委屈，畢竟自家是個跟「暴發戶」一般的存在，根本就沒啥家底，一番做派也跟官宦人家格格不入。

秦氏不愛跟那些人往來，總覺得這些人面上笑得和善，嘴上說得格外親近，不過在心裡卻是鄙夷至極。

不得不說，秦氏看得很是清楚。

如此，秦氏也不大願意跟這些人往來，反正自個兒小日子過得也不錯。

這會兒一看到田慧冷著臉，就覺得是那些人給田慧氣受了。

架不住秦氏反覆地追問，田慧苦著臉道：「娘，您這回可不能幫冬子哥了，冬子哥居然瞞著我，將所有的事兒都給推了，我倒是奇怪呢，這縣尉夫人怎會如此熱情，親自上門來接我，原來這事兒說不準就是冬子哥授意的。還有知縣夫人那事兒，不就是看個病人，看把人家給折磨得親戚不和、夫妻不和，不知道的人指不定還以為咱家是多狠心的人家——」田慧是根據事實加猜測地哭訴一通。

秦氏避開田慧的眼神，含糊地應著。

「娘，您說是不是？」田慧急需他人來共同討伐楊立冬。

「可不就是！」為了增加說服力，秦氏還不斷地點頭，將自己的兒子都給罵上了。

秦氏還真的罵上了，罵得比田慧還狠了好些，這是大義滅親吶——

「娘，您是不是也有分兒？」

「哪能呢，我這不是每日都在家裡頭嘛……」秦氏慌得直擺手。

田慧就是覺得秦氏有很大的嫌疑，不過也是證據不足，總不可能是秦氏慫恿著楊立冬將啥事兒都給推了吧？

等田慧回房，秦氏才回過神來，只顧著心虛了，半句好話都不曾替兒子說，只能盼著楊立冬自求多福了。

「冬子哇，你可回來了，我跟你說啊，慧娘都知道了，一回來就發了好大的火兒。我說你怎就不思量清楚了，不讓人出去的話，乾脆等生了孩子，生米煮成熟飯了，再讓慧娘知道也不遲啊，這會兒若是氣著傷了肚裡的孩子可咋辦吶。」

秦氏掐著點兒在門口轉悠，第一時間向楊立冬彙報了今日的事兒。

「我當是啥事兒，不就這事兒嗎？我這不是為了慧娘好嗎？」話雖是如此說，楊立冬心裡頭也沒底。

楊立冬探頭探腦，剛剛的理直氣壯早就付之東流。

田慧正坐著喝茶，等了近一個時辰，早就等得急了。

若是被楊立冬晾在這兒，那自己還要不要吃晚飯？現在就好些餓了。

「慧娘——」

哼！

「吃飯了——」楊立冬諂媚地拉著田慧的手，甩開、甩開，甩不開。

田慧暴喝。「楊立冬，你放開！你還死皮賴臉了！」

「哪能呢？就是讓妳吃飯了，娘讓我來叫妳。」楊立冬眼尖地看了四周，呼，沒啥危險的東西，生命得到了保障。

「那娘有沒有告訴你，你惹我生氣了！就是娘聽了，也覺得你這人太不靠譜兒，不尊重人！」田慧歇斯底里地道，這不說還好，一說起來，就是滿滿的委屈。

楊立冬撫著田慧的背，討饒道：「這事兒往後都不會再發生了，有事兒我就跟妳說，往後咱家都妳拿主意，妳讓我往東，我就絕不敢往西。」他娘可是同謀。

田慧聽著楊立冬乖乖地認罪保證，就窩火！

「你別跟我裝柔弱，你一點兒都不柔弱，這事兒我定好了，找個日子就去方府！」她這滿肚子的火兒還沒發洩完。

楊立冬一點兒都不配合。

田慧若是將火往肚子裡咽，那可就是得內傷了。

「這事兒不行！」楊立冬想都不想就拒絕了。

聽聽，果然是嘴裡說得好聽，啥不往東不往西，都是哄著人玩的！

「楊立冬，不行也得行！我只是嫁給你，你不能限制我的自由，我也沒做啥丟人的事兒，你憑啥，你說啊，你到底憑啥！」田慧好似找著了勁兒，大聲地衝著楊立冬吼著。

「這事兒咱一會兒再說，行不？別的事兒我都能應了妳，可是這事兒不行，咱先去吃飯，娘他們都還等著呢！」楊立冬牽著田慧的手，就欲往外走。

甩、甩！

「你放開我，你不說清楚，咱這事兒就沒完！」

楊立冬皺著眉頭，平靜地道：「慧娘，妳就要為這點兒別人家的事，來跟我鬧？」

「這怎就是別人家的事兒？」

「怎就不是？那是方府的事兒，若是方府尋上門，咱再說。」楊立冬絲毫不給田慧解釋的機會，拉著田慧的手就要往外走。

「你這是想拖死我啊——」田慧被拖到了門邊，拉著門框不肯再走了。

楊立冬也知自己脾氣大了些，緩了緩口氣道：「妳若是能乖乖地自己走去，我就不拉妳。若是妳不吃，肚裡的孩子哪會長大——」

田慧聽著這話，感覺自己要被失落的愁緒給壓垮了。

「在你的心裡，就是為了你的兒子！我要是生不出兒子來，你是不是就要把我給休了？」田慧推著楊立冬往外走。「別待在我的眼前，礙眼！」

楊立冬鐵青著臉。「田慧，妳知道妳自己在說啥不？妳就為了這屁大點兒的事跟我鬧，妳鬧！愛吃不吃，瞎了狗眼了我！」楊立冬甩開手離開了。

田慧鎖上門，眼淚情不自禁地往下掉。

她，這是怎麼了？為啥好傷心？

秦氏早就遠遠地躲著，攔著孫子倆不讓過去。

「作死啊你！你跟慧娘一個大肚子的有啥好爭，依隨著點兒女人，又會如何！這大肚子的本就是患得患失的，你這人，唉，我是管不了你了！」

楊立冬任憑秦氏如何罵，哪怕是出手拍打了楊立冬的背、肩，楊立冬都筆直地站在那兒受了。

圓子站在一旁看著楊立冬，他這個爹，好像心裡並不好受，平日裡最是眉飛色舞的眼神都變得死氣沈沈的。

「奶奶，別罵爹了，爹也不好受。」圓子開口制止道。

秦氏長長地嘆了口氣。「唉，你娘也是個性子烈的，唉，都是冤家、冤家吶，不是冤家不聚頭。」

當日，田慧並沒有出來吃晚飯。

不過，秦氏將飯送進去的時候，田慧也並無不妥，只是眼圈紅紅的。

「慧娘，不是我替我那兒子說好話，冬子這人就是性子倔，認準的事兒就是十頭牛都拉不回來。唉，這事兒也怪我，我當初也是知道的。我跟妳冬子哥，不是說不讓妳出去，就是今日縣尉夫人那兒不都是讓妳去的嗎？

「方府的那事兒，本就是方府失禮在前，聽冬子說的，這家人也是在妳成親了以後才張羅著託這個託那個地想找妳上門，冬子就覺得這方府心思不正，生怕妳有了閃失，這才給攔了下來。

「至於其他家夫人的邀請啥的，冬子之前也問過妳的意思，妳不就是喜歡宅在自家嗎？咱家只是因為冬子在衙門裡擔了個閒職，這才入了這些貴人的眼，若是有人刁難妳啥的，冬子哪忍心……」

田慧捧著粥碗，一勺一勺地舀著，心亂如麻。

「娘，您別說了，我都知道。」

「乖，別跟冬子一般計較，這人就是這樣的性子，不大會說好話。」秦氏聽到田慧開口，也就放了心。「晚上，我陪妳一道兒睡吧——」

愣了一會兒，田慧苦笑著搖搖頭。「我想跟圓子哥兒倆一起睡幾晚，我都好些天沒陪他們了。」

秦氏強不過田慧，也只能幫著田慧收拾被子，搬到圓子的屋子裡。

夜裡——

圓子感受到田慧翻來覆去，出聲問道：「娘，您還睡不著嗎？」

「娘吵著你睡覺了？」田慧平躺著。

「娘，您跟爹吵架了，所以睡不著嗎？」圓子稚嫩的聲音，在田慧的耳邊響起。

聽秦氏的意思，楊立冬並不打算回房睡的。這真的是才成親就失寵了嗎？

「沒有，小孩子家家的，管這許多做啥。」田慧強撐著笑意道。

「不想笑就不要笑了——娘，若是我，我也不讓您去方府，我不想我的娘被人瞧不上，受了委屈還眼巴巴地要去給人看病，這些人不配！」圓子說出了自己的心聲，田慧半晌都沒有發出聲音。

就在圓子以為田慧睡著了的時候，田慧哽咽道：「如此，圓子是認為娘錯了嗎？」

圓子搖搖頭，動作有些大，試圖讓黑暗中的田慧看到。

「娘沒有錯，爹惹娘傷心了，就是爹的錯。」

她真的有傷心嗎？

就是圓子一個十歲的娃兒都能看出來，楊立冬竟然會撇下自己，讓秦氏來陪自己睡，這是開始厭煩的節奏嗎？

聽說，大戶人家的夫人有了身子，夫妻就是不同房的，如今，藉著這個契機，他們也要分房睡了嗎？

田慧小聲地啜泣著。「娘，您不要哭了，爹說娘哭多了不好，傷眼睛。」圓子笨拙地伸手給田慧擦眼淚，越擦越多。

「娘，您再哭，肚子裡的小寶寶長大以後都要變成愛哭鬼了。」圓子哄著田慧。「娘，您不喜歡肚子裡的小寶寶嗎？」

第四十七章 拌嘴

第二日，一早，田慧就起來了，雙眼紅腫，用冷水敷了敷，倒也好了不少。

書院是正月初八開學，所以，圓子哥兒倆這幾日都還在家裡待著。

團子昨兒個很想黏著田慧一道兒睡，不過，田慧說了圓子先，儘管不情願，但是他還是很乖巧地回自己屋睡去了。

一大早團子就提來了水，讓田慧洗漱。

「有子萬事足吶，娘現在就開始享福了！」睡了一晚，田慧的心情好了不少。

一家子都圍著吃早飯，獨獨少了個楊立冬。

「那啥，冬子衙門裡有事兒，等不及就走了。」秦氏分著筷子，還特意解釋了一句。

田慧裝作沒聽見，接過筷子，低頭喝粥。

中午楊立冬也沒回來，只讓差爺上門來說一聲，今兒個就不回來吃了，別等他。

而縣尉府上，縣尉大人破天荒地頭一天中午回來用飯。

「嘖嘖，這是啥風將咱最可親的縣尉大人給吹來了？」縣尉夫人在房門外，迎著縣尉大人。

縣尉瞪了眼柳氏。「別鬧，昨兒個妳請了楊夫人和知縣夫人，可有啥事兒？」

縣尉昨晚回來晚了，又是喝了酒，洗把臉，就去書房睡了。而縣尉夫人早早地就睡下，這不是一回兩回，就是縣尉夫人也習以為常了。
「不是之前跟你說過了嗎？咋的，出事兒了？」做了多年的夫妻，柳氏一看她家老爺的臉色，就知道這是出事兒了。
「具體妳跟我說說！楊將軍今兒個居然沒回去用飯，而是讓衙役給買了一份飯，在衙門裡吃的。那一大早就擺著一張臉，就是知縣大人也沒少被他甩臉色。這不，趁著空檔，知縣大人回後院去了，我這不就趕緊回來一趟問問，我這心裡頭沒底吶。」
柳氏順從地將昨兒個的事，從頭到尾都說了一遍。
「若真照妳說的，這田氏倒不像是個小村子裡出來的——」縣尉大人仍有些不信。
「我原還以為，這楊將軍將田氏給護在自己的羽翼下，我道是他怕田氏不會說話不會應酬，惹了排擠，到時候田氏心裡頭難受，楊將軍這是在保護田氏，只是昨兒個一看，我就瞧著不像，也不知道這楊將軍有何用意。」柳氏抱著暖爐。
「不過——」柳氏看了一眼縣尉，吊足了胃口才道：「楊將軍做的這些事兒，田氏應該是不大清楚的，我陪著她一路走過來，都還能說說笑笑，只是，越是到了楊府，田氏這臉也就有些繃不住了。只是邀請了我一回進屋坐坐，我自然是拒了，田氏就讓我回去了。」
「如此，倒也是個人才。我上回還聽妳說，田氏娘家在何處都不知道？」縣尉問明白了，也是鬆了一口氣，這事兒若是要煩，也是知縣大人該去煩的。
柳氏挨近縣尉。「老爺，我上回聽你說，楊將軍是來監督這南下鎮的碼頭的，不知這事兒，我娘家——」

「妳瘋了不成！若是這事兒妳往外捅出一句話來試試，就是妳娘家也甭提！也怪我貪杯，喝醉了怎就將這事兒跟妳說了，要是被外人知曉，我這頭頂的官帽也不保了！」縣尉再三告誡道。

「行了，我這不一直沒說過嗎？」柳氏撇撇嘴。

「管好妳自己的嘴，聽說楊將軍都是時常有信件往京城裡送的，走的還是驛站，沒瞧見知縣大人，在楊將軍來了之後，就是後院也沒再添人了？行了，我先走了，妳別給我添亂子，我若是不好過，妳和兒子閨女的日子都好不了，妳自己好好用用腦子！」

縣尉整了整衣衫，就往外走，吩咐下人，趕緊將馬車趕到門口。

家是心靈的港灣。

到了晚飯的時候，楊立冬姍姍來遲。

秦氏瞪了眼楊立冬，拚命地給他使眼色，努努嘴。楊立冬絲毫不曾接收到，甚至看都不看田慧，連個眼神都不給。

靜謐。

田慧順從地坐在楊立冬的身旁，因為一直以來就是這樣子坐的。

田慧顯得有些心不在焉。

楊立冬大口吃飯，三兩下就解決了一碗。

田慧愣愣地看著楊立冬的背影走遠了。

「你們先吃，我也吃好了，我去看看冬子。慧娘，妳先吃啊——」秦氏睜眼說瞎話，可她這碗裡的飯也只扒拉了兩口。

田慧點點頭，挾了一筷子的紅燒肉，她已經好久沒吃紅燒肉了。

「慧娘，妳挾的是紅燒肉，有些油——」福嬸小心地提醒道，看著田慧的臉色，已經不像昨日那般擺著臉，蒼白得嚇人。

田慧定神，看了眼已經放在碗裡的紅燒肉，衝著福嬸笑了笑。「嗯，嬸子，我突然間想吃紅燒肉了呢！」

福嬸低頭，不忍與田慧直視。

鄭老伯早就忍不住了。「慧娘，妳若是覺得心裡頭憋氣，我跟妳福叔就把楊立冬那小子給妳綁了，讓妳揍一頓出出氣！」

「噗哧！瞧鄭伯說的，我不就跟冬子哥吵架了，哪至於去揍他。」田慧巧笑倩兮。

「不管了、不管了，一個個都不讓人省心，這低個頭有這般難嗎？」鄭老伯揮揮手，不願意再說這些事兒了。

秦氏追了楊立冬出去，不過任憑秦氏說破了嘴，他就是待在東廂房裡。

秦氏失敗而歸。

嘔——嘔——

「娘，您這是咋的？怎又吐了呢，不是好了嗎？」今晚輪到團子陪著田慧睡，不過她才躺下沒一會兒，就吐了。

襖。

團子貼心地拍著田慧的背，披了件大棉襖在田慧的背上，自己也慌慌張張地披了件冬襖。

「娘，我去將哥哥和奶奶叫來吧——」田慧已經好久沒吐過了，地上並沒有準備盆子或桶，所以，一地的污穢。

「不用了，娘躺會就起來收拾，你快進被窩來，一會兒瞧著你都難受了。」團子在田慧的身後墊了一個靠墊兒，讓田慧倚靠著舒服些。

「我不難受——」團子靈活地下床，穿上棉褲，點上了蠟燭，放在架子床邊的凳子上。

「娘，這水已經冷了，您漱漱口，我去弄點兒灰來。」田慧掙扎著想下地，團子就已經跑了出去。

等秦氏聽到動靜過來的時候，團子已經將灰倒在污穢上，正尋著掃帚。

秦氏就住在團子的隔壁，聽到動靜過來了。

「怎就吐了？團子往後記得早點兒來叫奶奶，怎能讓你一個孩子來收拾這些髒東西呢——」秦氏接過團子找來的掃帚簸箕，三兩下就掃乾淨了。

「還早呢，你們娘兒倆再睡會兒。」秦氏將東西收拾好了，就讓田慧娘兒倆睡下。

一連三日楊立冬都沒回主屋，兩人也不說話，楊立冬早出晚歸，神色匆匆，不多說。

一連三日，田慧每晚都得吐上一回，才睡得踏實。因為圓子哥兒倆要去學堂了，田慧也不好總是折騰兒子，所以不顧兒子反對，毅然地搬回主屋去了。

白日裡，田慧也聞不得油煙味兒。

這一日中午，田慧早來了一小會兒，福嬸燉完豬蹄，端著豬蹄上了桌，田慧正喝著粥，也不知咋的，便搗著嘴狂奔出了飯堂，弓著身子在院角大吐特吐。

田慧藉著秦氏端來的水，咕嚕咕嚕地漱漱口。「娘，我沒事兒——」

田慧起身望了眼天兒，春天快來了吧？

秦氏低頭裝作將灰倒在田慧剛剛吐的地方，只是一低頭就落下了淚，秦氏背著身子趕緊擦擦淚。

秦氏每日逮著楊立冬都劈頭蓋臉的一頓罵，罵完了之後，也軟語哄著，可是自己這兒子，自打十幾年不見，回來後越發有自己的主見了，當初他十幾歲就能留書出走，現在還能由著秦氏的意志來？

秦氏是過來人，自然是知道吐過之後，最是乏力，哪會有胃口再吃東西，畢竟那股子勁兒還不會過去。不過只要一回頭，她就能看見田慧笑意吟吟地坐在桌邊，乖乖地拿著筷子吃飯，卻只是扒著飯。

「慧娘，若是吃不下，一會兒嬸子再跟妳熬粥，嬸子一天到晚又沒啥事兒。」福嬸心疼地看著田慧，就是這幾天，這人都給折磨得瘦了一圈。

田慧強打著精神笑了笑。「沒事兒，我吐完，正巧餓了。」

捧著粥碗，田慧驀地落了一滴淚，將粥往嘴裡灌，沖淡那噁心的勁兒。

田慧一口菜都不曾挾，只幾息間，碗底便見空，田慧打了聲招呼就回了屋子。

圓子看著他娘日漸消瘦的背影，如今，田慧每餐吃的都只是一碗粥，若是餓了，就吃點兒點心，不曾勞煩任何一人給她加餐。不過，她卻吐得日漸嚴重，最多的時候，竟是一日四、五回！

圓子哥兒倆放心不下田慧，每日都趕回來吃過了飯再去書院。

「奶奶，若是爹不喜我娘了，我跟弟弟帶著娘走就是了，這樣下去，我娘的身子怕是禁不起這樣子折騰。」圓子擺著一張小臉兒正色道。

「好小子，你娘沒白疼你！你那爹若是仍這樣子，鄭爺爺也跟著你走，讓你鄭奶奶幫著照顧你娘。」鄭老伯早就看夠了，只是他一個外人勸了幾回，仍是沒有用。

秦氏白著臉。「你爹咋會不要你娘，你爹當初可是費盡心機想娶你娘的——」

圓子還懂得委婉地說道，換成團子，就不會這般拐著彎了。

團子雖說只比圓子小了一歲，不過一向是被圓子護著慣了，從不知道要藏著掖著。不過就是這回，田慧在他的身旁吐了，團子感覺到手足無措。

那天只剩下他和娘，他娘看起來是那麼的消瘦，明明沒有吃下去這許多東西，可是偏偏吐了那麼多出來，團子頭一回感覺到驚慌。

看著田慧無力地靠在棉墊子上，團子頭一回發現，他娘也只是個嬌弱的女子，他，要照顧好他娘。

有時候，淘氣的兒子，就是在這一瞬間，突然長大了。

團子聽著秦氏蒼白的解釋，說道：「奶奶，您會一直是我和哥哥的奶奶。爹不心疼娘，我跟哥哥做兒子的瞧著心疼。」團子倔強地梗著脖子不肯落淚。

「你爹心裡頭也不好受的，若是你爹仍是如此，奶奶也跟著去照顧你娘，你娘可是奶奶的兒媳婦，咱一道兒回村子裡，讓你爹一個人在鎮上，讓他自己反思去！」秦氏憤恨道。

田慧有了身子的時候，就沒少折騰，可如今，秦氏看著田慧不說不鬧，比以前都安靜了許多，一日到頭，竟是說不上幾句話。

若是秦氏去尋田慧在院子裡曬曬太陽，田慧亦是順從地跟著，躺在鋪著棉墊的躺椅上，舒服地瞇著眼睛曬太陽，不過，那神思好似離得很遠了。

秦氏總會不自覺地喚一聲「慧娘」，直到田慧回過神來，答應了一聲，才能鬆口氣兒。

如今，田慧也會有意地避著楊立冬。楊立冬回來吃晚飯的時候，田慧就會在屋子裡拖拉上一會兒，再去飯堂，掐著點兒，等楊立冬吃完了，才走過去。

而楊立冬照舊是三兩口地解決完，絲毫不給人說話的時間，像是躲避著所有的人。

「楊立冬，你再不開門，我就去你爹的牌位前跪著，我這是對不住他吶，我去了地下，我也沒臉見他！」秦氏拍著門，說著說著，就呦呦地哭出聲。

這幾日，秦氏真的急壞了，生怕田慧有個閃失。

楊立冬嘩地打開門，鬍子拉渣的，就連身上的衣裳都是皺皺的，一看就知他剛剛和衣躺在床上。楊立冬語氣不善地道：「娘，您別再鬧了行不行，這幾日，我被您打也打了、罵也罵了，還沒完吶！」

秦氏一個擠身就進了屋，楊立冬也不敢來拉秦氏，只能將門關上，聽他娘說著來意。

「你這是幾日沒見著慧娘了？你若是不想要慧娘了，娘就替你做主和離了，免得慧娘這一條命栽在你手裡頭，讓圓子哥兒倆陪著慧娘，說不準還有條活路！」

秦氏一反常態，不罵不打，只是詢問著楊立冬的意思。

楊立冬痛苦地撓撓頭。「娘，您別胡鬧了，慧娘有你們照顧著，還能差到哪兒去！」

「呵！能差到哪兒去？你怎就自己不會去瞧瞧，好？有眼睛都能看出來不好了，你再不回屋去，你兩孝順兒子就要帶著他們娘離家出走了。我也不跟你多說，你若是還有心，你就去看看慧娘，這一晚上都得吐上一回，才能睡好，一天吐個四、五回，都是少的，你去試試，還能好不？」

「不是不吐了嗎？」

「呵！你自己想想都已經幾日沒見著人了，這又是過去了幾日？你如此不聞不問的，當初又何必非得將人娶了回來，如今她只成親一月不足，這就開始孕吐了，這都是造的啥孽啊——」秦氏指著楊立冬，又無力地垂下手。

「娘，您不懂的，慧娘她、她根本就不中意我，當初就是我使了計——就是後來，也是因為圓子哥兒倆的事兒，才鬆口答應嫁給我的，她好似根本就不喜肚裡的孩子——」楊立冬也急於想找個人來說說，這人是他娘，楊立冬沒啥好隱瞞的，一股腦兒地都說了。

「兒啊，你是當局者迷了。當初在楊家村的時候，也不是沒有人來提親，可是慧娘都拒了。那會兒，圓子哥兒倆的紙張都買不起，慧娘就弄了塊沙板，讓圓子哥兒倆握著樹枝，在沙板上練字。若是為了圓子哥兒倆，慧娘早就把自己給嫁了。」

這事兒楊立冬也是知道的，圓子團子的先生就時常說，這兩小子下筆的勁道有些重，想來初練字就是在沙板上練的，這習慣還是不容易改。

「慧娘的性子最是懶散了，但凡能不做的，就會賴在躺椅上直到太陽下山。可是自打嫁給你後，啥事兒不是學著做起來？又操心這個，又想著省些銀子，上回還跟我說，想著開鋪子，我只讓慧娘來跟你商量。」

楊立冬茫然地搖搖頭。

「你啊，往後也別擺著臉，多問問慧娘的意思，這小夫妻倆有商有量的，感情才能好，你也能多瞭解慧娘的心思。你當初懂得使些小計謀，如今就不會了？一開始誰家的媳婦不都是不認識的？我跟你爹也是如此，就是連面兒都不曾見過一回，這不都過得好好的，就是你爹走了，我也只是守著你，替你爹守著。

「娘可是依著你，千方百計替你娶了你中意的媳婦，還給你帶了兩個孫子，如今肚子裡都還有一個，你說說，這般的好福氣，你不曉得珍惜？這女人有了身子，脾氣就會大些，你多順著她的意思就成了，等回過頭來，好好地商量就是了，你非得刺著人不舒服做啥？你得想想，這肚子裡的可是你的兒子！」

秦氏看楊立冬平日裡挺機靈的一個娃兒，怎這就不懂了？

秦氏倒是很想問一問，他在外頭十幾年，難不成真一個女的都不曾有？

一想到這是自己的兒子，罷了，她也不八卦了。

不合適！

「可是，慧娘好似不中意這個兒子！」

「你張嘴閉嘴就是兒子，誰喜歡吶！當初，我有了你的時候，你爹總在外頭說，他有後了，我這心裡頭日日煎熬，生怕生個閨女出來，這脾氣也越來越壞，可總算是生了一個兒子出來，我就放心了，那一睡便睡了一日夜。」

秦氏從來不曾和楊立冬說過這些，一來，楊立冬是個兒子，不方便說這些；二來，等懂事時，楊立冬就留信出走了。

「慧娘也這樣？我其實無所謂啊，反正圓子已經是長子了，團子也是兒子，閨女兒子都沒差啊！」楊立冬驚愕。

秦氏白了眼這個兒子。「若是慧娘真的不想要肚子裡的這個，她是個大夫，隨便抓一副藥啥的，吃下去就沒有了。若是真的不想要這個孩子，為啥每回吐完了，還堅持吃東西？

「行了，今晚我就不陪夜了，你自己過去陪著睡。記住，去灶房裡畚些灰來，若是慧娘吐了，就將灰倒在那上頭，然後再掃了。慧娘可能不大愛聞這味兒，你就灑些水，不過得小心慧娘起夜，免得滑倒了。忘了說，床頭都放了個木桶，若是慧娘來不及，才會吐在外頭，可千萬別將人凍著了……」

秦氏仔細想了想，也沒啥好說的，抬腿就打算走了。這幾日，她可是心累人累，這老了就禁不住折騰。

「兒啊，你是個男人，可得拿出男人的樣兒，畏畏縮縮的，可真是丟你娘的臉兒。若是等著你的孝順兒子將你媳婦帶走了，你可是連哭的地兒都沒有了。現在慧娘還等著你，若是哪一日，慧娘看開了，你就是哭著都求不回來。」

秦氏也不帶上門，自己心情輕鬆地回屋了。
端看楊立冬這副樣子，就知道楊立冬心裡根本放不下田慧，也只是年輕人沒啥經驗，不懂得哄媳婦。
楊立冬帶著一簸箕的灰，站在主屋外頭，聽著屋子裡的動靜，她好似已經睡著了。
嘔——
楊立冬聽著屋子裡傳來清晰的嘔吐聲，哪管得了啥心理建設，想也不想地就帶著傢伙推門衝進屋子裡。
「娘——嘔——」田慧還以為是秦氏進屋了，只停了停喊聲「娘」就又吐上了。
楊立冬輕輕地替田慧拍著背。
黑燈瞎火的，田慧看不清來人不是秦氏，只覺得這手大了不少，力氣也不小。
楊立冬摸著黑，給田慧倒了杯水，看著田慧漱完嘴，才接過杯子放在了桌子上。
這屋子，楊立冬就是閉著眼都能走遍。
「娘，您怎不點蠟燭？」田慧覺得怪異，秦氏眼睛不好，平日裡都是點了蠟燭才能看到東西的。
「是我——」楊立冬開口道，聲音啞啞的。
那是緊張才如此的。
田慧不說話，楊立冬也不再說話。兩人就是這般，一人靠在床邊，一人站在地上。
良久，楊立冬才動了。動作迅速地脫衣服上床，生怕田慧拒絕他，將他趕下了床。

他一骨碌地爬到床裡邊，鑽進被窩，一氣呵成！

田慧看著楊立冬孩子似的舉動，直到楊立冬的腳貼著自己的小腿，才反應過來，往外縮了縮。

「慧娘——」

「你先將灰倒點兒在桶裡，聞著有味兒，我睡不好！」田慧緊張地開口，生怕楊立冬說出啥話兒來。

楊立冬按著田慧的指示，等一切都做完了才睡回了床裡。

第二日，神清氣爽。

楊府裡的眾人一早就聽說，楊立冬昨晚回房了！

戰戰兢兢的，已經比平日裡晚半個時辰了。

「你們說，我要不要去叫冬子起來呢？咱這早飯都吃了有半個時辰，今日去衙門，怕是要晚了——」秦氏很焦心，急切地想知道屋子裡可還和諧，也不知道慧娘昨兒個是不是將冬子給揍了一頓來撒一口怨氣。

「叫啥，年輕人睡晚些有啥關係，可不像咱這種上了年紀的睡不好。小倆口和好了就成，不是有句話說，心情好了，事半功倍，我看挺好的、挺好的——」鄭老伯一連說了幾個「挺好的」，這才滿意地扛著鋤頭到院子裡鬆土去。

如今楊府，能開墾的地方都已經被開墾了，角角落落都沒放過。

福叔也是樂呵呵。「總算是雨過天晴了，圓子團子，你們倆也放心了，走走走，福爺爺送你們去書院，咱走著去，你爹一向不放心——」
正月初八那日，圓子哥兒倆今年頭一日去書院的時候，楊立冬自然也是掛在心上的，急匆匆地回家正準備給兒子倆送飯去，就見著圓子哥兒倆已經自己回來了。所以，既然如此，楊立冬後來的那幾日，索性就連中午都待在衙門裡，因為他深深地感覺到了，自己不被待見。
今兒楊立冬神清氣爽地出了門，小心地牽著田慧的手。「小心地看著路——」
「你鬆開手，我自己能走。」田慧輕輕地搖了搖手。
「妳可得替我遮著些，昨晚被妳咬了去，剛剛妳不是瞧過了嗎？都有血印了。」楊立冬立刻化身小犬，搖首乞憐。
「咱會不會太快了？」田慧紅著臉，由著楊立冬牽手，一路走著。
「床頭打架床尾和，我娘懂的！」楊立冬一向臉皮厚。
秦氏繃著臉，想讓田慧減少些尷尬，可是老是繃不住，漏氣兒了。
楊立冬看得燒心。「娘，您想樂就樂唄，一會兒我去下衙門，回頭我就跟慧娘一道兒去下方府。」
楊立冬咬了一口饅頭，咕嚕幾口喝下大半碗的粥，幾口就解決了早餐。

第四十八章 方府

康元二年，新年一開始，前幾日楊立冬每日都臉色不佳地鎮在衙門裡，就是知縣大人也都是一早就在衙門裡，異常勤懇。

今日，楊立冬可比平時晚了半個時辰，衙門裡就熱鬧了，暗地裡盤算著今晚得好好熱鬧熱鬧，各個擠眉弄眼。

楊立冬是在議事廳尋到馮知縣的。楊立冬當即表示有些私事兒，而廳內人都是懂眼色的，不等人招呼，就紛紛藉口有事兒退了出去。

「馮知縣，一會兒我陪著我家夫人去方府，還得勞煩你跟馮夫人說一聲，一道兒去。這都拐著彎兒尋上我家夫人了，我就是看在馮知縣的分上，我也得答應著。」

馮知縣本還在熱情地招呼楊立冬，一聽這話，拿著茶壺的手都頓了頓，手抖，杯子裡的茶都溢了出去。

「楊將軍，我早已經告誡過我家夫人了，不許再去勞煩楊夫人。聽說年前楊夫人的身子就不大好，實在是對不住了，是我管教不力。楊夫人無需搭理此事，是我家夫人魔怔了，還請楊將軍不要見怪、不要見怪。」

「這事兒我家夫人還替馮夫人說情來著，當初接手的醫案，斷沒有半途而廢的道理，我家夫人因著身子不大好，所以之前的帖子都被我攔了下來，她並不知情。」

楊立冬催促著馮知縣派個人回後院，讓馮夫人趕緊準備準備，一會兒，直接在方府門口見。

臨出門，楊立冬笑著對馮知縣道：「對了，在七里弄胡同，我準備了一份厚禮，你回頭有空再去瞧瞧！」

不知為何，馮知縣心裡陰惻惻的。

「一定、一定。」馮知縣點頭哈腰地送了楊立冬出去，這大冷的天兒竟然被驚出了一身汗。

而楊立冬便光明正大地翹班了。

楊立冬領著田慧，走走逛逛，到了方府門口，正門大開，方府的老爺夫人、少爺小姐整整齊齊地排在那兒，花紅柳綠，等在正門口迎著人。

領頭的是，馮知縣和馮夫人。

「楊將軍、楊夫人，快裡面請，要不是吃不準你們從哪條道兒過來，早就讓人去迎你們了。」馮知縣喧賓奪主地招呼著，將人迎進府。

「今日，我就是陪著夫人來的，她身子不好，我不放心就特意跟著來了。」楊立冬擺手讓這些人散了，正事兒要緊。

楊立冬眼尖地發現田慧皺著眉頭，趁著人不注意，輕輕地碰了碰田慧的手。

田慧衝著他搖搖頭，表示無事兒。

這方府的人就是低頭也用餘光注意著兩人，看著楊立冬的動作，看來，這楊夫人好似確實身子不大好。

方夫人因為頭一回闖的禍，方老爺沒少給她臉色看，若不是看在方夫人的娘家過硬，又有個知縣夫人的表妹在南下鎮做依仗，方老爺是有苦說不出。

不過，這日，馮知縣一過來，就斥責了方老爺縱容內院惹禍，連帶著他都受了殃及。方夫人吶吶不敢言，若不是娘家能依靠，她這個夫人早就被架空了。

過了年，方小姐就是十八了。

「你先去隔壁的屋子，一會兒我就過來。」田慧對楊立冬說道。

楊立冬再三囑咐了一番，就去了隔壁的屋子。

聽說大戶人家的恩怨情仇、彎彎繞繞頗多，楊立冬這是不放心吶。

屋子裡，就留下方夫人、知縣夫人，還有田慧和一個男子。據馮夫人介紹，這是方小姐的嫡親哥哥，一母同胞的親兄妹。他這是生怕方夫人還跟上回一樣，避而不答。

「小女過了年就是十八了。我就這兩孩子，我進不得楊府的大門，所以才託了表妹一而再、再而三地請楊夫人來給小女看看，上回是我的不對，還盼著楊夫人不要介意——」方夫人一開口並不是說方小姐的病症。

「母親，您還是趕緊說說妹妹的病症吧，楊將軍他們都還在隔壁等著。」方少爺出聲打斷了方夫人的喋喋不休，催促她趕緊入正題。

田慧見這方少爺實在是眼熟得緊，只是不知道是在何地見過的。田慧盯著人深思，也沒回應方夫人的話。

知縣夫人來之前就被馮知縣一番敲打，此時便時刻關注著田慧的臉色，自然是沒忽視掉田慧一直盯著自己的外甥看，心裡頗不以為然，自己的外甥長得確實是好了些。

聽說還有不少大姑娘都到十六、七歲了，還等著方府去提親，真是中毒深了。

不過，看著田慧失禮的模樣，知縣夫人大覺過癮，認為她到底是個鄉下出身的，連長得好的男子都沒有見過。若是讓楊將軍知道他家夫人，盯著別的男人不眨眼，不知道會作何感想……

「小女於三年前發病，那時候我也不大注意，只是聽丫鬟婆子說，小女一日日睡得越來越少，到發病前半個月左右，開始徹夜難眠，隨後，便是日夜躁動不寧，怒目喧鬧，狂亂無知，毀物打人。」

這些話方夫人已經不知道說了幾回，請了幾個大夫，就說了幾回。如今，方夫人已能絲毫不再有情緒波動地說出這些話。

「這些，上回已經說過了，若是我沒有記錯的話，不知道，方小姐可尋過大夫瞧瞧，現在可有吃藥？」

田慧仍是目不眨眼地盯著方少爺看，讓人覺得，她只是順帶問了個問題。

方夫人心裡有些焦急，自己的兒子可是還未娶妻，若是讓楊將軍看到了這情形，是不是得大發雷霆？

「舍妹這兩年來一直有請大夫瞧過，不過都不見藥效。有一位大夫，舍妹吃著他開的藥方子，也算是有奇效，不過，吃了近一個月的藥後，就又控制不住了，突然間發作，與清醒時判若兩人。大夫又加重了藥劑，可大約半月有餘，就又發作了，接著大約持續十日左右，才又自行甦醒。往後就是清醒的時間越來越少，後來，即便大夫也不敢加重藥劑。之後，換了幾位大夫，皆無大的成效。」

田慧點點頭，這方少爺說話就是比他娘直接，還有條理。

方夫人心裡暗自著急，早知如此，就不留兒子在這屋子裡了，若是在隔壁的屋子，與楊將軍高談闊論，說不準還能被引以為知己，從而提攜提攜自己兒子，總好過在這個屋，受楊將軍的夫人青睞吧！

方夫人可不想因為求人上門給女兒看病，而失了一個兒子的前程。

端看楊夫人，不把脈，也不見見女兒，只一個問題、一個問題不停地問，方夫人又有些後悔了。

要不是自己兒子上門去求來的，還說楊夫人說不準真能醫好女兒，她也不會決定再請楊夫人上門一趟……難不成，兒子跟楊夫人一早就認識了？

方夫人越是如此想著越忐忑。

「今日可有發病？」

方夫人搖搖頭。「前幾日剛剛清醒，如今一直被拘在小院子裡。」

「不知家族中可有舊例？方夫人可否說說，方小姐發病前，可是發生了啥大事兒？」

田慧不急，不過隔壁屋子伺候著的丫鬟，時不時地就在門口探一探，使個眼色啥的。

方夫人固執地不願意開口。

到底還是方少爺識趣，娓娓道來。其實田慧並不是非得聽這些私密事兒，不過是心裡頭有些不舒坦，想收點兒利息，出出心頭那股子氣。

田慧低頭不去看方夫人面色不善，知縣夫人得了眼色。「田妹妹，這些事兒是不是可以不說？畢竟女孩子的名聲會不大好……」

「若是端姊姊覺得信得過我，還請幫我勸勸方夫人，讓我瞭解病因，有益而無一害，有助於我對症下藥。」田慧將皮球踢給了知縣夫人，反正她就是等著。

知縣夫人衝著方夫人點點頭，又努努嘴。

方夫人會意，才緩緩開口，似是在回憶，那不大美好的幾年。

「小女那年才只有十三歲，正是嬌美的年紀，那年，府裡的安姨娘剛剛進門。安姨娘一進方府的大門，就注定是個受寵的。府裡的那些舊人，都是老的老、沒的沒，而安姨娘正是花一樣的年紀，聽說，還是個落魄書香門第的小姐，雖然不過是犯官之女，但確實在那種地方待過，所以被調教得極好。就是如今，老爺也是大半的日子都歇在安姨娘處的。」

「咳——娘，您說重點。」方少爺輕咳，提醒方夫人趕緊說重點。

方夫人潤了潤嗓子，復又開始說道：「安姨娘順理成章地受了寵，安姨娘有個弟弟，也隨著安姨娘的受寵，隨意地出入府裡，跟著府裡的先生一道兒念書。說來也不愧是從小受良師教導的，在府裡怎麼都壓不住光芒，不過到底是犯官之後，不能走科舉，書念得再好又如何。

「後來，也不知道小女跟那安姨娘的弟弟如何識得，居然背著人書信往來，一來二往的，哪避得了府裡那些人的耳目。這事兒被老爺知道了，勒令安姨娘的弟弟不准再踏進府裡一步，雖說安姨娘的弟弟不是府里正經的親戚，不過到底亂了輩分。後來，小女就漸漸地不大好了。」話末，方夫人含糊地道。

田慧挑眉，早就在心裡腦補了未完的，還是好幾個版本。

「方小姐是否一來月事，就會發作？或是見著血，就會緊張？」

方夫人猛點頭。

田慧見著方小姐，便是在這麼陽光明媚的日子。

想來這應是最偏僻的院落，一路走來，越來越荒蕪，附近的幾個院落，都已經空置了。砌得高高的圍牆，門外守著兩個身強力壯的婆子。

方夫人示意將門打開，楊立冬緊張地將田慧攬到身後。

「院子裡，如今就只有小女的奶娘陪著——」方夫人趁著人開鎖的空隙說道：「實在是無法了，但凡是有一丁點的法子，我也不會將我自己的親生女兒關起來。」

院子裡很簡陋，就是連青石板都不曾鋪過，一叢花或一棵樹都尋不到。

進到屋子裡，就只有一張床、一張桌子，無凳子，也再無其他的擺設。

枯瘦的身子躺在床上，蓋著月色的錦被，若不是先前聽奶娘說了，方小姐正躺著，一眼看過去，竟是看不出微微隆起的身子。

一大群人湧進屋子裡，也絲毫不見方小姐的眼睛張開。

方夫人撲到床邊。「情兒，妳怎樣？娘給妳請來神醫了，妳有救了、有救了！」這淚說著說著就撲簌簌地落下。

不管是怎樣的女人，若是成了娘，那顆心總是軟軟的。

方小姐的眼睛眨了眨，又閉上了。

「方小姐，我是個大夫，我一會兒給妳把把脈。」

楊立冬站在田慧的身旁，神色緊張地盯著方小姐。

奶娘將方小姐的手臂從被窩裡拿出來，骨瘦如柴，身無半兩肉，手上的皮膚鬆鬆地搭在骨頭上。

奶娘在方小姐的手腕上搭了一條帕子。

田慧故意放大了聲音。「妳家小姐得的不是啥了不得的大病，無需帕子。」

方小姐難得地睜開眼望著田慧，給人感覺就是呆呆的，兩眼無神。

田慧笑得自信，衝著方小姐點點頭，伸手搭上脈搏，而後又看了看方小姐的舌苔。

「脈弦大滑數，舌苔膩滑帶黃，一派腑實火升，肝陽暴張之象。若是按照發病的週期來看，兩、三日後大概就要發作了吧。」田慧收回手，借著奶娘捧來的銅盆洗了手，接著擦乾。

等了好一會兒，床上的方小姐才似是回過神來，抑制不住地縮在被子裡顫抖。

「楊夫人，求求妳救救我家女兒！求求妳了！」方夫人連人帶著被子，抱著顫抖著的方小姐，被子裡還傳來了嗚嗚聲，似哭似笑。

方老爺已經是好些日子沒有見過這個女兒了，以前，這個女兒是他最疼愛的，他的幾個女兒中，就數這個女兒美貌，可如今都成了這個模樣，若是被外人知道，方府往後就別想嫁娶了。

「我有些問題，必須由方小姐自己來回答。這病，我定當盡力，方夫人大可放心。」田慧揉了揉眉心，自打懷孕後，精神就明顯有些不濟，有時候，就是記憶力都減退了不少。看來，生一娃，傻三年，這事兒卻是真的。

「方小姐應該聽得了勸，只是反應會有些遲鈍，你們勸勸——我不敢說有十足的把握，自當盡力。」田慧站起身子，將床邊的位置讓給方家人。

楊立冬緊隨其後，跟著一道兒出了屋。

一盞茶的工夫後，方少爺親自來請人進屋。

「冬子哥，你可能不大方便聽，你回避下吧。」田慧輕輕地拉了拉楊立冬的手。「信我，離發作之日還有兩、三日。」

楊立冬猶豫了半晌，點點頭。「我就在門口等著，若是不對勁兒，妳就喚我一聲。」

隨著奶娘進屋，方小姐已經穿著嫩綠的衣裙坐在了床邊，在桌子旁，不知道從哪兒弄來了兩把凳子。

田慧挑了一把靠近房門的凳子，落坐。

「奶娘，妳跟我說說方小姐大小解的情況。」

奶娘看了眼方夫人，得了方夫人的示意，才點點頭。「大便已數日無解，小解深黃色。」

「方小姐，煩勞妳說一說，妳發病時候的症狀。」

方小姐絞著衣袖，在田慧以為這袖子都要被扯下來時，方小姐才低著頭開口道：「這屋子裡的東西都是我毀掉的，我還打過奶娘好幾回了……我還會扒了自己的衣裙，赤身走動，就是奶娘攔都攔不住，若是奶娘攔得狠了……奶娘已經好幾回下不了床。發病時，我不停地喧鬧，躁動不安，打人毀物，狂躁無知。

「令人難以接受的事，我都能清清楚楚地記得，記得自己如何一件件地脫了衣裙，如何不要臉面，如何笑得邪門，如何打了奶娘，一件一件我都記得清楚。清醒的時候，我就想著，我為何還活著，難不成就是為了一次次地脫衣服，一次次地毀物打人？可是，我死不了，我不甘心就如此死了，我不甘心！」

因為方小姐如此，為了闔府的門楣，方家已經好幾年不曾辦喜事了。

即便是方少爺，方府的大少爺，也不曾說親，如今他已經二十有餘。更別說府裡的庶子庶女，若不是方夫人的娘家過硬，方老爺也自覺虧欠了這女兒，勒令方家人一字都不許向外透露。

那些個姨娘和庶子庶女，誰都不敢吱聲，就是方小姐的名聲傳了出去，也會被人詬病。若是家族的毛病，就是訂了親也會被悔婚。

所以，姨娘們也只敢私底下燒香念佛，乞求方小姐能早日地去了，給他們一條生路走。

「不到十日月事來潮，病又發作，持續十日後，即能自行甦醒。且能回憶發病時的行為，承認不由自主……五心煩躁，夜難熟睡，大便不通，小便深黃……」田慧一下一下地叩著桌子。

方夫人抱著方小姐哭了一會兒，就沒了聲兒。方夫人摟著人，看著田慧的手一動一動的。

「方小姐這是患了陽狂症，若是我沒看錯的話，方小姐之前用了虎狼之藥，又不曾好好調理，這落下了病根。我開個方子，先吃著，若是下回再發病，就去楊府，或是衙門尋我家老爺即成，我會再過來瞧瞧的。若是不再發病，我十日後再來看看。」

「楊夫人，舍妹這是有望治好？」方少爺顫抖著手，指了指只剩下皮包骨頭的方小姐。

訴說了一陣，又哭了一陣，方小姐早就靠著方夫人閉著雙眼，不過撲閃的睫毛，正告訴身旁的人，她是多麼想睜開眼睛。

田慧拿著毛筆，蘸了些墨汁，正猶豫著該如何下筆。

「這是啥話，我之前還遇到一個更嚴重的，服藥三月有餘，就大好了——方小姐有求生意志，或許時間更短。」

喜極而泣。

「勞煩楊夫人給開個方子吧——」方少爺抹了淚，衝著田慧拱拱手。

田慧學著記憶中圓子的動作，蘸了蘸墨水，在硯臺邊上刮了刮，提筆吸氣。呼氣，下筆。

當歸——

不堪入目，這毛筆就是軟趴趴的，提著筆，還怪有想法的，可是下筆的時候，眼睛都直了。

「楊夫人，我來幫妳磨墨吧？」方少爺一直站在床邊，看著桌旁的田慧好似遇上了啥難題，遂友善地出口解圍道。

田慧趕緊將寫著當歸二字的紙張揉成一團，來個毀屍滅跡。

她手裡緊緊地攥著那紙團，想到楊立冬，唉，還是算了吧。

當初就自己光明正大，放在自家庫房裡的那幾個大箱子上的紙張，寫著分類的字，用作標識，都被楊立冬好一陣的猛誇——

「夫人這字寫得越發好了，都快趕上為夫了。看來夫人這幾日練字頗有成效，夫人悟性頗為不錯，若是再勤奮些，必然能趕上為夫了。」

田慧信以為然，喜孜孜地看著自己寫的字，果然是越看越像那麼回事兒，越看越覺得自己進步頗大。直到，那一日「文房四寶」被團子笑話了去，若是寫成「筆墨紙硯」，也不曉得圓子能不能認出來。

「行，那我說藥方子，你來寫。」田慧鬆了一口氣，若是自己來寫，怕是一個方子，好幾張紙都不夠寫的。

因為，她練的都是大字！

方少爺哪曉得那許多，只想著早些開了方子，早點兒去抓藥，妹妹就能康復。

「當歸五錢——」田慧看著還愣在那兒的方少爺催促道：「當來歸去的當歸，五錢！」

當歸五錢！田慧點頭，方少爺的字也不算太難看，勉強能識，田慧看了眼長得道貌岸然的方少爺，嘖嘖嘖，可惜了好胚子。

「龍膽草、梔子、黃芩、蘆薈各三錢！」

「梔子的梔錯了，黃芩的芩錯了，蘆薈的薈也錯了！我說你，有沒有念過書吶，這才幾組藥就錯了三個字！」田慧想也不想地提筆在錯字上打了三個叉叉。

呃，本能反應。

方少爺臉上有些掛不住。「我說過我就念過幾年的書，這幾個字都是藥名，我不大熟悉——」

還真是實心眼吶，說是念過幾年書，還真的就只是念了幾年書！

這人不是應該謙虛些嗎？

「妳讓我娘寫吧，我娘的字寫得比我好些——」方少爺趕緊丟下筆，舉薦了方夫人。

方夫人早在田慧指出兒子三個錯字的時候，就同奶娘一道兒伺候著方小姐歇下。

「小兒一向頑劣，真的就只念過幾年書，商戶人家，也沒有要求子弟非得走科舉這條路，小兒是長子，會認得幾個字後，就跟著他爹在外頭打點生意……」

方夫人整了整衣裙，來到桌子旁，只提起筆，整個人的氣度就不一樣了。

「我娘自小就跟著先生習字念書——」方少爺解釋道。

田慧一向很捧場。「想來方夫人也是書香世家出身了。」

方夫人有些恍惚，她已經多久不曾提筆了，猶記得以前，閨閣之中，她最喜的就是練字吟詩了。就是表妹，娘家只是出了個舉人爹，如今卻也成了知縣夫人。而爹雖說是個同進士出身，做了十幾年的官，也只做到了縣丞，縣令之佐官。爹爹心裡不服，吃夠了沒銀子的苦，又不願向下剝削，就將她嫁給了方府一介商家。

如此，有了銀子，爹也總算是在臨終之前，做到了縣令這一職。

「楊夫人妳說，我寫就是了，若是有錯的，還望楊夫人指出來。」方夫人柔柔地道，好似換了一個人一般。

「我開的是青龍湯，通腹瀉實，直折乾火，以安神志。其他的藥都停了，服這個方子。」田慧照例檢查了一通，將方子遞還方夫人。

待得田慧出門，楊立冬一下就迎了上來。「怎樣？有沒有哪兒不舒服？」

「楊將軍，還是請楊夫人在一旁歇一會兒吧？」方夫人說道。

楊立冬點點頭。

第四十九章 居心

方夫人走在前頭，方少爺的手裡端著一托盤，母子倆先後進屋。

「楊夫人，這是診金，小女若是好了，必有重金酬謝。」方夫人撩開托盤上蓋著的紅色綢帕。

田慧眼睛快速一掃，十幾個銀錠子，光是診金就有百來兩了。

「不用這麼多，我上回給衛夫人看病，大概也就二十幾兩的診金，比著這規矩，盡夠了。」田慧可不想因為自己，讓這些人借著由頭給楊府送銀子。

「這、這不大好吧？我們之前從京城請來的神醫，就是沒醫好小女，也給了四十兩的診金。」除去其他的，光是診金就給了四十兩，那大夫還不大願意來南下鎮。

關鍵是，田慧讓人看到了希望。

「此事就這樣子罷，聽我家夫人的，若是能醫好方小姐，往後再說。」楊立冬也從來沒見過，光是診金就給百來兩的。

不過，就是田慧收過二十幾兩的診金，也讓他大吃一驚。

難怪，大夫是不缺銀子的，也難怪，當初田慧會讓兒子倆念書。

知縣夫人看著田慧收了一個裝著三個銀錠子的荷包，心下微酸，忍不住出言笑道：「楊夫人是認得我家外甥嗎？就是方家少爺，我怎瞧著妳一直盯著他看呢？」

馮知縣瞪了眼知縣夫人，哪曉得知縣夫人根本就不看他，這會兒，知縣夫人心裡正興奮著，心跳得厲害，好似發現了啥驚天的大秘密，這秘密就由她來告知世人。

「夫人，慎言！」馮知縣咬牙道。

「田妹妹，咱這都是自己人，有啥不能說的呢，老爺，你又見外了！」知縣夫人用帕子遮著嘴，巧笑倩兮，頭上的步搖都隨著一晃一晃的。

方夫人怒瞪知縣夫人，不知自己這表妹是何居心，口口聲聲的外甥！

田慧自然看見了屋子裡這些人的臉色都不大好看，除了知縣夫人之外，她還一副以為發現啥祕密的興奮樣，真是藥吃多了！

「我只是覺得方家少爺好似在哪裡見過——」田慧說著，仍盯著方少爺看。

「噗哧——」知縣夫人笑得有些突兀，花枝亂顫。「說句不當的話，以前，我聽說，這吊兒郎當的紈袴公子遇著心儀的姑娘家，多半就會搭訕道：『姑娘，怎這般眼熟，不知在何處見過，似曾相識……』」

饒是田慧反應再遲鈍，也感覺到了，知縣夫人這是在找茬，只是，她不知道自己這是在何時何處招惹上她了。

有時候，這人吶，太幸福，就會遭人嫉妒的。

「馮夫人，這是野書看多了，身為知縣夫人，好像不大妥當吧？」田慧反口就咬了回去，怎麼說自己的相公可是五品的將軍，若是被個七品縣令的夫人給踩了一回，往後自己可別想這臉面能好好的。

知縣夫人扶了扶頭上的金步搖，得體地道：「田妹妹說笑了，我識得的字不多，哪曉得啥是野史，我自幼讀的就是《女誡》、《烈女傳》，雖說識得的字不多，但是該念的書，還是一本不落的。」

馮知縣看著楊立冬穩穩地坐在那兒，半點兒都沒有要幫腔的意思。

馮知縣心裡忍不住捏了一把汗，若是自家夫人讓楊夫人啞口無言倒也罷了，若是主動挑事兒，仍敗下陣來，那麼自己怕是吃不完兜著走了。

原本在南下鎮，馮知縣就是老大，凡事兒有他拍板就能成，可是如今卻得小心翼翼地看著楊立冬的臉色行事，就是有要緊事兒，也得先問過楊立冬的意思。

楊立冬是個武將，馮知縣難免心裡不服，自己可是念了數十年的書，才到了今日的地步，楊立冬不過是運氣好，剛巧在陛下這一陣營裡，才得了軍功。

自古文官就是瞧不上武將，可偏偏楊立冬就在自己的衙門裡指手畫腳。

「知縣夫人看來是很懂得女子禮儀，可惜我自小念的就是醫書，學的也只是救人的本事。只是，不知道口多言是不是指太多話，或是說人閒話，喜歡嚼口舌說是非的意思？我女四書念得不多，還請知縣夫人給我解解惑。」

話落，田慧端著茶盞的杯蓋在一旁的案几上寫寫畫畫，若是仔細瞧，就能看到田慧寫的是「七出」。

知縣夫人紅著臉，恨不得上前撕爛了田慧的嘴。「田妹妹可真是愛說笑，咱不就是隨意說說，本就是問問田妹妹為何盯著我家外甥不放，這可真是扯遠了。」

方少爺這才尋到機會，上前一步，走到田慧正對面約四尺遠的地方站定，衝著田慧深深一鞠躬。

「我的確見過楊夫人，楊夫人真的是好記性，只是那時候，我還被這一酒糟鼻的問題給困擾，也多虧楊夫人賜了方子。許是夫人鮮少來鎮上，我尋了多回也沒尋著夫人，後來也就放棄了。那會兒夫人行色匆匆，似是為生計奔波，卻也願意對我這路人賜方子，夫人能有今時今日，那是必然的事！楊將軍得妻如此，夫復何求！」

方少爺衝著田慧夫婦倆又是深深一行禮，意有所指地望了眼知縣夫人。

方少爺微窘。「只是楊夫人如今今非昔比，不敢貿然上前相認，生怕唐突了楊夫人。」

「這有啥事兒，想來你是有一說一，斷不會無事生非，若是往後，在外頭遇上了，只管上前相認就是了。再者，我靠著我的雙手賺銀子，也沒啥好丟人的。就是我家相公，跟我初識的時候，就是那麼一情況，咱知根知底，也沒啥好隱瞞的。」

田慧心裡對這個方少爺高看了不少，就是明眼人都能瞧出來，自己正跟他表姨打擂臺呢，結果這娃兒實心眼地來了一段「病患偶遇大夫賜藥」的戲碼。

楊立冬這才出聲道：「好小子，原來跟我家夫人還有這段淵源，我家夫人看過的病人絕不多，難得有兩個都是你府上的，往後若是得了空，多來楊府坐坐，我娘最是好客了。」

方老爺喜不勝喜，忙謝過楊立冬。

馮知縣臉上揚著笑。「姊夫，大外甥這是得了楊將軍的眼緣，往後可是前途不可限量了——」一番恭維。

知縣夫人戰戰兢兢地恭送田慧上了馬車，楊立冬笑著站在馮知縣的身旁。「馮知縣，怎麼？有些熱嗎？馮知縣一會兒也別回縣衙，既然出來了，就順道去一趟七里弄胡同，左邊數過來第三間，有我特意給你準備的厚禮！」

「是、是，楊將軍，下官一會兒就去。」這是馮知縣第二回對著楊立冬自稱「下官」。

楊立冬笑得張狂，上馬車。

一進馬車，就見到田慧正在數銀子。

「有啥好數的，不就是三個銀錠子嗎？數來數去，也就只有三個，妳當初怎就不應了下來，那可是有十多個銀錠子，夠妳數好幾個來回了。」

楊立冬看著田慧財迷的模樣，也禁不住樂了。

「君子愛財，取之有道，三十兩的診金已經是天價了，若是我急需用銀子，我也不會拿那般多。」

楊立冬將銀錠子放在荷包裡。「妳若是缺銀子的話，跟我說就是了。」

田慧急著搖頭。「現在盡夠了。」

楊立冬已經知道田慧想開鋪子的事兒。「明兒個我就去楊家村，將錢嬸子和知故那小子接過來，妳出去看鋪子的時候，讓知故那小子陪著妳就是了。這樣子，我也能放心。」

大吵了一架，楊立冬發現自己還是喜歡那個生龍活虎的田慧，或是懶懶的，或是財迷樣的，有了生氣，才是他當初中意的田慧。

田慧對於楊立冬如此好說話，忙不迭地直點頭。

「就是有一點要注意，妳護著些妳肚子，妳是大夫，妳應該比我懂得多。」楊立冬好說話得讓田慧側目。

因為田慧確實有些累了，楊立冬並不拒絕方家的馬車。看著馬車遠去，知縣夫人挪著小步子，靠近馮知縣。「老爺，楊將軍剛剛這是在跟你說啥，笑得怪開心的。」

「開心？我不指望妳有一日能幫我升官進爵，但是妳別將我的烏紗帽給弄沒了！妳既然知道這是楊將軍，那是楊將軍的夫人，妳為何出言招惹她，反而還惹了個沒臉！」

馮知縣根本就不打算給知縣夫人半點兒好臉色，當著方家人的面兒，就低聲吼道，臉色陰沈得難看。

知縣夫人白著臉，看著馮知縣獨自一人坐著馬車離開了方府。

知縣夫人孤零零的，並不曾帶了丫鬟婆子來，她絞著帕子，恨恨地看著漸行漸遠的馬車。

方夫人看著知縣夫人，心裡微微有些同情，不過一想到，這都是她自作孽，還偏偏要帶上自己的兒子，同情便去了大半兒。

「表妹，妹夫說得對，楊將軍畢竟官高一級，妳應該跟楊夫人好好相處，若是真的因為妳的過失，讓妹夫在衙門裡被人使絆子，若是姨父知曉了，定會說教一番的。」

「若不是我的好外甥，出來拆我的臺，我能這樣子下不了臺？」知縣夫人紅著眼睛，指著站在一旁的方少爺。

方少爺猶自為了剛剛楊將軍的邀約而興奮著，才一抬頭，就看到了自己的表姨正怨恨地盯著自己。

「表姨——」

「閉嘴！若不是為了你們方家的小姐，我會這樣子三番五次地找上楊府的大門，繼而被老爺責難？還不是為了我的好外甥女，結果倒好，我的好外甥出來指責我錯得多離譜。你們如今傍上了楊將軍，就過河拆橋，覺得我這個表姨礙手礙腳了？」知縣夫人就站在院門外，歇斯底里地道。

「唉，夫人，妳還不請表妹進屋子去說，這站在外頭，來來往往看熱鬧的多了去了。」方老爺忍不住出聲道，他已經瞧見了好幾人探頭探腦地望向這邊。

馮知縣過來的時候，就將方府前這條道兒都給封路了，幸虧如此，這邊的人並不多。可是這會兒知縣的車駕已經走了，旁的人聽到動靜，又開始走動起來，若有若無地向著這邊瞧過來。

「表姨，我原本並不打算說啥的，是您幾次三番地指著我說，我又不是啞巴，難不成一直不說？等您和楊夫人鬧得不死不休了，我才出來說？姨娘恐怕自己忘記了，我不曾娶親，楊夫人是已經嫁了人的，您還特意這樣意有所指地將我們放在一道兒，又是何居心？」方少爺一向看不慣這種倒打一耙的。

「忘恩負義！你方家竟然出了這種忘恩負義之徒！」知縣夫人氣得手直抖。

「孽子，少說幾句，氣著你表姨了，還不趕緊給你表姨賠罪！」方夫人拉了一把方少爺，讓人趕緊給知縣夫人賠罪，做了這麼多年的商戶夫人，方夫人還是懂得能屈能伸的道理。

方少爺這人便是如此，該說的，他還是要說，若是賠禮，方少爺也是恭恭敬敬地向知縣夫人賠罪。

知縣夫人臉色微霽。

「表妹，妳知道的，妳的這個外甥性子一向就是如此，不大會說話，惹了妳生氣，妳也別跟他一般見識了。」方夫人伸手攙著知縣夫人，將人往裡帶。

知縣夫人順勢下坡，板著臉兒跟著進了屋子，享受著南下鎮最高貴的知縣夫人的光環。

馮知縣讓車夫駛到了七里弄胡同，馬車停住了。

外頭傳來了車夫的聲音。「大人，七里弄胡同到了，可是馬車進不去，弄堂有些小。」

馮知縣撩起簾子，看著外頭的小弄堂。「這裡便是七里弄胡同了？」

「是的，大人。」車夫幫著馮知縣撩著簾子，扶著馮知縣下馬車。

七里弄胡同，馮知縣也是頭一回來，不過南下鎮的胡同大多都是這樣子的，幽深安靜，到了申時才會有動靜。

「你就守著馬車，在這裡等我吧，第三間宅子就是靠著這裡的。」馮知縣數了數宅子，就是站在胡同口，都能看到。

馮知縣叩了叩院門，不多一會兒，就有一個老婆子來開門。

「您就是那貴人吧？我是被人拜託幫忙開門並且伺候著的，既然您來了，這鑰匙就給您了。」那婆子不等馮知縣說半句話，就往馮知縣懷裡塞了一把鑰匙，然後麻利地出了門，順道將院門給帶上了。

那婆子帶上門前，還高聲衝著院子裡說了一句話——

「貴人，給您的厚禮就是在屋子裡。」

馮知縣心有怯意，早知道應該多帶些人過來的，只是想到楊將軍定然不敢害朝廷命官，所以才有恃無恐地過來。

馮知縣推開虛掩著的院門，暖氣撲面，空氣中還夾雜了一絲誘人的香氣。

「大人——」

「喜兒，妳怎麼在這兒？」馮知縣難以置信地望著只籠著一層薄紗的喜兒。

「大人，是您嗎？」喜兒伸手欲要觸摸馮知縣的臉龐，嘟著嘴，可憐巴巴地望著馮知縣。

馮知縣久旱逢甘霖，哪禁得住這種誘惑，咽了一口口水，勉強克制住自己，啞著嗓子道：「喜兒，妳還不曾告訴我，妳為何會在這兒？這跟楊將軍有何關係？」

喜兒抱著身子，冷得哆嗦。「大人，喜兒好冷——」

馮知縣向來就是愛花惜花的人，聞言，趕緊將自己的披風解下，包著凍得瑟瑟發抖的喜兒，這手就挪不開了。

女的有心，男的有意，不一會兒就滾到床上去了。

車夫等了半會兒，還等不到人出來，無奈之下，只得將車交給一個路人看著，言明了這是知縣的車駕，上頭還有縣衙的標誌，那路人誠惶誠恐地接過了韁繩。

車夫走到馮知縣說的第三間屋子，見著院門只是虛掩著的，就輕輕地推了進去，才剛剛到了院子裡，就聽到了男女動情的呻吟，他忍不住打了個寒顫，趕緊退出院子，到外頭待著去。

能做馮知縣的車夫七、八年，他這個車夫一向堅持不該看的不看、不該問的不問。

白日宣淫。

馮知縣的膽子越發大了。

酣戰了一回合，馮知縣意猶未盡地摸著喜兒的嬌軀。「可弄疼妳了？」

喜兒嬌羞地躲在被子裡，軟軟糯糯地道：「我沒事兒，大人～～」

「傻丫頭，妳快跟我說說，這是怎麼了？妳為何會在這兒？」馮知縣這才想起了正事兒。「妳認得楊將軍？是楊將軍讓妳在這兒的？」

喜兒愣了神。「楊將軍？誰是楊將軍？難不成就是前些日子娶親的那個楊將軍？」

馮知縣也愣了，明明就是楊將軍跟他說這個地兒，還說是厚禮相送。「那喜兒為何會在這兒？妳不是應該在小姐身邊嗎？」

「原本喜兒應該是跟著小姐的，可是自打有一回，小姐無意中跟夫人說了一句，說喜兒總是在說大人如何英明能幹，是個好官，小姐也不曾多想，因為喜兒就跟小姐想的一樣，覺得大人就是天底下最好的官員。

「不想夫人卻是記住了喜兒，尋了個由頭，說是喜歡喜兒的廚藝，就將喜兒調到了夫人的跟前伺候著。喜兒在夫人的院子裡，也見過大人幾回，只是好景不長，才半個月有餘，夫人就將我娘喚了來，說是放了我的賣身契，給我一條好的出路。所以我就在這兒了，我、我聽見大人的聲音，就如夫人說的，大人就是我的好出路，不是嗎？怎大人說那啥子楊將軍？

「大人，喜兒可是大人的人了，喜兒就跟著大人了，大人若是不方便，喜兒就在這院子裡好了，喜兒自己能生火燒飯的。」

馮知縣若是還不明白這些彎彎繞繞，那就白做那麼多年的知縣了。

「傻丫頭，妳自然是跟著我回府，既然做了我的人，哪用得著這般委屈地在外頭，妳如今可是良家女子了，自然跟著大人我回府做姨娘去！」

馮知縣嘴裡哄著喜兒，心裡盤算著楊立冬這是啥意思？

楊將軍這厚禮雖說甚合他的心意，他肖想喜兒也不是一日、兩日了，只是喜兒是他閨女的貼身丫鬟，肖想不到。

楊將軍新婚燕爾，端看今日就連楊夫人出診，楊將軍都放下公事陪著過來，看來這楊夫人是極有分量的。

就是這新任的楊夫人的兒子，楊將軍都是親自接送，還包午飯。如今連一品樓的掌櫃也識得這個楊將軍，說是偶爾就會來點上一道招牌鴨。

馮知縣迅速地回憶著讓人打聽來的消息，越想心下越涼，原本還剩下的一點兒激情，早就涼透了。

「喜兒，妳要跟我一道兒回府，還是一會兒後我派人來接妳？」馮知縣一個起身，不顧凍人，就去撿灑落在地上的衣衫。

「大人，喜兒不累，大人別將我一個人丟在這兒，我擔驚受怕好幾日了。」喜兒雙頰的潮紅還未褪去，驚恐的模樣，惹得馮知縣親了一口，才招呼喜兒慢慢來。

喜兒哪敢慢慢來，慌得還穿錯了。

「傻丫頭，我說了慢慢來，妳就慢慢來吧，咱不差這麼點兒時間。」馮知縣看著心疼，也出聲安撫道。

兩人總算是穿戴整齊，上了馬車，朝著縣衙後院去了。

「夫人，老爺帶著那賤婢過來了！」還沒等馮知縣進院子，早早地就有婆子來通報了。

知縣夫人早就坐著方家的馬車，回了後院，只是左等右等卻等不著馮知縣回來。

「哪個賤婢？」在知縣夫人的眼裡，賤婢多了去，實在是不知道這婆子說的賤婢是誰。

「就是三小姐身旁的那個喜兒——」話才剛落，馮知縣就已經踏進屋裡了。

他抬腿一腳就將那婆子踢翻，仍不解氣，又踢了幾腳。「刁奴，竟是連我的行蹤都要跟著看著來彙報，我看看往後誰敢，見著一個打死一個！這馮府，我倒是要看看是誰做主的！」

婆子摀著胸口，不停地趴在地上磕頭。

知縣夫人也是頭一回見著如此暴怒的馮知縣，看著他身旁的喜兒，正畏畏縮縮地站在馮知縣的身後，就知道這事兒是這賤婢搞的鬼。

「賤婢，還不滾過來跪下！倒是給我說說，這到底是怎回事！」

馮知縣冷哼一聲。「在我面前擺譜？我勸妳還是滾回妳端家去，我這馮府都快被妳折騰倒了！妳倒是跟我說說，妳如何想得出來，將這麼個丫頭送給楊將軍去？妳是楊將軍的娘嗎？」

知縣夫人顫抖著身子，沒想到同床共枕了二十多年的枕邊人，居然會說出這番話。

「放心，妳回了端府，我這頭頂的烏紗帽也差不多被妳攪和完了，我這仕途也是到頭了！」馮知縣越想越覺得後怕。「來人，準備馬車，將夫人給我送到端府去，即刻啟程！」

知縣夫人這才曉得怕了。「老爺，我可是為馮府生了嫡子的，老爺，你不能趕我回娘家。我就是給楊將軍送了一個丫鬟，替他娘分擔分擔活計，老爺——都是這個賤婢，肯定是這個賤婢亂嚼舌根！」

「喜兒如今是楊將軍轉送給我的厚禮，妳聽聽，厚禮！就是妳在，也得好好供著了！來人，都是死人不成？若是我的話不管用，就全部給我滾了，明日全部發賣出去！管家！」馮知縣一向不管後院的事兒，只要夜裡到了哪個院兒，院裡的那位伺候好就成。今日，他才知道自己的威嚴受到了質疑！

「夫人，馬車已經準備好了。」管家恭敬地上前說道，一腦子的汗，被這事兒給鬧的。

「老爺，我可是給你生了嫡子的，老爺，我錯了，你看在兒子的分上，就原諒我這一回吧！」知縣夫人拉著馮知縣的袖子，苦苦地哀求，妝容早就花了一臉。

馮知縣看著更加厭惡。「換了嫡妻，還愁沒嫡子？只要趕緊將妳弄走！」

知縣夫人慘白著臉，被人使力拎出去，完全忘記了反抗。知縣夫人如今使喚的都是後來買來的奴僕，並沒有一個是從娘家帶來的。

第五十章　收租

田慧一大早就準備去收租。

一年才做一回的活計，田慧顯得興致勃勃。

「娘，我去收租，一會兒若是知故來了，就讓他到城西的石匠鋪子尋我。」田慧喜孜孜地挑了個大荷包。

田慧甩著荷包上的帶子，秦氏笑著道：「一會兒銀子甩丟了，我看有妳哭的時候。」

秦氏已經被楊立冬告誡了一回，慧娘想如何，就由著她自己來，反正這人都已經進了楊家門，悔也來不及了。

可秦氏最擔心的就是田慧肚子裡的，楊立冬再接再厲。「娘，慧娘都已經生過兩個了，還能沒經驗不成？再說了，我聽說，做娘的不高興，這小孩子生出來，也比別的小孩兒笨些……」

在聽說這些話都是縣尉夫人說的之後，秦氏就深以為然，大戶人家什麼不多，的講究最多，咱寧可信其有。

田慧笑嘻嘻的。「娘您又唬我，若是收了租金回來，我肯定是摳摳索索的，哪會瞎晃，肯定一早就回來了。」

「冬子說了，一會兒到衙門備案的時候，冬子會跟差爺打好招呼的。」

「好，那娘我出去了啊。」一到門口，田慧就收了荷包。

到了西市，西施包子鋪，紅旗飄飄。

「掌櫃的，生意好啊！」賣包子的是個老闆娘，據說是個寡婦，跟公婆一道兒開的包子鋪，生意不錯，皮薄餡多。關鍵是老闆娘人比花嬌，舉手投足間，自有一股子風韻。大飽眼福！這包子光是聞著就格外香了。

「託各位客官的福——」老闆娘想也不想地回了句，語氣軟糯，尾調拖得長長的。一大早光是聽著這愉悅的調調，包子都能多吃兩個，難怪生意一大早就如此火爆。光是屋子裡，就有不少人坐著，吃著包子、喝著薄粥，好不愜意。

「夫人，要啥包子？有肉包子、素菜包子、半葷包子，還有饅頭咧，夫人要點兒啥？」

老闆娘熱情地道，蒸籠裡冒著熱氣，暖暖的。

田慧笑著道：「給我兩個半葷的，我拿著吃。」

「好咧，夫人您拿好，小心燙手。」油紙包著的兩個包子，這手藝還真不錯。「只聽說過豆腐西施，沒承想西施改行做了包子，也這般好吃。」

田慧咬了一口，是豬肉菘菜餡的，大半都是肉，還真的是實惠。田慧付了四個銅板。若是說起來，這手藝還真的不錯，就是福嬸也比不上，難怪生意是極好的。

「老闆娘，我是楊家村的田慧，我這都站了老半天了，看來妳是已經忘記我了唄。」田慧啃完了一個包子，意猶未盡，可其實她已經在家裡頭喝過半碗粥了。

用田慧的話說，粥這種東西，就只是一道兒開胃菜。

所以，田慧根本不費啥壓力就解決了兩個不小的包子，末了，還狠狠地誇讚了一番。

老闆娘愣了愣。「楊家村？我並不曾認識啥楊家村的啊？您是認識我娘的吧？」若是騙子，準會答「對，我就認識妳娘」，可田慧是堂堂正正來收租的。「我是來收租，這鋪子是我的。」那種包租婆的自豪感油然而生，也難怪她最喜歡的職業就是包租婆。

「哦，我記起來了，您就是田夫人吧，我娘前幾日還說起您呢。平兒，你看著鋪子，我將你爺爺叫出來，跟你一道兒賣包子。」包子西施總算是將人記起了。

田慧隨著包子西施進了鋪子裡，一個幹練的大爺在招呼著眾人吃好喝好，那氣氛，說是酒樓，也有人信了。

「爹，您去幫著平兒一道兒賣包子吧，平兒蒸籠還搬不大穩當。」

「妳做啥去？」口氣有些不善。

「這是田夫人，是來收租的，我將田夫人帶到後院去，讓娘跟田夫人說說店租的事兒。」包子西施臉色未變。

「老丈──」田慧衝著大爺點點頭。

大爺總算是擺回了笑。「原來是田夫人吶，快裡面請。平子娘，妳可招呼好了。」

等到了後院，院子裡整整齊齊地擺著柴火，一身穿著藏青色衣衫的老婆子正坐在水井旁，洗著盤子。

「平子娘，這、這位夫人是？」老婆子努努嘴。

「娘，這位是田夫人，就是來收租的。田夫人，您趕緊坐。娘，您擦擦手，這盤子我來洗。」包子西施挽了袖子，接過老婆子綁著的圍裙。

老婆子一瞪眼。「妳這是做啥，還不趕緊去外頭賣包子，咱家可就是靠著那麼些包子過日子的，要是今天做的包子賣不完，咱家可就得喝西北風去了。」

包子西施才剛將圍裙繫在身上，聞言愣了愣。「我先將這些盤子給洗了吧？」

田慧冷眼看著，看來家家都有本難念的經吶。

老婆子尖嘴，厲聲道：「洗盤子，洗啥盤子，賣包子去！外頭一個老的、一個小的，這包子賣給誰去？就那麼點兒本事，還不趕緊去賣包子！一點眼色勁兒都沒有，就成天只想著偷懶！怎就有妳這種懶婆子，沒瞧見我一大把年紀了，還在這兒做活嗎？」

包子西施吶吶地應聲，衝田慧扯著嘴，笑了笑，將圍裙放一旁，就去前院的鋪子了。

老婆子這才揚起了笑，絲毫不覺得剛剛有啥不對的。「唉，我這兒媳婦吶，點一點、拜一拜，半點兒都不自覺，從來不知道啥事兒重要，啥事兒應該先做，讓我這一把年紀的是操心完老的，再操心小的，唉，活該我這是操心的命吶。」

田慧只是象徵地笑了笑，這些事兒，她無力改變。

「田夫人，今年的店租多少來著？」老婆子笑著道：「田夫人，妳也看到了，我這鋪子別看買的人還挺多，不過，這包子不值錢，一天到晚，也就這會兒生意好一點兒……」

田慧也是笑著。「大娘，咱去年可就已經說好了，這鋪子去年是因為天災啥的這租金就便宜了些，今年租金都已經漲了，前些時候，我還特意到隔壁幾家去問了問，今年的價兒都是漲了的。」

田慧確實去這條街上其他的鋪子都問了問，去年的價兒早就沒有了，有些精明的包租婆，就租了半年，在半年前，早就漲了。

老婆子訕訕的，她自然知道，這租金不漲根本就不可能，這鋪子不說旁的，地段好，人氣也旺。鎮上的還有不少謠言，都說著鋪子風水好，因為鎮上的其他包子鋪跟自家的比起來，根本就無法比。所以，謠言就有了不少。

「那依著田夫人的意思，這租金該漲多少合適呢？」老婆子殷切地望著田慧。「我兒子早逝，家裡孤兒寡母的，並不如別人家容易，聽說田夫人的鋪子也不止一間，要不您就少收點兒租金，您可是積大德了。」

積德啥的，對田慧來說根本就不起作用，只是在這兒站了片刻，田慧就知道這老婆子口蜜腹劍，厲害著呢。

「我如今也住在鎮上了，前幾日我聽隔壁的包子鋪說起來，都說我家鋪子的風水旺，帶動著這包子鋪的生意也好，把旁人都快擠兌關門了。」

田慧真心看不慣這老婆子，自然是由著自己的性子來，誰跟銀子憂愁吶！

「呸！這是哪個嘴碎的，在那兒瞎說呢！田夫人妳也瞧見了，我家這包子鋪生意好，就是我家做的包子厚道，我這兒媳婦做包子可是拿手的。我兒媳婦可是北方那邊的人，做這些麵食，最是拿手了，可跟咱這些南邊的不一樣，那些人就是學都學不來的。」說起這些，老婆子驕傲地昂了昂頭，好似這些包子是她做的。也是，她兒媳婦的，就是她的。

「妳兒媳婦說話軟軟糯糯的，聽著可不像是北方那邊的，不管是不是真的，外頭人可是信了，我這鋪子風水好。」田慧咬定了這鋪子值錢。

「哎呀，田夫人，我這不是跟妳說了嗎？我家鋪子的包子好吃，不信，我弄幾個來給妳嘗嘗？那啥，我這鋪子生意好，多半也是我兒媳婦賣的，若是換成了我這老婆子去賣，生意可就是一落千丈了。」老婆子不情願地承認道。

其實，她也曾跟著平子娘學做包子，可是蒸出來的包子一點兒都不鬆軟，口感上差了許多，常來西施包子鋪的，只要咬了一口就能吃出來。

所以，老婆子後來就再也不做包子了，只能幫著打打下手。

至於西施包子鋪這個名兒，也是老婆子讓人去做的，原本她的兒媳婦怎麼都不肯應，若不是不敢忤逆她，這個鋪子名兒就掛不上了。

後來，這西施包子鋪的名聲就傳了出去，好記又好吃。

「田夫人，要不七百文一個月？這樣如何？」老婆子心裡已經在盤算著，這一個月得賣多少包子，才能把租金給賺了回來。

「大娘，妳這是在糊弄我吧，這租金該是多少應該我說了算的吧？」田慧不耐煩地道。

「我也不說啥一個月一兩，看在大家都不容易的分兒上，就算是八百五十文一個月，這一年是十兩又二百文。妳算一算是不是？若是大娘嫌這個價兒高了，妳再去打聽打聽，不合適的話，我這鋪子就收回來，自己隨便弄點兒啥，這租金總是能賺回來的。」

這個價兒田慧早就合計過了，這包子鋪的位置不算是頂好，這個價兒不算高也不算低，但是後院，卻是比隔壁的鋪子多了一間，就是住了一家子也是寬泛。

老婆子心裡千迴百轉，若是有其他合適的鋪子，她早就搬了，哪還會在這兒開著。去年年末，就有不少來打聽的，問這鋪子是不是要繼續租著，隔壁的鋪子，租金也是十兩銀子一年，可是，那鋪子的後院小了不少，根本就無法住下一家人。

「田夫人，要不這零頭抹了，就十兩銀子，成不？」老婆子好話說盡，就等著田慧鬆口。

「若是大娘這租金還沒準備好的話——」田慧站起身子，撣了撣衣裙，準備告辭了。

老婆子這才慌了。「田夫人還真是愛說笑，準備好了，一早就準備好了，就等著田夫人過來收租金呢！」

「既然大娘覺得行的話，咱就到衙門裡去備個案，對妳對我都好些。」田慧一向是遵紀守法的，一看就知道這老婆子很難弄，所以，想也不想地決定走衙門這條路子。

「衙門？還得去衙門備案？咱找個中間人，做個見證就成了，去衙門備案，得花不少的銅板打點。」老婆子顯然有些猶豫了。

頭一年，田慧是交給經紀幫著租出去的，所有的事兒都是經紀幫著打點弄好。

租鋪子啥的，民間有不少人還是不喜歡走衙門備案這條路子，得花不少銀子不說，還得跟官差打交道，一個弄不好，說不準把自己給交代了進去。

「無事兒，衙門裡有熟人，不費妳銀子，我自會打點兒好的，只是，大娘妳最好尋個識字的。我去徐記水粉鋪子收租金，一會兒一道兒去衙門，妳先去尋個識字的吧！」好不容易說清楚了，田慧打聲招呼就走了出去。

徐記水粉鋪子，真真正正就是一個美麗女子開的，鋪面不小，生意也不賴。田慧一說明了來意，徐娘子就趕忙將人迎了進去，又是端茶端點心的，很是熱情。

「田夫人可算是來了，我還以為我這鋪子今年能不費銀子呢，這都過了初五還不來收租金。」徐娘子也在一旁落坐，這才一大早，水粉鋪子的生意還沒開張。

田慧不好意思說自己確實是忘記了鋪子的租金這一回事兒。

「哪能呢，就我這摳摳索索的勁兒，怎可能不來收店租，我不光要來收租金，我還得漲租金呢。」說來也奇怪，田慧看見徐娘子的第一眼，聽到徐娘子說的第一句話，就合了田慧的心意。

「我早就準備好租金了，若是貴了，我可不租妳這鋪子，有妳後悔去了。」徐娘子嬌笑連連。

「真心好怕呢。我也不漲多了，往後，我還想多來妳這鋪子坐坐呢，妳怎不招一個夥計？」這水粉鋪子裡味道有些重，田慧若是坐久了，真不大舒服。

「妳若是不漲我的租金，我就考慮考慮請個女夥計。」徐娘子端著茶盞，喝了一口。「這有了身子的，還是少喝點兒泡了茶葉的茶，對孩子不大好。」

「呃——很明顯嗎？」田慧輕撫了下肚子。

徐娘子搖搖頭。「不，若不是妳就是坐下也會習慣性地護著肚子，其他的都不大明顯。」

有了身子後，田慧不自覺地就會護著自己的肚子，特別是在外頭，生怕磕著碰著了。就是走路，也是慢騰騰的。
田慧認了。「好吧，不過這事兒卻是祕密，不大不小的祕密。」
「哈！我都掌握妳的祕密了，這租金可一定就是由我說了算，十兩銀子一年，成不？」徐娘子狡黠地眨眨眼。
「妳就不怕我大發善心，打算抄底價租給妳？」田慧擠眉弄眼地道。
「別吶，我這心裡不安，我已經打聽過了，就我這鋪子的地段，十一兩銀子已經是挺划算的，我這鋪子位置好，離東市近。」
這是徐娘子對田慧當初挑的鋪子的高度評價，田慧這心裡別提多滿意了。「行，那就十一兩銀子，要不咱現在就去衙門備個案，妳方便不？」
田慧總覺得這樣子的一個女子定是有啥不便利的，畢竟一個這樣的女子若是方便的話，定是不會獨自撐著鋪子。
「啊哈哈，妳真的想多了，我能有啥不便利的，我這就關上鋪子，隨妳一道兒去吧。」徐娘子笑著都有些喘息了。
「我倒是聽說，這鋪子開了門就不能關上的，這樣子不大好……」田慧也不知是聽誰說的，好似商戶都有這種講究。
徐娘子顯然也是頭一回聽說。「難怪我這鋪子的生意不大好，去年我這樣子半途關門的次數實在是多了些……」
「真的？」

「我也不大清楚，那今日怎麼辦？」

兩人就這樣子難上了。

徐娘子糾結了好一會兒才道：「罷了，反正我也不靠著這鋪子賺銀子養家，咱這就走吧。」

唉，有錢，就是任性。

田慧領著三人去了衙門，老婆子不知道從哪兒找來的年輕書生，跟著一道兒去的衙門。

「楊夫人，可把您給盼來了。快裡邊請，師爺早就將東西弄好了，只待畫了押就成。」衙門處的差爺熱情地招呼著人往裡走。

老婆子看得目瞪口呆。

就是那書生聽說能見到師爺，也興奮不已，準備好好地在師爺面前露露臉，原本，他這也是因為平日裡在西施包子鋪買的包子次數多了，偶爾包子西施會偷偷地少收幾個銅板。他家日子困頓，一日兩餐就靠著包子鋪的包子為生。這回，還是老婆子尋上他，他不好意思拒絕，就跟著過來了，沒想到還有意外的收穫。

從衙門裡出來後，老婆子那個後悔，早知道就不跟田慧討價還價那幾個銅板的事兒，若是能藉機靠上這個看起來來頭不小的田夫人，不，是楊夫人，那還愁以後鋪子沒生意？就是這一帶巡邏的差爺也會少收許多的好處費。

光是想著，就有不少的好處，這可不是幾個銅板的事兒。再說，聽見徐娘子的那水粉鋪子可是十一兩銀子，她這心裡可是頓時好受了不少，可不就是便宜了不少。

「楊夫人，還是頭一回知道您在衙門裡關係不小，是家裡頭有人在衙門裡嗎？」老婆子覥著臉笑著問道。

田慧只笑了笑，並不細說。「我可說好了，我只是將鋪子租給你們哦，其他的我可是不管的哦！」

徐娘子自然是應了聲「是」。

「若是得了空，來我家坐坐，鎮北的楊府，妳問問人，就該知道的。」在水粉鋪子前分手時，田慧邀請徐娘子抽空來坐坐。

累了一早上，總算是將租金都收了上來。田慧已經在盤算著，若是哪一日鋪子多了，應該還得請個專門收帳的。

既然來了西市，田慧想去瞧瞧年前訂下的石鍋可做出來了？年前田慧從錢氏那處借了銀子後，可是一股腦兒地全砸給石匠。若是石鍋成了，可就只等著尋個合適的鋪子。

田慧循著記憶，尋到了巷子尾的石鋪，一腳踏進鋪子大門，左右張望著。「大叔，我年前訂的石鍋，可做好了？」田慧揚聲問道。

楊知故那小子竄了出來。「慧姊，妳去哪兒了？我可是等了妳好一會兒，又怕剛剛走了，妳就回來了，實在是鬧心得慌，可算是過來了，讓我好些擔心。」

楊知故已經知道田慧有了身子，錢氏還再三叮囑他要將田慧看好了。

「我這不剛剛去了衙門備案，這一來一回就晚了。」

「夫人，我還以為您不來取這些東西了呢，幸虧您當初執意放了一兩銀子的訂金，您看看，我都鑿了出來。」石匠取了一大一小的兩個石鍋，擺在桌子上。

田慧摸著已經打磨過的石鍋，滿意極了。「大叔，這是餘下的銀子，照著這個石鍋，再給我鑿十個，還有那小的，再要二十個。」

「好咧！包在我身上，這都往哪兒送呢？」石匠收了銀子，心裡自然是放心了。

田慧報了楊府，隨後就跟著楊知故一道兒出了石匠鋪子。

「慧姊，妳這是做啥，聽秦嬸說了，妳這是想開間鋪子呢？」楊知故看著田慧隨意走著，慢慢地走出西市，往東市走去。

田慧點點頭。「嗯，我已經看了好幾間鋪子，只是租金有些高，咱一道兒再去看看。咱早些時候，就已經說好了不是，咱開鋪子，我請你做掌櫃的。你成不？」田慧正色看著楊知故，等著楊知故給個答案。

「真的、真的嗎？慧姊，妳要請我嗎？請我做掌櫃的？我？做掌櫃？我，掌櫃的？」楊知故興奮地圍著田慧轉圈圈。

他顯然難以置信，自打楊知故跟錢氏說了要做掌櫃的，被錢氏好好地嗤了一頓後，楊知故就不敢想了，雖說偶爾閒著無聊的時候，他還是會想想。

這會兒，楊知故太興奮了！

「對，就是你！別轉了，我被你轉得頭暈了。」田慧笑著求饒。

第五十一章　鋪子

楊知故終於接受了自己就要當掌櫃的事實，熱情地扶著田慧。

「慧姊，我扶妳，看著腳下，小心著些——這事兒冬子哥知曉不？」楊知故小心翼翼地問道，他才到鎮上，就已經知道了，楊立冬與田慧前幾日吵得不可開交。

說也奇怪，兩人自打和好了以後，田慧胃口大增，就是每日吐的次數也少了。

田慧毫不以為意。「我可跟你說了，我家一向就是我說了算的，你可給我記好了！」田慧齜牙。

楊知故一副受教了的模樣，讓田慧虛榮心極大地被滿足了。

「咳——我有跟冬子哥說過，冬子哥說，這些都是我自己攢的銀子，就由著我自己做主，左右不差我那點兒銀子過活。」田慧說得雲淡風輕，但是只有她自己知道，楊府的銀子可真的不多。

楊立冬的俸祿大多都是以糧食為主，也只能算得上吃喝不愁。

「好吧，我不該扯謊的，楊家並不是外頭見著的那樣子，你也見著了，你冬子哥還是車夫呢。」田慧受不住楊知故眼神的壓力，還是敗下陣來。不過，不挑地位來說，只說了楊府並不如表面那麼光鮮。

「呵！我還以為妳要說啥呢，只要冬子哥不是貪官，自然是缺銀子吶！」楊立冬還以為田慧要說些啥，他娘早就知道了田慧日子挺拮据的，要不然依著田慧的性子，早就將欠著的十兩銀子給還了。

「我前些日子小賺了一筆，再加上今日從商家收來的租金，就夠租鋪子了。不過，卻只是半年的租金。那地方的租金貴得嚇人，我這鋪子一年才十兩多一點，他那鋪子一個月就得六兩租金，真是嚇人！」

田慧想起前些日子找的鋪子，那掌櫃的一口咬定不能再低了。兩層樓的鋪子，又是在東市，倒是真的挺不錯，若是能便宜些就好了。

「喏，前頭這間就是了，我跟那掌櫃的約好了，今日讓他們的東家來談。」田慧指了指樓下三間鋪面的大鋪子，只是位置有些偏了，但是鋪面夠大，說起來這六兩也不算是太貴。

田慧手頭拮据，但凡能在東市開起鋪子的，大多數都是那些大商戶，手裡頭一、兩個鋪子還是有的。

這鋪子在街尾，門前不遠處，還有一棵高大的古樹。

「掌櫃的，你家東家可來了？」田慧一進屋子，便熟稔地問道。若不是混得熟了，掌櫃的也不會替田慧說說，去問問東家意思。

楊知故緊隨其後，光想到以後能在這麼大的鋪子裡當大掌櫃，心就撲通撲通地跳著。

方掌櫃聞聲轉過頭來，見到是田慧，就露出了笑。「夫人，我還以為您今兒個不來了呢，可是捏了一把汗。我家少東家已經在樓上了，我這就將少東家給您喚下來，您先這邊坐一會兒。」

「麻煩掌櫃的了，我家兄弟能不能在這鋪子裡瞧瞧，他頭一回兒來，正好奇著呢。」田慧早就隨著方掌櫃將這鋪子的前前後後逛了個遍。

方掌櫃很是豪爽地應了。「小兄弟，還請自便啊——」這個鋪子裡能用的東西早就搬空了，之前也是租給別人開酒樓的，只開了兩年，就倒閉了。

酒香不怕巷子深，都是騙人的。

總之虧得很慘，據說前幾個租戶亦是如此。

虧得很慘烈，所以這個鋪子的租金，真的是有待商量。

要不然，東家也不會因為租金多少而特意跑來跟租戶「談天說地」、「大聊特聊」。

「楊夫人？」

田慧回頭。「方少爺？你就是少東家？難不成這鋪子就是你家的？」

田慧看見方少爺身後跟著掌櫃的，就知道方少爺就是那個少東家。

「這可真的是太巧了，楊夫人這是要租鋪子嗎？」看見田慧點頭，方少爺就不知道如何是好了，自家這個鋪子說起來真的不咋的，自家也曾不死心開了一年，但各自酸楚就不用說了，還不夠給衙門裡孝敬。

那時候，馮知縣還沒有在南下鎮任職。

田慧點頭。「嗯，閒來無事，想掙點兒小錢。」

「若是楊夫人想開鋪子的話，這間鋪子實在是不大好，這個鋪子，不大好……」方少爺吞吞吐吐道，若是換成了旁人，他定然是不會開口說自己的鋪子不大好。

「我倒是覺得挺好的，方少爺就說說這鋪子的租金多少銀子吧？」田慧搖頭拒絕，她租得起的，也就只有這了。

何況鋪子大、廚房大，後院也大，最重要的是還有兩層樓！未來這可是高檔的酒樓。

「楊夫人覺得多少合適呢？」方少爺見勸不動。「五兩銀子成不？」

真是上道！

「會不會太虧了？」田慧心裡自然是欣喜的，只是，又不想因為楊立冬的緣故占了方府的便宜。

方少爺忙不迭地直搖頭。「不虧，妳也瞧見了，這都過了初五，我這鋪子還不曾租出去，實在是不好租呢，我爹早就說了，若是能租出去就成了，總比空在這兒好。」

「那行，能不能先租個半年？」

方少爺哪有不應的道理，如此，等楊知故逛了一圈回來，這鋪子的事兒也談妥了。

他們在衙門備了案，正巧，楊立冬也要回府，三人就一道兒說著往家的方向走。

一路上，根本就不用田慧廢話，楊知故就已經將所有的事兒都給楊立冬交了底。

「你說，會不會給你惹了麻煩？」田慧生怕因為自己的行動，而給楊立冬弄了個貪官的帽子。

「妳這腦袋挺費勁兒的，這一天到晚想些啥，若是方府想給我送禮啥的，何必呢，方夫人的表妹夫就是知縣。這說不準是看在妳的面子上，誰讓妳是個神醫呢！」

若是不出他所料，最遲晚飯前，方府就會把房契也給送過來了。

正愁田慧不盡心醫治方小姐，這可是送上門來的買賣。

「慧娘，妳弄這許多石頭回來做啥，咱往後都用石頭吃飯了？這可是越活越回去了——」秦氏是知道田慧一早就收租金去的，可是這人還不曾回來，卻送回來了這麼多的石鍋石碗。

一打聽，還花了好幾兩銀子。

田慧樂不可支。「娘就是想用這石鍋石碗吃飯我還不依呢，我可是等著賺錢的。」

「就這些石頭還能賺錢？」秦氏有些狐疑。

「晚飯，我就用這石鍋給你們做點兒好吃的，新奇的東西。」田慧已經好久不曾賣弄過了，平日裡的家常菜，田慧的手藝早就被福嬸全學了去，不光如此，可是比田慧做的還要好吃些，所以，田慧早就已經是無用武之地了。

「福嬸，我這鋪子都租好了，不過夥計卻是沒有，讓娘去挑個好日子，咱擇吉日開張，到時候，你們都得去給我幫忙呢。知故，你冬子哥已經給你找了一家鋪子，讓人家的大掌櫃帶著你，你學幾日，到時候可是靠你了。」田慧還打算請阿土娘夫婦倆也過來幫忙。

「也不知道怎麼回事兒，這開學都有好些日子了，阿土怎就沒來？過不了一個月就要縣試了。」自打過完年，阿土就沒有來過鎮上。

錢氏一直在楊家村，平日裡對阿土這一家子也算是頗多的照顧。

「阿土娘病了些日子，阿土他爹要幹活，無暇顧及到阿土娘，阿土那小子又孝順，這不，就留在家裡照顧他娘了。」

秦氏也不曾聽說。「好端端的怎會病倒了？我怎不曾聽說，我記得年裡回村子的時候，不都是好好的嗎？」

「唉，那是好好的，不過，自打初二的時候，阿土他姊回娘家來拜年，頭一年回娘家拜年，帶了不少的東西來。第一年嘛，總歸是豐盛不少的。阿土奶奶、二嬸也都包了紅包，原以為這事兒就是這般過去了。

「沒承想初四那日，阿土奶奶就上門罵了，說阿土娘教出來的好閨女，這回娘家還弄了假酒來糊弄娘家人，這養了十幾年，就養了一隻白眼狼，害得阿土奶奶在自己娘家跟前丟了人！總之就是一堆不好聽的。阿土娘哪會相信，自家喝的酒都不成問題，怎就偏生在她奶奶家出了問題，這心裡不服，就又吵了起來。後來不小心扭到了腳，又是被氣得狠了，差點兒沒喘過氣來，暈了過去。

「阿土姊聽說她娘病倒了，就回來探病，一聽說這來龍去脈也火了，這同樣是一個地兒買的酒，竟還被人罵。嫁了人，阿土姊也不嬌羞了，擼起袖子就又罵上了。

「別看當初那鼓鼓囊囊的紅包，其實也就兩個銅板，裡頭就是用厚厚的帕子包著兩個銅板，讓她在婆家丟臉丟大發了。這一鬧，阿土娘稍稍好了一點的身子，又給氣得躺回去了。後來，這不吵了兩回，村子裡的早就聽說了。後來可是有不少小娃子都說，是阿水偷了家裡頭的酒出來喝的，還賺了不少銅板，因為賣給別的小娃兒喝了。怕家裡人知曉，就給摻了水進去。這不，總是真相大白了。」

楊知故補充了一句。「不過，阿土讓我給帶個信兒，說是過兩日就會回鎮上的，他娘已經好很多了。」
既然如此，田慧也放了心。
一早，田慧就偷偷地讓楊立冬抓了一隻雞來，給偷偷地滅了。
一切都是背著秦氏做的，自田慧將主意打上了自家的雞後，秦氏每日都得數個好幾遍，不光如此，還天天在田慧的耳邊嘮叨，這些雞給咱家帶來了多大的貢獻，若是少了一隻雞，意味著咱家一年得少收多少的雞蛋。
田慧這廂好好地應了，表示今年要大力發展養雞事業，並允諾下撥資金。秦氏自然是深深地信了，這幾日鎮上就已經有賣小雞仔的，只是看著就像是養不活的，所以，秦氏覺得再等些時候，等著天兒暖和些。
這小雞仔還沒著落，母雞又被喀嚓了一隻。
等秦氏看著灶房外的母雞的時候，很是認命地去燒水，拔雞毛。「這隻母雞可最是能下蛋的，想吃雞讓我來抓就是了，有兩隻雞下的蛋不多……」
秦氏每回殺雞都得念著一樣的臺詞，用楊立冬的話說，就是——
「我娘就是寧願去外頭買雞，也不願意殺了自家養的這幾隻雞。」
可憐見的，當初的二十幾隻雞，如今只剩下七隻。今日，又少了一隻。
秦氏能不心疼嗎？
田慧燉了一鍋的高湯，就由著慢慢地燉著，奶白色的湯汁咕嚕嚕地冒著泡。
這雞，秦氏早就洗淨了，去了內臟，切成兩指寬的大小，薑切成大片。

鍋裡倒油燒至七成熱，雞肉塊倒入，快炒，讓雞肉變得緊致，顏色呈金黃色盛出。

將石鍋在火上燒熱，倒入半鍋左右的高湯，放入何首烏、當歸、蓮子、大棗、枸杞、胡椒等，再放入炒好的雞肉塊和薑片。

大火煮開，小火慢燉。

田慧已經打算好了，自家的鋪子全部用石碗石鍋，另外還有石鍋飯。

除了這道石鍋雞，還有石鍋魚，等天兒熱了後，就將這兩道湯的換成乾鍋，亦都是用石鍋裝著。

「冬子，門外有兩人，自稱是方家老爺和少爺。」福叔如今也不是誰都往裡放的，就讓人在外頭坐著，熱茶供著，鄭老伯在招待時，福叔就來尋人。

分工明確。

「方老爺、方少爺，這是什麼風將你們二位大忙人給吹來了。快請進，裡邊請——」楊立冬熱情地招呼著。

上門即是客。

方老爺有些受寵若驚，不過到底是在外頭混了好幾十年的，轉瞬間就恢復了正常。

楊立冬在待客廳請兩人入座，鄭嬸端了茶水和點心來。

「楊大人，您家這是在做啥，這味兒可真香呢——」方少爺聞著香氣，忍不住問出聲來，光是聞著味兒，實在是太揪心了。「這其中……好似還有藥材？」

因著方少爺時常去看自家妹子，這兩年，聞慣了藥味。

久病成醫。

「一會兒留在我家嘗嘗新菜，給點兒意見，你們吃過的酒樓多。」楊立冬賣了個關子。

「我媳婦今兒個碰見方少爺了不是，聽說還租了你家的鋪子呢，這不，想著趁早開鋪子。酒樓裡的桌子啥的都是嶄新的，所以就想著早些時候開張。」

方老爺好些驚喜，因為在自家的楊大人一直擺著臉，可此刻，居家的楊大人，竟半點兒大人的氣息都尋不到。

太貼心、太暖心了。

是不是出現幻覺了？

方老爺吸了吸鼻子，果然，很香。

「我家小子已經跟我說了，被我斥責了一頓，楊夫人可是咱方家的救命恩人，不說別的，若是小女的事兒傳了出去，說句不好聽的，就是死了，我家也差不多完了。商家，靠的不過就是名聲，若是讓競爭對手知道我家的內情，非得咬著不鬆口。沒有啥比小女能好起來更好了。忘記說了，這都已經過來好些日子了，小女竟是不曾再發病，我昨日還聽說已經大解了一回，謝天謝地！」

方老爺說起這事兒的時候，欣喜難耐。

「楊夫人可真是神醫吶！」

「噢？那可是要恭喜方老爺了——」楊立冬也有些難以置信。

「楊大人，這是那鋪子的契紙，啥都不說了，楊大人收好了，這不是給您的，我這是給楊夫人的，凡事多虧了楊夫人。」方老爺從身旁的方少爺的手裡拿過一個荷包，放在桌子上。

不容置喙。

「方老爺，這怎麼使得，我家夫人有拿診金的，也並不少收了診金。」楊立冬也正色道，並不去看荷包一眼。

方老爺將荷包往楊立冬的方向推了推，心裡鬆了一口氣，聽說，楊將軍就是年節走禮也從來不收商戶送的禮，就是跟衙門裡的大人之間的年禮節禮，也都是自家產的，這在南下鎮根本就不是啥祕密。

原本，那些個品階低的大人還覺得難以相信，以為楊將軍看不起他們，所以才弄了這麼些東西來打發自己。出去一打聽，原來大家都一樣，只是品數的多寡而已。

方老爺看著楊立冬並沒有翻臉不認人，才大著膽子將荷包往楊立冬的方向推了推。

方老爺笑了。「說句不怕楊大人笑話的，那鋪子根本就不容易租出去，唉，說句不好聽的，就是誰租誰虧。我不信邪，自家也曾開了一年，嘖嘖，血本無歸，這不，才往外租。我這一回來，就聽說這小子居然將這樣子的鋪子租給楊夫人，大罵了一頓，就領著人來賠罪了。半點眼色勁兒都沒有，可把我給氣著了。」

方少爺在一旁齜牙咧嘴的。「我爹可真是狠狠地揍了我一頓，才領著我過來賠罪的，嘶——」

「方老爺多慮了，這事兒是我媳婦兒執意如此，你可真的冤枉了方少爺。」楊立冬看著方少爺誇張的動作，應該是扯痛了傷口，不由覺得好笑。

這人可真是妙人。

方老爺瞪了一眼方少爺。「楊大人，這契紙您就收著吧，往後我就不付診金了，就當是提前付了，說來，還是我賺到了。」

「如此，我替我家媳婦兒多謝方老爺慷慨了。」楊立冬謝過方老爺。「我之前就說過，若是得空就多來坐坐，只是我家沒有半個下人，一會兒，都自己動手啊。」

楊立冬這算是邀請方老爺父子倆在家吃飯了。

方老爺哪有不應的道理。

「你們稍坐一會兒，我讓福叔去接下我兒子倆。」楊立冬打了聲招呼就往外走去。

方老爺端起茶盞，就聽見旁邊的兒子挨近自己說道：「爹，難怪外頭都說這楊府不一樣，就是這楊府裡頭的楊大人都特別的不一樣。怎麼說呢，特別的有居家味兒，這叫居家好男人！聽說這種男人，仕途頗廣。」

方老爺白了眼胡言亂語的兒子，自知自己是無法阻止這個「狀態」的兒子的，也就由著他去了。

因為，方老爺自己也頗為意外，原來在楊府裡，楊將軍就是稱自己的夫人為「媳婦」的。「媳婦」、「媳婦」，聽著好似關係近了不少。

看來，往後若是有事兒，從楊夫人身上下手準沒錯。

還有楊夫人的兩兒子。

這都有客了，還不忘掐著點兒要接兒子。

「爹，您別想著算計這個算計那個，楊將軍這樣子的人物，定是不吃這一套的。聽說表姨已經被送回娘家去了，也不知道表姨父會不會休妻——」

方少爺想起了知縣夫人的結局，生怕他爹做了不該做的事兒。

「你爹我又不是後院的婦人，會這點兒見識都沒有？」方老爺嗤之以鼻。

「爹，若是表姨真的被休了，咱家這幾年掙下的家業，怕是要縮水不少了。」方少爺有些擔憂。

方老爺卻是老神在在。「不會，最多娶個平妻，不會休妻。再說，知縣的後院裡，還有你表姨生的兒子。」

楊立冬安排好事兒，就回了待客廳，陪著父子倆說話，直到圓子哥兒倆回來了，才起身招呼人往飯堂去。

「我家吃飯男女不分桌，還望方老爺和方少爺見諒啊。」

方老爺這下子終於忍不住變臉了，這，他真是頭一回聽說。就是在這鎮上，大多數的人家，都是分桌的。

「自然是客隨主便、客隨主便——」

楊立冬心情大好，哈哈大笑。

「方老爺，別拘謹，若是在我家，還端著架子，一會兒可是吃不到好東西的。我把話說在前頭了，若是沒吃飽，我可是不管的哦！」

方少爺躍躍欲試。「真的嗎？真的嗎？」直呼難以置信。

楊立冬幫著將滾燙的石鍋端上來的時候，鍋子裡還翻滾著的白湯，香氣撲鼻。

「趁熱吃啊，那溫鼎成本大了些，咱便就著這石鍋吃，味兒還是不錯的，得先喝湯──」田慧做了一鍋的石鍋雞，另外還有石鍋魚。

魚刺一起燉的石鍋魚片，味道鮮美。

聽說家裡頭來了客，福嬸也做了幾個拿手菜。

楊立冬不等田慧招呼完，就給田慧先盛了一碗滿滿的石鍋雞湯。

「愣著做啥──」楊立冬的眼疾手快讓人驚呆了，而圓子早就見怪不怪了，自打上回這兩人吵架了以後，現在越發黏糊了。

等圓子盛了一碗湯後，方少爺終於意識到楊立冬說的話並不是在唬人，趕緊給自己盛了一碗，還給他爹盛了一碗。

楊家人被方少爺一連串的動作給嚇到了，哪曾見過如此厚臉皮的客人。

就是圓子，也拿著勺子愣住了。

方少爺喝了一口湯。「哇，這是啥做的，這湯怎這般香，這鍋是石頭做的？呃，都看我做啥，趕緊吃吶？可香了──大爺，要不我幫您盛一碗？」

方老爺撫額。「你就別作怪了，趕緊坐下──我這兒子，就是比較實在……」方老爺已經不知道該如何形容自己的兒子，思來想去，也就「實在」比較不打擊人。

楊立冬看著更樂了，幫著身旁的秦氏也給盛了一碗，眾人紛紛盛湯。

其實，楊家並不曾出現過哄搶食物的局面，畢竟小的也就兩個，大人自然多半都是讓著些這兩人的，楊立冬只是稍稍說得有些浮誇。

方家父子倆意猶未盡地走出楊府。「爹，要不我先去找輛馬車來？」

「不用了，咱父子倆走著回去就是了，咱父子倆可是好久不曾說過話了。」方老爺難得吃得這般舒心，撫著肚子舒服地嘆了口氣。

方少爺可真的是吃了個夠本，反正也被人笑話了去。「爹，楊府這樣子吃飯，挺好的，熱鬧，吃得香。」

「咱府裡頭是不可能的。」方老爺並不看重後院的鶯鶯燕燕，後院裡的那些個女人，就是知縣大人送的。

唯有當初自己真心看上的安姨娘，可她卻是惹出了這麼多事兒，方老爺如今也只是偶爾去安姨娘的院子裡坐坐，說說話兒，至於其他的，其他的就再也沒有了。

若是讓這些女人，還有庶子庶女一道兒用餐，就吃那麼酒杯子大小的米飯，量少不多，更別說光是聞著香氣就讓人吃不下飯。

所以，方老爺大多數都是在外頭吃的，可是想起楊府裡其樂融融的一幕，就覺得自己錯過了很多。

「兒子，你可怨過爹？」

方少爺正撫著圓滾滾的肚子，疑惑地望了眼他爹的背影，挺得筆直，無聲地笑了。

「爹，我不怪您，就是妹妹也不會怪您的。」方少爺吸了吸鼻子，有些涼意。「當初若是爹將妹妹送到鄉下，由著她自生自滅，也不會有人說爹的，不過爹都不曾這般做。就是知道可能要給人送把柄，爹也不曾想過要將妹妹怎麼處置了——所以，爹，您是個好爹……」

方少爺刻意忽略了庶出的弟妹。

方老爺也不曾提起。

兩人心照不宣。

「你若是現在還不想成親的話，等你妹妹病情穩定了，我就將這個家給分分，讓你的那兩兄弟成了親就都分出去。這往後，咱家還是得靠你。你的運氣比爹好多了，你也比爹機靈——往後若是一直都是這樣子就好，可別聰明反被聰明誤。」方老爺好似一下子老了許多。

這幾日，楊府不斷地買進雞、魚，都給福嬸練手呢。

楊立冬趁著休沐日，上了山，帶回來好些野物。

回來的時候，楊立冬還將阿土母子倆接了過來。

「慧娘，聽說妳要開鋪子了？這麼大的事兒，我都不曾知道，若是知道了，我就早過來幫忙了。」阿土娘一進屋，噢了人，就拉著田慧的手不鬆開。

阿土娘的腿腳已經大好了，只是心裡咽不下這口氣，不過又無法，這口氣不咽也得咽下。

所以楊立冬一來，請阿土娘夫婦倆去鎮上幫忙，阿土娘想也不想地就應下了，這地兒實在是無法待了，能少見幾回，自己說不定還活得久。

阿土的姥姥來看阿土娘的時候，就勸道：「閨女啊，這肚量學得大些，以前是咱高攀了這楊家，如今咱家日子也好過了，妳兄弟姊姊日子都好了，妳也別跟妳婆婆他們一般見識。」

阿土姥姥雖說如今日子好了不少，不過一向就是個沒主意的，也只是跟阿土奶奶說了幾句軟話，說自家的閨女脾氣硬，還望著阿土奶奶多擔待著些。

如今，阿土奶奶越發張狂，時不時地就在小院旁冷嘲熱諷。

阿土實在是瞧不過眼，也不去尋自己舅舅姥姥，就去尋了大姨，大姨一聽說，這麼大的事兒她娘居然還瞞著她！帶著婆家的幾個嫂子，就殺上楊家，對著阿土二嬸的院子一頓罵，一日分三次罵，罵得阿土奶奶都不敢出門。

阿水娘一開始哪會服軟，跟著人對罵，以一敵四，哪是人家的對手，阿土爺爺氣得夠嗆，就是他下地做活，也沒少被這幾人挖苦。

最後還是阿土爺爺實在受不住了，請了楊里正出馬，說服了阿土的大姨，這事兒才算是完了。

不過，到底不可能讓婆婆跟兒媳婦賠不是，只是阿土奶奶卻是安分了不少，可阿土爹卻是頗有微詞，只覺得自家的小事兒，何必鬧得整個村子都不得安生。

更何況，那人是他娘。

不過看在阿土平日裡也不常待在家，阿土爹便沒揍他。

所以，這回，來的只是阿土娘母子倆。

「這不，就等著妳來幫忙呢——」田慧細說了自己的打算。

大廚啥的，田慧也請不起，再說那鋪子那般邪乎，田慧是連夥計都不打算招一個，自家這許多人張羅著先看看行情，就夠了。

若是虧了，也不至於虧太慘。

秦氏去挑了個日子，正月十三、十六都是好日子，再晚些，就要等到正月二十七了。

正月十五，一切準備就緒，用過午飯，田慧仍是不放心，鋪子裡由於時間關係，桌子凳子啥的都不曾改變，雖說是省了銀子，但是田慧心裡仍是有些忌諱。

楊立冬陪著田慧一道兒去了東市，一溜兒的酒樓，小二哥不時地在吆喝著。「客官，裡面請兒——」

他們在自家鋪子前站定，匾額還不曾掛上去，大門也是緊閉著。

東市的街尾，又比隔壁的鋪子整整縮進去大約三丈有餘。

楊立冬掏出鑰匙，打開大門上掛著的大鎖。

咯嗒。

田慧在楊立冬的示意下，推門進去。

「哇——」

「口水流下來了——」楊立冬好心地伸手給田慧擦擦口水，一巴掌被田慧拍飛。

豆腐被拍飛了。

「難不成還真有神仙吶。」

田慧這幾日沒少嘮叨，她要開一家高檔酒樓，鎮上最好的一品樓，一樓也是散散地擺放著四方桌。

「這桌子怎是兩張桌子拼著的？我說的長條形的桌子可不是這樣子的哦——」田慧就是再迷糊，也知道這大抵就是眼前人給張羅的，難怪，這幾日早出晚歸。

「哪有這許多時間，這都是木匠那兒做好的，我給弄過來了，還是託了方老爺的福，總算是湊齊了這些桌子。」這些日子來，田慧禁不住餓，臉色好了不少，肉嘟嘟的，楊立冬伸手捏了捏田慧的臉。

「看在你如此貼心的分上，我就不跟你計較了。」

因為自家的石鍋燙，若是桌子太小了些，放著就有些擠手。

每兩張長桌子之間，都有類似木櫃子的物什隔了開來，上頭插著形態各異的麵人，這都是平日裡，田慧閒著無事畫的圖樣

「這你怎麼都弄來了？」田慧隨手拿了一支小母雞，母雞上頭頂著黃花，胳膊上掛著一個枴杖，嘴上還叼著一根棒棒糖。然而，這只是母雞。

怎麼看，怎麼另類。

「這些個古怪的東西，放在這兒合適不？」田慧雖說欣喜楊立冬想得如此周到，不過對於自己的眼光可是不大有自信。

「自家的鋪子，還管別人喜歡做啥。」楊立冬絲毫不介意旁人喜歡不喜歡。

田慧一向最喜歡這些小東西。

田慧早就已經不止一回絮絮叨叨地說著，她想要在自己的鋪子多弄點兒小東西，掛著的、擺著的，楊立冬一直都記得。

「後院我是無法了，時間來不及，往後若是生意好了，再慢慢弄吧。」

田慧原本是想將後院也給弄成包間，專供給女客。

大乾國民風開放，有不少女子也會領著丫鬟上街，若是平民百姓，那更是一個人在街上走著，就是田慧，也是時常一個人上街的。

「這樣子，就夠好了——」田慧滿意得不得了，歡喜地拉著楊立冬的手，樓上樓下滿鋪子地亂溜達，歡喜得不得了。

一路的好心情，讓田慧也忘記應該避嫌，一路都拉著楊立冬的手，回了楊府。

「娘，您的手放在哪兒呢？您該不會就是一直這樣，這樣子一路走過來的吧？」團子眼神賊兮兮地在楊立冬和田慧的兩手之間「流連忘返」。

「半大的孩子你懂得什麼，我跟你爹，這有啥關係？小孩子家家的，管得真寬，真是夠操心的。操心的孩子不長個子！」田慧撇下父子倆，自個兒走了。

被一個孩子給笑了……

團子很受傷，他跟圓子雖說只相差一歲，可是身高上卻是差了一大截。

可是這事兒，楊立冬真的幫不上啥忙啊，楊立冬想了想還是默默地走了。

第五十二章　開張

正月十六，鬧元宵。

大乾國，元宵節過的是十六。南下鎮很是熱鬧。

這是康元帝登基的第一個元宵節，南下鎮一大早就有兩隊舞獅，在東、西市之間來回嬉戲打鬧，家家戶戶都掛上各式的燈籠。

早幾日，楊立冬就從衙門裡拿回了兩盞兔兒燈，早早地就被圓子哥兒倆收在自己的屋子裡，只等著太陽一下山，就拿出來顯擺顯擺。

這一大早，天還未亮，楊家就已經忙碌起來了。

卯時末，福叔與鄭老伯兩人就在外頭臨時搭建的棚子下，生好了爐子，已經用石鍋開始燉上了，不一會兒，整條街上，都能聞著香兒。

辰時一刻，吉時到。楊立冬揭下了匾額上掛著的紅布。「石頭宴」！

衙門裡的大小官員紛紛來捧場，還有好些如方府這般消息靈通的商戶，也都聚在這兒，等著開張。

「楊將軍，這匾額上的字是誰寫的，看著有些稚嫩呢？」主簿大人抬頭研究著這幾個字，像是小孩兒的手筆。

楊立冬笑著將自己身邊的圓子團子推在眾人前。「我是個粗人，哪寫得出來。不過，我兒子行吶，這三個字的招牌是我長子寫的，楊端辰。這是二子，楊端逸。」又跟圓子團子介紹道：「這是眾位大人，都是你們的叔叔伯伯，叫得勤快些，往後若是學問上的事兒，不拘問哪一個，所以這嘴上可得叫得好聽些。」

眾人都含笑望著圓子哥兒倆，心裡掂量著楊立冬說的長子的分量，縣尉笑著擺手。「除了我，其他幾位伯伯都是從科舉這一條血路上殺出來的。」

眾人皆知，縣尉當初不知道走的是誰家的路子，才一步步地到了如今這個地位。

今日的「石頭宴」不對外開張，只是招待著今日前來的這些人。

石鍋雞是招牌菜，每日限供十二隻，半兩銀子一鍋，另送一份石鍋拌飯。

這價兒已經不算是低，當秦氏等人聽到楊立冬定的價格時，忍不住吞了吞口水。「慧娘，我知道妳想賺些銀子補貼家用，但是會不會太多了些，就是一畝地一年能賺上半兩銀子，那還是看天了。要不，咱不急，咱們慢慢來？」秦氏打著商量。實在是不覺得能成。這石鍋雞雖說夠好吃，但是，也不可能半兩銀子還會有人願意買。雖說銀子收進兜裡的感覺是挺妙的，只是，若是燉上了十二隻雞，會不會，都得靠著自家給消化了？

田慧還特意尋了繡莊繡了好多份菜單，明碼標價。說起這繡莊子，田慧著急著要，繡莊還不願意接，加銀子呢，她心裡又不舒坦。後來她忽地想起陳夫人好似有個不大不小的鋪面，正是做著綢緞鋪子的生意，想著就踏上了陳府的大門。

陳夫人得知原委後，說道：「妳這鋪子都還不曾開門，怎好讓外頭的繡莊接了這差事，也幸虧這些繡娘都是不識字的。這事兒包在我身上了，幾日要？」

「一、兩日成不？」田慧也知道要得有些急，不過菜單子的外頭都還得用木架子給包上，也挺費時的。

陳夫人也是一早就收到了請帖，知道這鋪子正月十六就得開張了，盤算著自己陪嫁鋪子裡的繡娘，再加上陳府鋪子裡的，應該是差不多了。

這事兒就交給了陳夫人，只一日後，就被送到了田慧的手裡，專業的繡娘繡出來的東西還真是沒話說，這字兒就跟畫出來的一樣，光是看著就是一種視覺上的享受。

石鍋魚一百五十文、石鍋五花肉一百文、石鍋豆腐八十文——裡頭可是有五花肉片的、石鍋肥腸五十文、石鍋豬內臟亦都是五十文、石鍋時蔬三十文。

這菜單子都是在紅色的綢緞上用白線繡上了各式的菜名，附帶著白雲朵朵。

田慧看著已經做好的菜單子，還偷偷地問過楊立冬。「冬子哥，問你一件事兒？」

楊立冬不疑有詐。「說吧，偷偷摸摸做啥？」

「你說這東西，像不像怡紅院、飄香院裡的東西？」田慧揚了揚一條還未被木架子包上的紅綢，在楊立冬面前甩了甩。

楊立冬臉青了半邊。「妳在說啥！」楊立冬就算不流連花叢，但是也聽人說過。「這兩啥院子妳是從何處聽來的？」

「真有嗎？」

「沒有！」楊立冬差點兒咬碎了一口銀牙。「別教壞了孩子！」

「冬子哥，你曾去過？」

「不曾！」

「冬子哥，想去不？」

「田慧！」

「好啦、好啦——若是冬子哥想去，就別回來了——」

「田慧！」

眾人隨著楊立冬進鋪子落坐，桌子上都擺著茶點。

「楊將軍，這屋子裡的小東西，擺得可真夠多吶。」

縣尉早就想進鋪子裡瞧瞧了，原先的這家鋪子，縣尉也來瞧過，據說楊府買下這家鋪子到現在，不過是幾日的時間，想來重新裝潢鋪子的時間定是不足的，若是只是原先的樣貌，心裡頭定然還是會有一絲的失落，就是這間新開的鋪子味道再好，也會在心裡打了折扣。

現下對於新鋪子的印象落差實在是太大了些。

「這牆上掛的莫非是名家的題字？」縣尉對書畫不曾研究，只覺這字看著有些怪異，橫不直，豎也是歪歪扭扭的，好似提著的筆一直在抖，抖著抖著才勉強完成這個「宴」字。

「這些都是小兒以前的塗鴉之作，往後若諸位大人府上的小子有墨寶，都可掛在鋪子裡，也算是給鋪子添些生機。」楊立冬指著鋪子裡隨處可見的物件，笑得寵溺。

縣尉第一個應好。「回去我就找下我家小子以前練過的大字，絕對比這個還看不過眼，我明兒個就送去裝裱了送來。我家閨女的字才寫得漂亮，一手小楷，可惜，姑娘家的字不外露，哈哈——」都是有子萬事足的。

楊立冬也是聽說了，縣尉府上的門檻都快被踏平了，就是因為府裡有個待嫁的姑娘。

「縣尉大人就是愛顯擺，話說，你家姑娘可訂親了？」說話的是師爺，家中正有一個適齡的小子，他家夫人也隱晦地提起過，只是被縣尉夫人繞了開話去，不過仍是不死心。

「還不曾，不過，若是訂了親事，我定然要請各位來吃酒！」縣尉大人哈哈大笑。「這是母雞？怎還抽上老煙了？不會是捏錯了吧？」顯然不想在兒女親事上多說。

眾人都爭相把玩著，結果發現就沒一個正常，怪裡怪氣的，大老爺們實在是欣賞不來，這種東西到底是哪兒好看了？不過，要說這鋪子倒是真的弄得別具一格，就是一樓的大廳，也有置身包間的感覺，格調高了不少，雖說能擺下的桌子少了不少。

氣氛倒是好了不少，再添上了這些小東西，光是如此看著，就覺得是視覺上的享受。

田慧喜歡漫畫，團子瞧著歡喜，就偶爾也跟著田慧一塊兒胡鬧。

至於圓子，一心向學，就是田慧也動搖不了他一心撲在科舉這條道上。除了圓子，還有阿土，這幾日，阿土自覺已經落下了許多功課，日日秉燭夜讀，因為二月將近。

午時不到，就開始陸續上菜了。

楊立冬來回招待，六人的桌子，整整擺了十桌。南下鎮大商戶竟是都來了。上門皆是客，楊立冬也是頭一回揚著笑招呼著。「今兒個，咱吃飽喝足！」

田慧只是在廚房裡幫忙，這端菜的活計，自是有楊知故幾個兄弟在忙活。

石鍋燙手，都在邊上用棉布纏著。

楊知故幾人上菜的時候，亦是每道菜都提醒了好些回。「石鍋燙，小心燙手。」

這些人看著新鮮，再說一早就只吃了些茶水，這肚子早就空著，聞著這香味，哪還受得住，紛紛動手舀了湯來喝。

「諸位先喝點兒湯，不瞞你們說，我還是前幾日才頭一回吃到，實在是惦記著慌，我就先喝著了──」楊立冬揚聲招呼了幾句，就自己捧著碗，喝了一大口，舒服地嘆了一口氣。

眾人瞧著哪還受得住這香氣，斯文些的，拿了湯匙舀著喝。

「這，真的只是叫石鍋雞？可惜了這鍋好湯──」馮知縣意猶未盡地道，這些日子，馮知縣被後院的事攪得不安寧，臉色就有些不大好看，已經好些天，不曾吃過一頓安穩的。

知縣夫人被送回了娘家，後院就亂了套，那些個姨娘個個都不是安分的，家宅不寧。可偏偏，馮知縣在處理家事上頭不是個好把手。

後院起火，都是輕的。馮知縣焦頭爛額，衙門裡又是日日離不得人，他就只想著能睡個好覺，吃頓熱飯。

這不，楊立冬一說自家的鋪子開張，馮知縣頭一個就捧場了，終於能讓人清靜清靜了。

這般好喝的湯，馮知縣差點兒忍不住落淚。說不後悔是假的，早知道就不把夫人給送回去了，至少自己還能吃飽睡足。

「這湯頭裡，我家夫人放了不少的藥材，男女吃著俱是不錯的，特別是冬日裡。往後這石鍋雞，可是一日只提供十二隻。不過今日不同啊，諸位可得敞開了肚子吃。不過，後頭還有好菜，留著些肚子吃其他的。」

一句話就勾得眾人心裡癢癢的，若是有好吃的，誰這心裡不期盼。

這人吶，天生都是吃貨。

這一日，「石頭宴」裡主客盡歡，各人手裡都拿著一支糖人，不拘啥樣式的，一人一支，拿著回家逗著小孩玩兒。

「石頭宴」就這樣子開張了，生意算不上是太火爆，但是來往的皆是有身分的，而且，但凡是用過餐的隔個幾日就會來上一回，有些人還會帶了家中的女眷和小子一道兒來用餐。

這後院裡，住著楊知故並著兩個夥計，還有阿土的爹娘，都是住在後院裡的。

白日裡，福嬸幾人亦都是過來幫忙的，就是秦氏也是一日不落。

田慧心疼幾個老人早出晚歸的，吩咐了阿土每日都準備定量食材，東西一賣完就關門歇業，可算是將幾個老人給解救出來了，只是，長久下去，亦不是法子。

豈料生意才有了看頭，這人手卻是騰不出來。

「其實，這麼些活兒根本就不累人，不過就是炒幾個菜，哪會累到。再說，如今好不容易尋著點兒事做，挺好、挺好的。」如今楊府人都是在鋪子裡解決二餐的。

若是長久以往，可是亂套了。

「不行、不行，還是得尋幾個人來，聽說一品樓的大廚都是男子，問問阿土爹，可願意學？還有知事、知通，若是這幾人能來，就盡夠了。」

幾人先學著做幾道菜，由福嬸幾人帶著過些日子，等上了正軌，也能抽開身來，就能安穩地收銀子了。

秦氏哪裡肯依，怎麼都不肯服老。

「娘，我這肚子也越長越大了，難不成要等到我生了以後再安排人手來接替你們？」

秦氏一聽可不就是這個理兒，哪會再拒絕。

田慧一聽這法子有效，仍是安慰道：「不過咱如今還是無事兒的，這鋪子裡還是得靠嬸子和娘撐著，就是咱家有新菜，不也得靠著嬸子先做出來？如今，可是老師傅了。」

秦氏三人一聽，自己可不就是師傅了，這下子哪還有不滿意的。

「我已經想好了，給三嬸子一成乾股，給兩位嬸子也是一成乾股，至於阿土爹娘也是一樣，不過，知故這小子的工錢另外算，若是以後生意好了，再漲工錢。」

因著錢氏一家三個兒子都在自己鋪子裡幫忙，鋪子後院都用來住人了，田慧也歇了後院弄成包間的心思，完全是用來住人了。一人一間，就是錢氏的兒媳婦也能住在鎮上，總不能讓人夫婦倆分隔兩地吧。

福嬸幾人哪裡肯受。「如今我們四個老的吃喝不愁，哪還另外用得著銀子，不要、不要——」

無論說啥也不肯受。

「這是慧娘孝順，你們就收著吧。手裡頭有銀子，就是想買點兒啥，不過伸出手來的事兒。」秦氏也幫著勸道。

「實在是拿著也沒啥用處，冬子夫婦倆孝順咱幾個老的，咱就收著吧。這銀子咱也花在幾個小的身上，往後娶媳婦啥的，咱可是能長一回大臉了。」這幾人中，鄭老伯年紀最長，鄭老伯出言應下，如此，這事兒也算是定了下來。

「娘，過兩日休沐，我想請書院裡的同窗們吃頓好的，還有先生跟先生的家人。」團子家的鋪子已經開業，幾個小娃兒早就鬧著要來瞧瞧了。

團子也算是機靈，加上先生的家人，哪怕田慧不答應。不過頭頂挨一下是難免的。

「你娘豈是這般小氣的，下次想請你們同窗就直說，左右不過是自家的鋪子，方便得很，啥時候來，記得提前跟你幾個奶奶說就是了。娘最近腦子不好使兒，東西忘得快。」

田慧已經不怎麼再去廚房裡了，就是楊立冬的療效再好，也實在是禁不住聞著廚房裡各種味兒。

日日吐得暈天暗地，偏偏田慧也一直就不是個矯情的，吐完，漱口水，若是正是掐著飯點兒，就忍著肚裡的難受，囫圇地吃完一頓飯。

好不容易長得肥嘟嘟的雙頰，迅速地瘦了下去，也幸虧精神頭還不錯。

過兩日，團子就早早地領著他的小同窗一道過來，一共也就九個娃，今年又新來一個。

這個點兒，鋪子裡還沒有人進門吃飯，幾個小娃子也樂得自在。

還未到變聲期的幾個小子在鋪子裡轉悠，看著一支支擺在那兒的麵人，驚為天人。

「若是你們喜歡，就一人挑一支吧，我家鋪子裡每人來吃飯，都有送一支的。」團子很大方。

田慧還特意請了個麵人師傅，專門捏麵人，以供作「伴手禮」。

話才落，不等團子招呼，娃兒們就挑了起來，可是個個都覺得好看，這可如何辦？

「下回多來幾回唄，我娘若是得閒了，就會畫新的打發時間。」團子仍是不好意思說自己也有跟著學，實在是說不出口，若是有一日能學有所成，再拿出來顯擺顯擺。

待先生一家子來了鋪子的時候，楊立冬已經等在那兒了，才剛剛一坐下，田慧就親自端著茶水過來了，說了一會兒話，就上菜了。

楊立冬夫婦倆退了出去，讓先生等人吃好喝好。

「冬子哥，先生跟你說了啥？有沒有說這回的縣試？」田慧有些緊張地道，據楊立冬帶回來的消息，二月二十就要開始考縣試了，大抵還有一個月的時間可以準備。

楊立冬拉著田慧去了後院，尋了間待客廳坐下來。「先生說了，團子怕是有些懸，得看自己的運氣了。先生說咱平日裡對團子管得鬆泛了些，可惜了一個好苗子，團子在書院裡一向學得雜，對四書五經這些科舉的書卻是不甚感興趣。

「先生嚴肅地對我說，往後得嚴格要求團子，若是由著團子養成如此的性子，往後就是做啥事兒都做不好，半途而廢。若是一介白身，又啥事兒都不成，往後團子後悔，咱這爹娘，就是罪過了。

「再者，咱做爹娘的，不可能護住團子一輩子，咱終有一日要老了去。若是團子有著一技之長，咱也能放心。這都是先生說的，我聽著這倒也不是虛的，團子的性子是得好好扳扳。至於阿土，我已經讓阿土爹娘到樓上去了，他們夫婦倆還是頭一回見著先生呢。」

楊立冬見田慧若有所思，徑直說道：「我早就跟主簿大人說過了，等過些日子，就讓主簿到這兒來，給圓子三人講講學。妳先提前包個十兩銀子左右，再到庫房裡挑幾樣趙菜子從京城帶來的硯臺啥的，讀書人用的東西送上。這是鎮上的規矩，咱也不能壞了規矩。」

咂舌。

「這收入可不小呢——」田慧也知這些不過就是潛規則，自是只能照辦。「你說，若是咱家花了銀子，圓子三人還中不了，會不會退銀子？」

楊立冬伸手就給了田慧一個爆栗。

「妳當這是作弊？越發沒個遮攔，這科舉可是大事，若是出現舞弊的案子，就是我，也是無能為力。聖上最是急需人才的時候，若是出現舞弊案，我看馮知縣的官是要到頭了。」

楊立冬待得教訓完了田慧，正色道：「我請主簿大人前來，也不過讓他講講往年的考題，還有破題，只是些技巧，中不中還得看各人的造化。我已經打聽過了，據說今年可是比往年趕考的都多了不少，所以，慧娘，妳應該知道，就算是小小的縣試，也絕非易事。」

田慧點頭算是明瞭。

等人都走了，田慧尋了團子來。「團子，你跟娘說說，你是不是不喜歡念書，覺得念書很累？」

團子手裡把玩著一個怪模怪樣的恐龍，太威猛了。

「啥？念書？不累啊，娘為何說……」眼睛骨碌碌轉。「是先生說了啥吧？」

田慧點頭，並不隱瞞。「娘就是想問問，團子是不是不願意念書，如若不然，為何不跟你哥哥一樣，好好念書，將來做官。」

「哥哥也不一定就是喜歡念書……」團子低頭摸索著桌角。

田慧默然。

久久找不到自己的聲音，田慧吸了吸鼻子。「若是團子不想走科舉，那就隨你吧，娘能護你多久就護你多久。等娘老了以後，團子還有哥哥弟弟護著，也定是能護你一世安穩。」

「那娘為何不問問哥哥喜歡做啥，說不準哥哥也不喜歡念書……」團子用指甲刻著桌上，留下了一道道不深的印跡。

「你，是不是一向覺得娘不疼你哥哥？」團子也一年年地大了，不知道小時候的事兒記得多少。田慧自認為對圓子哥兒倆是一模一樣的，並不半點兒偏心，唯一的解釋就是，小時候的記憶太深刻了？

團子低著頭，想了想，還是搖搖頭。「娘對我跟哥哥一樣好，娘有時候，對哥哥比我還好。」

嗯？田慧示意團子繼續說。

「我就是覺得，哥哥好辛苦——」團子已經記不大清楚小時候的事兒了，只是潛意識裡覺得圓子很辛苦，一直很辛苦，很可憐。

田慧嘆了一口氣。「娘疼圓子，不比疼你少，只是你哥哥是長子，自是不同的。若是往後，等你長大娶親的時候，就會知道，長子，是要替爹娘頂起這個家的，以後，好照顧你們這些弟弟妹妹。」

田慧並不曾說分家這些事兒，若是可以，田慧不希望她的兒子們分家。

第五十三章 考棚

自鋪子生意上了正軌，楊知事幾人接手了廚房裡的活兒，鋪子裡也打算慢慢地增加幾份石鍋雞。因為石鍋雞每日都是限制份數供應，早就供不應求。

畢竟「石頭宴」每日食材有限，往往只需午時過完了，就因為食材不足而打烊了。

一品樓的掌櫃就是心裡看著著急，不過也知道這東家就是楊夫人，就是開業的時候，衙門裡的大人無一不到場的。

南下鎮的一品樓，其實只是分店，幕後的老闆，就是大掌櫃也不曾見過，這些年亦都是管事來對帳結帳。幸虧「石頭宴」並不想獨吞了南下鎮的客源，不過不少高檔客源還是去了「石頭宴」，還都拖家帶口的。

幸虧各家酒樓自有各家的路線，一品樓的大掌櫃給「石頭宴」的定位就是，走的是溫情的路線，聽說，酒水的銷量就真的不咋的。

做酒樓的都知道，這酒水的消耗，才真是一大筆的進帳。

二月十五。

在馮知縣陪著縣學教使巡視考棚前，楊立冬利用職務之便，偷偷地帶著三個小子去摸摸底了，好歹混個眼熟心穩。

「爹，咱這樣不好吧？」饒是團子平日最大膽，一腳踏進這裡，仍忍不住心慌肉跳的。

一大早，楊立冬也是休沐日，楊立冬起得有些晚，若不是田慧催促著早些去辦了正事，楊立冬沒準就會在床上賴到日上三竿。

等到了書房，兩個小子都捧著書，嘴裡不知道在念叨著啥東西，只團子一個人正在執筆，坐在書案前奮筆疾書。難不成就是傳說中的小抄？

楊立冬平時就是再忙也是時常來書房的，只是今日卻是頭一回來得這般早。

圓子放下書，出聲問道：「爹，您還不曾用過早飯吧？」

若是到了休沐日，楊立冬不睡個日上三竿，是絕對不會起來的，圓子發問著，不忘打量著楊立冬的眼色，這應該又是在他娘那兒吃了癟不成？

「嗯。不曾，你們別管我，做自己的就好，我就來看看。」楊立冬說著，就走到了團子的身旁，看看這小子到底在寫些啥。

「爹——」團子這小子一向嘴甜。「怎不好好多睡一會兒？還不曾用過早餐吧？」

兒子關心自己，楊立冬的臉色好看了不少，一大早被田慧踢下床的痛楚，減輕了不少。

「我先看會你們，一會兒再去吃……先讓我看看你這是在寫啥？這般認真。」楊立冬跟田慧的想法一樣，對於團子這個次子，多少是寵溺些。

不過，楊立冬也生怕這個無法無天的小子被寵得走上了歪路。「我可跟你說了，若是帶了小抄，可是連你一同考試的四人都得連坐的，說不準，就有圓子、阿土……」

考生取具同考的五人，寫具五童互結保單，作弊者五人連坐。

團子顯然還是頭一回聽說這事兒，他們的先生只是囑咐了幾句不准作弊，若是作弊，自此取消科舉資格。

康元帝對此次科舉很重視，一旦發現，將會永久取消科舉資格。

「呃——有這麼嚴重嗎？先生不曾說過這些呢……」團子驚愕。

「那是你先生信得過你們，知道你們不是那種人。不過，你那表情是咋回事兒，該不會真有這種心思吧，我跟你說，趁早絕了這心思。我跟你說，咱做人就得堂堂正正的……」

楊立冬正滔滔不絕地教育著團子。

「等等！爹，我怎麼越聽越糊塗，我怎就不堂堂正正了？我到底怎麼了……」團子一直就沒有養成啥好習慣，若不是平日裡有圓子盯著，團子連自己用過的筆都懶得洗。

這會兒怒極，團子啪一聲將筆拍在剛剛寫了啥的紙上，瞬間化成一灘子的墨跡。

「唉喲，還學會衝著爹發火了不成？」楊立冬輕輕地敲了下團子的腦袋。「我就是跟你說說而已！」禁不住心虛。

團子不幹了。「爹，您誣衊人，像我這種才學如此拔尖的人才，用得著這種小道方法？」睥睨天下。

「叔，這是先生早些時間布置的詩文，我們都早就寫好了，團子這是忘記寫了，一大早正在找靈感呢。」這幾日，書院裡也停課了，都讓應考學生自己回家複習去。

不過，先生布置了考題，說是考題，還不如說是猜題。

「哦？啥題材的詩文呢，讓爹看看你寫的。」

團子伸手亂抹，兩隻手在紙上亂塗，只模糊地瞧見了幾個數字，八月十五——

「這是詠中秋？」楊立冬忍不住笑了出聲。「我說團子，讓你寫中秋，你就寫了一個日子，這誰人不知道八月十五是中秋吶。我看你還是讓你哥哥和阿土給你操刀寫上一首，你給背熟了……」

嘿！楊立冬以前這事兒沒少幹，反正背的也是別人不用的，就是別人不用的，也比自己寫的好。

「嗷……爹，您真是我的爹吶！親哥、親哥，你聽聽咱爹都說了，你可得救救我！」拉著楊立冬興奮地轉圈圈，待一接觸到圓子鄙夷的眼神時，團子立刻將風頭朝向了圓子。

親哥、親哥，一聲聲的呼喚，直擊人的內心深處。

「既如此，那我還是啥都多寫點，替你做好了，你就拿著背好了！」圓子不敢苟同。

團子不依不撓地纏著圓子。「哥，你不能見死不救吶，我可是你親弟弟了，若是你以後去了縣學，我還待在南下鎮，你放心我嗎？」

「就同個鎮上，有啥不放心，你別作怪了！」圓子奪過自己被團子攥著的手。

「爹，您來幫我勸勸哥哥吧，哥哥最是冥頑不靈了——」團子求救地呼喊著。

楊立冬不敢說起自己的親身經歷，搓著手，覥著臉笑道：「兒啊，你看看你弟弟好像挺可憐的啊——若是你有多的，你就——嗯？」

「不行！你們再說，我就跟娘去說了。若是娘答應了，我就隨弟弟挑。」

團子蔫了。說不準娘會應，可是團子知道，那時自己的好日子怕是要到頭了。

至於楊立冬，立刻閉嘴，當做啥事兒都不曾發生，這慫恿兒子做這事兒，自己是嫌命太長了些。
阿土也頗不認同。「團子，你先寫著，若是不合意的，我們幫著你改改就是了。」
聞言，團子總算是艱難地鬆了手，不再糾結於此。
「你們準備一下，一會兒，我帶你們去看看考棚，明日開始，馮知縣就要領著人徹底封鎖了。」楊立冬趕緊離了這是非之地。
言多必失。遂有了一開始這一幕。
在外頭，正巧碰上了縣尉，不知是領著何人剛剛出了大門。
雙方人馬微微點頭示意。
等人走了，楊立冬才回答團子的問話。
「現在考棚也不曾打掃過，等明日開始，縣學教使才會過來清場，咱現在就是哪個位子也不知道，就是來參觀參觀，有啥不能的。」
剛剛碰見了縣尉，團子也算是知道了，這有權有勢就是好吶，旁人還在戰戰兢兢的時候，他們已經巡視一圈了。
噔！
或許他已經知道自己能做啥了！回頭就跟娘說說去，免得娘一直擔心自己。
只是隨著楊立冬往裡走著，團子更是興奮難當。
「這是龍門，取鯉魚躍龍門之意，聽說往後中了秀才，貢院裡頭也有龍門，那才是真正的龍門。」楊立冬顯然是已經特意做過了不少功課。

「這門後呢，就一個大院子，咱過來瞧瞧。」楊立冬率先跨過龍門，團子迷信地伸手摸了一把「龍門」。

圓子小聲嘀咕道：「小小年紀怎就信了這些小道。」

「這個院子就是供考生立候等點名的。

「童生帶考籃，依次漸行，每五十人一排，點名入場。

「先是縣學教使向主考，就是馮知縣作一揖，立考官背後，再集合作保廩生，挨個向考官作揖，立考官一旁監視。童生點名入中廳大堂接卷，高聲唱某廩生保，廩生確認後應聲唱廩生某保，此為『唱保』。」

楊立冬也是參加過縣試的，可惜第二輪就被刷了下來，往事不堪回首。

「不過，你們也別怕，馮知縣是見過你們的，只要不是舞弊，沒人會拿你們怎麼著，那大堂上還會擺著刑法枷鎖，用以威懾。說不準我也會在的，你們別怕就是了，不過為了避嫌，我一般是不會參與。」

誰人都知道楊立冬兒子倆參加了這回的縣試，這幾日，楊立冬私下與主考馮知縣接觸甚少，為了避嫌。

走了一圈，楊立冬還特意讓三小子坐在考棚裡試試感覺。

「爹，這位子怪擠人的——」

「你若是一直能坐在這位子我就滿足了，這可是靠近主考官的位子，前一場名列前列，才有機會靠近主考官，監試加嚴，可是好多雙眼睛盯著。有些人承受不住壓力，心慌導致發揮失常，那也就是常事。若是太過緊張了，在考卷上塗改，這人就不可能被錄取了，切記想好了再下筆，這個主簿大人應該跟你們說許多回了吧？」

不能待了，楊立冬越待越覺得緊張。

二月十七當晚。

楊立冬去了圓子的屋子。

楊立冬還是頭一回進來，就是圓子對著推門進來的楊立冬，也是有些吃驚。

楊立冬環顧屋子裡，真的是連一把能坐的凳子都不曾有。「你就不在屋子裡擺一把凳子？」

圓子同情地看了一眼楊立冬，楊立冬被看得莫名其妙，暗想，這小子也不知隨了誰，滿腹的小算計。

「娘之前住在我這屋的時候，曾擺過凳子的。」

楊立冬尷尬地清了清嗓子。「為何現在就不放一把凳子，偶爾坐坐也方便。就是來人了，也有個地兒能坐……」

「用不上，這屋子除了睡覺，旁的就沒了。爹，您這麼晚是有事兒？」

三人中，團子是學得最雜的，也不知道陳府的先生是啥來頭，琴棋書畫都懂得些。不過，先生一直秉持著自願的原則，隨學生的意願，畢竟有些家裡頭的條件真的不允許。

阿土原本也跟著學棋，可實在是有些吃力，遂改了跟著學畫。圓子學了棋和畫，團子則是樣樣都學，先生知道團子這學生，一向沒啥定性，也從不曾開口讓團子置辦琴，都是用先生的琴先練著。

因為，學琴的就團子一人。

團子也讓圓子陪著他一道兒學，如此，他就能「無恥」地要求他娘給他買一架琴。

不過，被圓子無情地拒絕了。

圓子沒有說出口的是，他覺得彈琴的男人，有些娘……

圓子不管學哪樣，都是最刻苦、嚴苛地要求自己。對於團子，圓子已經很縱容了，打小的縱容不是一時說改就能改的。

就是圓子的屋子裡沒有凳子，這事兒團子已經抱怨過很多回了，說圓子不好客，連坐的地方都沒有。

圓子就如自己說的這般，這間屋子，只是他用來睡覺的地方。每日早起，繞著院子跑個幾圈，再洗漱，然後用了早點後，就直接去書房看會兒書，掐著點兒去書院。

而這個時候，團子也只是將將吃完早點。

至於阿土，知道自己比不得圓子聰慧，圓子晨跑的時間，他已經在用早點了，用過早點之後，也直接去了書房。

這三人中，圓子的資質最好，但仍是最勤奮，阿土有時候難免也會鬆懈。實在是團子的「影響力」太大了，不過回頭看看圓子，就覺得自己太不應該了。

阿土時常會感慨，這兄弟兩人，為何差距會這般大……關鍵是團子也是個意志堅定的，絲毫不被圓子感化。都是意志堅定的。

總之，圓子就是掐著點兒過日子的。

而這會兒，楊立冬突然到訪，已經影響到了他的睡眠時間，圓子聽著楊立冬的閒聊，心裡正盤算著明早補回來還是照常起……

圓子不捧場，讓楊立冬套近乎也套不下去，他知道這兒子孝順是孝順，就是不大愛跟人閒扯。

「今日與主簿大人閒聊，再者看到團子早上寫的詩，都是中秋、月啊之類的，主簿大人一句話點醒了我，聖上是新登基的——」

圓子有些驚奇，圓子多多少少知道楊立冬如今的官職就是隨著聖上打下的，雖然不知道為何楊立冬會突然說這些，不過，楊立冬還不曾如此慎重地來尋他。

「若是下頭出題的有意討聖上歡心，或許會出邊塞題材，或是送別詩，史詩也一向頗得聖上青睞。我知道讓你這樣子的年紀寫這樣題材的詩或許是有些不大適應，不過，也說不準。這只是我的猜測，你可以試著自己練練手，只怕萬一。」

圓子點頭，確實，先生不曾讓他們用這幾個題材寫過詩，就算說起來的時候，也只是一語帶過，認為他們的人生閱歷，還不足以寫出這樣題材的詩，少年不識愁滋味，怕淪為無病呻吟。

「爹，我明日一早就想想。」圓子點頭表示知道了。

「這事兒只你知道就行了，若是猜中了，也只能說是運氣好。不過，若是能猜中考題這事兒傳出去，怕就是不得了，就是我，也是有口說不清了，你應該知道，這回縣試，我必須避嫌。」楊立冬相信這個長子能懂這些。

「若是真的猜中了，那是不是——」圓子有些猶豫。「這事兒娘知道不？」

楊立冬點頭，不等圓子招呼，就在圓子的床沿坐了下來。

「你娘知道的，團子的基礎並不穩，若是發揮不好，就讓他跟著先生繼續學，你家先生可是咱南下鎮難得一見的好先生。」楊立冬看著圓子仍是有些難受。

「圓子，你應該知道，你們每個人的路都是你們自己選擇的。你是長子，我跟你娘自然要格外重視你，往後這家就靠你了，還有你的弟弟妹妹，你要擔得起，孰重孰輕，你也要分得清。

「長子，不僅僅是說說的。往後的路上，不公正的事兒多了，你要學會拐彎，爹，若是跟你娘一輩子都待在南下鎮，往後當你中舉做官，比你有背景、來頭大的多了去，說不準還會給你氣受，瞧不上你，你都得忍著，這是沒法子的事兒。除非，有一日，你爬得更高，你的弟弟妹妹、兒子閨女，才會不用走你的老路。

「若是，往後，你覺得不喜這條路，我跟你娘，自然也是隨著你的，咱家就在這南下鎮，做做富家翁，也是綽綽有餘的。我說這般多，只是想你以後，等到了爹這般年紀的時候，不會後悔。」

楊立冬就時常在軍中，聽著那些大戶人家的子弟說著家裡事兒，影響頗大。

圓子不言，他並不曾想過這些。

他這些年，只是想著讓自己早日地成長起來，能幫娘、能照顧娘，他並不曾想過以後，或以後的日子怎麼樣。
如今他娘也已經嫁人了，不知道會不會還需要他長大。
不等他長大，他的奮鬥目標，好像就沒有了……
「別想那麼多，早點兒睡吧。」楊立冬自然看出來圓子難得露出來的恍惚，心下發軟。對於圓子，楊立冬聽說了滿多的，心裡也心疼，楊立冬不止一回地想過——若是圓子是自己的親兒子，他，一定，不會讓這小子自小就承受這些。
不過，這些煽情的話，他說不出口。
楊立冬走到門口了，見圓子仍是呆愣在那兒，眼睛發痠。
楊立冬站在門口，輕聲地說道：「圓子，你是我的兒子，我並不是搶走了你娘，而是你多了個爹來疼你護你，往後，你還要保護你的弟弟妹妹，你想想，以後有一個跟娘一般的妹妹，你這個做大哥的，是不是要保護好了？」
楊立冬有些彆扭。「好了，早些睡吧——」說完後，他離開了圓子的屋子。
圓子看著楊立冬逃也似的離開，有些踉蹌的腳步，無聲地笑了。

轉眼就到了二月二十。
楊府天還沒亮，就已經靜靜地熱鬧起來了。
「慧娘，妳要不再睡一會兒？」
「我哪睡得著，我去看看他們哥兒倆。」田慧這一晚上也只是囫圇地勉強睡了一會。

阿土昨兒個就已經去了鋪子裡，跟他爹娘一道兒睡了，不過這會兒，人已經過來了，正在飯堂用早點。

田慧叩了叩圓子的房門，圓子早已經穿戴整齊來開門。

「別緊張，咱還是跟以前一樣，別緊張，馮縣令啥的你都認識，就是你家先生也會在唱保的時候在的……」田慧喋喋不休地道。

「娘，等等、等等——您別緊張，我沒事，我知道盡力就好了……」圓子扶著田慧一起出門。「咱先去看看團子起了沒，咱再一道兒吃早飯去，咱可是好久不曾一起用早點了……」

叩叩叩。

沒人來應門。

「團子也緊張得睡不好？這麼早就起來了——」田慧推了推門，推不開。

呃，還在睡？

「團子、團子——」田慧一邊拍門，一邊大聲喊道。

「哇，糟了、糟了——」聽著屋子裡噼哩啪啦的聲音。

團子一團糟地來開門，田慧很懷疑，今日是不是不大適合去考試了……

「糟了、糟了，我睡過頭了，哎呀，今兒個運道不好了……娘，我若是縣試不會過，可咋辦？」癟著嘴，好似隨時都能哭出聲來。

「怎麼了，這是作噩夢了？娘跟你說過，別小小年紀這麼迷信，咱盡力就好，一會兒咱去看看，就是像你爹這個年紀的，也都有在考縣試的，咱年紀還小著呢，咱村子的里正的孫子，不是還沒考過嗎？沒事兒，就是今年不中，來年考，也是一樣的，就是提前鍛煉鍛煉。」

團子一聽可不就是這個理兒，咱年紀小著，不過一聽田慧說起里正家的那個楊胖子，他就不大高興了。「那楊胖子能跟我比嗎？娘真不會說話——」

田慧被鄙視了。

吱呀。楊府的大門開了，一家人簇擁著趕考去。

「好好考啊，可別緊張啊，可得想好了再答題。」田慧這一路過來已經叮囑了好多回。將考籃遞給哥兒倆，田慧又叮囑了一番。

考場外，早就已經擠得滿滿當當的，衙役給圍起來的圈外，都是來送考的。

「都已經排了五、六十人了，娘，我們趕緊過去了！」另一排的頭都已經起了。

第一場結束後，圓子三人都如數通過了，也算是取得了府試的資格。接下來的四場，都是隨著考生的意願，決定是否參加的。

不過，三個小子還是決定參加，縣前十，是一項榮譽，需在府試的時候，提前坐堂。

第一場錄取了四十九名，也就是說，這些人即將要去康定城，進行府試、院試。

自打第一場正場結束後，田慧雖說對這三個小子都有很高的期待，只是，考得多，也就習慣了。據說，現在已經是第三場結束了。

連團子都安安穩穩地進了第三場，這是田慧始料未及的。不過，這些日子，團子真的有夠拚命的。

是以，田慧只說些勉勵的話。「咱能進第三場就已經不錯了，要不咱下回不考了？直接認真準備府試和院試了？」

沒承想遭到了團子的白眼。「娘，我還想一氣兒通過院試，往後，我還要跟哥哥一道兒的。」

見到如此賣力念書的團子，田慧已經開始擔憂了，若是等兒子倆都去了府學，那她該「何去何從」呢？

唉──兒子太用功了，也讓人頗為頭疼。

田慧勸不了，也就由著人去了。

這日，田慧正在自家對著這一個多月來，鋪子裡的進帳。

淨賺一百八十六兩銀子！

這才只是剛剛開始，田慧久久不敢相信。

「知故，會不會弄錯了？怎那麼多呢？」田慧因著兒子倆考試的事兒，已經許久不去鋪子裡了，最近幾日也只是多去了幾趟方府。

方小姐的恢復很喜人，從吃藥到如今，已經再也沒有發病過了。方夫人如今人逢喜事精神爽，操持著給庶子庶女相看親事，就是錢氏的小兒子，楊知故，方夫人都打探過消息，不過被錢氏給推了。

說是推脫還早了些，不過是楊知故自己不樂意罷了，這小子就想尋一個自己中意的。

也不知道這小子的要求是如何，不過只聽錢氏說，這眼睛都長在頭頂上了。

方夫人也經常上門來尋田慧說說話，剛剛前幾日，據說，方夫人的表妹也來了南下鎮。說是表妹，其實不過是養在方夫人姨娘膝下的庶女，也就是以前的知縣夫人，端夫人的庶妹，還是個黃花閨女，十八、九歲。

是來給馮知縣做平妻的，效仿娥皇女英，也算是成了一段佳話。

田慧不敢苟同，不過就是端府對馮知縣的示弱罷了，否則為何搭上一個好好的姑娘家，知縣夫人也不曾從娘家回來。想來這其中的彎彎繞繞，只要是個局外人都看得明白。

不過，不知為何，馮知縣只是接了「小姨子」進縣衙後院，也不曾對外提起娶平妻的事兒。

「慧姊，妳在想啥呢？這銀子我今兒個都帶來了，往後每五日跟妳結一回帳，這銀子老是放在我那兒，我就是睡著也不安心。」楊知故表示自己也很痛苦，雖說枕著銀子睡，是件挺幸福的事兒。不過，這銀子不是自家的，幸福不起來，丟了少了被偷了都是要賠的！

他一個大好的少年，啥都挺好的，就是不值錢！

田慧絲毫不以為意。「哪有五日就對帳的，還是一個月為期吧，五日一對帳銀子太少了，還是一個月為好。」

「姊，我都睡不好了——」楊知故經過了這一個月，氣質「昇華」了不少，不過，對著自家人的時候，還是忍不住流露出么子的那一面。

「沒出息，往後還有更多的銀子，你難不成日日都不用睡了？枕著枕著也就習慣了。你說說，我要給你多少的工錢？」如今就是楊知故的工錢還沒有定下來。

楊知故根本就沒有想到這事兒。「不是說給我娘一成乾股嗎？怎的，我還是另外算的？」

「如今，知事和知通都在廚房裡做活，比著阿土娘夫婦倆來，都已經算少的了，十五兩如何？」不管怎樣，田慧仍是占了大頭，左右就這幾家走得近些，田慧也是有意想補貼這幾家。

楊知故倒抽一口氣。「姊，妳是嫌銀子燙手吧？妳再給我開十五兩的工錢，我看妳是要虧了，幸虧如今鋪子是自家的，租金總算是賺了回來。」

「咱這是頭一個月，請人吃飯就請了不少，往後，食客漸漸地會多了起來，到時候，咱再給你漲工錢！」田慧豪氣地說著。

阿土娘自幼是做慣了農活的，每隔三日，就會去附近的村莊收雞，每個村子輪著來，田慧生怕自己家的雞收得多了，若是讓農戶盲目地多養了雞，又賣不出去，那可就是罪過了。

再說，物以稀為貴。

如今，每日定量二十二隻雞。

不過就是菜譜上的菜少了些，待得大廚們能適應了，再每個月推出新菜。

「別啊，姊，如今我家又不缺銀子，妳這般往我家塞銀子，小心冬子哥有意見了。八兩吧，就是這工錢，旁的酒樓都不曾有的。」

「十兩，就這麼定了，這十兩銀子你先收著。我數三十六兩，你幫我記在帳本裡。」楊知故的字也不咋的，只是人家每日寫的都是這幾個數字，所以方便了不少。

「石頭宴」已經飄著香了。

這個點兒離午時還早得很，廚房裡就已經開始熬上骨頭湯、滷水了。

至於阿土娘，也已經在洗菜，這些肉食啥的，都得準備起來。

「真香——」

「慧娘，妳怎麼這麼早就來了呢？外頭冷，快進屋子裡坐著去，我這兒一股子味兒。」阿土娘手裡正洗著大腸，一股豬屎味兒。

田慧忍不住乾嘔了幾聲。

「快進去，我一會兒就好了，有了身子的，聞不得這個味兒。」倒不是嬌慣，阿土娘記得自己懷上阿土的那會兒，最是聞不得這個味兒了。

等阿土娘收拾好了，進鋪子的時候，田慧的臉色已經恢復如常。

「看妳這手紅的，不是說讓妳燒了熱水洗菜嗎？不必省這幾文錢，咱如今可是有銀子了，妳若是仍是這樣子，我就請個洗菜的來。」田慧還囑咐了楊知故每日多買些柴火來，別省著用。

「就這點兒活，我隨手就給做了，放在以前，在村子裡那會兒，我就是下地幹活也去的，現在可算是享福了。」阿土娘笑著道，這些日子，真的是她過得極鬆快的時候，一點兒都不苦，每日都能瞧見兒子，兒子四月的時候還要去康定城去考試，那可是她去都沒去過的地方。

田慧喚了知通兄弟倆，還有阿土娘夫婦倆。「這銀子是你們兩家這個月的分紅，趕緊收著去吧，可別給弄丟了，到時是哭的地兒都沒有的。」田慧開玩笑道。

阿土爹看著桌子上兩攤十多兩的銀子，結巴了。「這、這，是不、是，太、太多了些？」呼，總算是說了完整的一句話，可為難死他了。

「你別緊張吶，儘管收著唄，咱鋪子裡的菜好吃，自然賺得多些，不過，這雞每日可就這個數量了，其他的菜多加些無所謂，等過些日子，天氣暖和了，吃這石鍋雞的應該會少了些。」

田慧催促著他們趕緊將銀子收起來。

「慧娘，這太多了些，我跟他爹這不，啥事兒都沒做，不能要這許多，就是阿土，也都住在妳家，給我點兒工錢就好了，這不能要、不能要。」阿土娘嚇得直擺手，這就是他們不吃不喝都得賺好幾年才能攢下來那許多，還得是收成好的年頭。

沒承想，來了鎮上一個月，不光吃得滿嘴是油，還能拿十幾兩的銀子，這一年下來，可是上百兩了，這都趕上搶劫的速度了。

田慧是無力勸說的。「知故，我是無法勸了，你跟他們說說吧，聽說今日發榜，我還得回去看看那三小子，可有縣十？」

第五十四章 喜事

鑼鼓聲沖天！還不待田慧走到自家的那條巷子口，就已經聽到了「咚咚咚、鏘鏘鏘」，還有好多擠著看熱鬧的。

「大娘，前頭是有啥喜事了？」田慧早就得了信，說是今日就會張榜。

不過楊立冬為了避嫌，並不曾打探這些縣試的事兒，只是等著張貼告示榜。

福叔和鄭老伯今天一早就出去了，說是去等著告示榜貼出來。

「可不就是喜事，這北區住的可都是有錢有勢的，聽到北區還出個縣案首了，可是有好些年都不曾聽說過這事兒了，聽說在發喜蛋呢，我們都排著隊等著看看呢。」大娘一眼就看出了田慧是個大肚子的，趕緊將人拉到自己身邊來，小心被擠著了。

一來，北區這邊的大戶人家，生兒子挺難的。好不容易生了個兒子，能不能養大，也是個問題。養大了，不被寵壞，又是一個未知數。是以，導致了北區這地區，如今出了個縣案首，才會如此引發關注。

田慧也生怕被人擠著，乖乖地跟著隊伍往前進，不過，心裡撲通撲通地亂跳。

該不是我家的吧？我家可是有三個趕考的。

按著派喜蛋的架勢，排除了阿土，不是田慧偏心，若不是自家的孫子，秦氏真的不會如此派喜蛋。該不會是團子吧？那真的太驚悚了些。

那就只剩下一個人了，圓子。但是自家也並不曾準備雞蛋吶！
「怎麼不動了？難不成蛋沒有了？這可是天大的喜事呢，該不會是真沒蛋了吧？」
「沒蛋了、沒蛋了——」
隊伍亂了起來，大娘護著田慧，生怕人擠著了。
不過仍是一個人都沒離開，等了好一會兒隊伍才動了起來。
田慧也不敢貿然動，跟周圍的幾人都已經混熟了。
「我說，妳是誰家的媳婦呢？這大著肚子還出來，一會兒妳可得跟緊我了，你們都別擠著，咱誰沒有大肚子的那會兒，是吧？」這排著的大多是小孩兒和老人，要在鎮上混上半個臉熟還是有的。
「那還用妳說，我那孫媳婦也是有了身子的，都被拘在家裡待著呢，我都不讓她出來，那肚子裡的可是我的曾孫子。小田啊，累了，妳可要吱聲。」
田慧笑著都應了。
「妳那孫媳婦怎麼樣了，前陣子聽說好像請了大夫？」
「唉，如今還吃著藥呢，這都快六、七日了，大夫說，若是止不住血，我的曾孫子怕就是沒有了——」說完，老婦人抹了抹眼淚。「也不知道我若是哪日死了，能不能見著曾孫的面兒。」
「可去寺廟裡求過籤了，大師怎麼說來著？」南下鎮的東郊的半山上，有一座寺廟，無名寺，不過平日裡香火旺盛，也就只有一位大師，領著兩個小沙彌。不管是求籤解籤，還是挑日子，據說，都是頗為靈驗。是以，南下鎮的百姓，但凡有事兒就喜歡往寺廟裡跑。

「去了。我大兒媳婦三步一叩地上了山，求了一支籤，中上籤。啥峰迴路轉的，我也學不來。大師說且記得行善，自會有破解之法，大師讓我且放心去吧。」老婦人一說起大師說的，好似又恢復了精神頭，說說笑笑。

田慧心跳一直跳得厲害，總覺得自己的兒子，可是比旁人聰慧多了，更何況又這般刻苦。只是，畢竟還是年幼。

「大娘，前頭有沒有說是哪家的？」田慧有些心焦，出來的時候穿得並不多，只是這一站都站了有小半個時辰了，越站著越是冷。

田慧往外湊了湊，前頭就是一個大轉彎，根本就看不清楚前面的情況。

大娘有些納悶地看著有些焦急的田慧。「別急，這隊伍在動了，馬上就到了，這裡頭不過就是四、五家人家，可不像咱西區的那裡，一條巷子裡密密麻麻地住了幾十戶。」

「往前面的巷子出去，不要回頭走了、不要回頭走了——這是楊府的喜事，咱就沾沾喜氣，若是誰拿了又來排，那不輕饒啊！賴頭，你可盯著好了，這事兒可交給你了。」官差大聲地喊道。

賴頭，是這南下鎮的混混頭兒，不過平日裡為人卻是挺仗義的，那些個小混混也願意認他做頭兒，就是在衙門裡也吃得開。

「肖二，走走走，這麼多年的兄弟了，缺幾個雞蛋一會兒等我回去，我給你送來，包在兄弟身上。」

肖二嘴裡罵罵咧咧。「兄弟我討幾個雞蛋吃吃，我容易嗎？這一回給得也太少了些，這不也是為了混口飯吃吃……」

「行了，你當這是誰人的府上，趕緊走！」賴頭攬著肖二的肩頭，嘀嘀咕咕地不知道說了啥話，沒等差爺過來，肖二就飛奔出了巷子。

賴頭似模似樣地站在那兒。「大娘，妳剛剛已經領過了。」

「我跟你說啊賴頭，你別欺負我這個老的，小心我去你家院子裡躺著！」

「大娘，我賴頭旁的啥本事也沒有，可南下鎮的，都知道咱就是認人記人那是不會錯的。」賴頭吆喝一聲，就上來兩個兄弟扶著那大娘走了。

等那大娘走了，田慧身旁的幾個老婦人，就碎碎唸起來了。「喬老婆子可真是狗改不了吃屎，這回吃癟了吧！」

前頭還有七、八個人，眼見著到了自家門口，田慧這心早就按捺不住了，恨不得進去求證求證。

田慧這才走了幾步，就被前面的人給攔了下來。

「喂喂，排隊去、排隊去，已經沒幾個人了，都有份的！」

田慧周圍幾個人都知道田慧這個媳婦子有了身子，可那也不能插隊呢。誰沒個大肚子的時候呀！

「我不領雞蛋，我回家去！」

「妳蒙誰啊，這都排了半個多時辰，不領雞蛋妳排在這兒許久就是為了鬧著玩兒？怎麼大肚子了，還想說謊來著！」排在前頭的年輕婦人尖酸地道。

老婦人就瞧不過去了，走到田慧的身旁，將田慧攔在身後。「小田要回家，這怎麼了？人家排了這許久，就為了跟妳差幾個位置時去插隊？妳別太會想了！小田，別怕，我們幾個大娘在這兒，不會讓妳被人欺負了去。」老婦人將田慧護在身後，她也有些糊塗了，看著田慧身上穿著的，可是比自家人都要好一些，不過田慧一直乖巧地站在那兒，笑咪咪地聽著別人說話，一看就是個好媳婦。

站在田慧前面的那個大娘拉著田慧的手，碰了碰額頭，緊張地問道：「這麼急著回去，腿瘦了？還是哪兒不舒服了？」

田慧原本還有些尷尬的處境，頓時，鬆了一口氣。

「無事，剛剛就是人多，擠不過去，我怕擠著肚子裡的孩子，想退出去又晚了，這不，就不上不下地卡在這兒了。」田慧笑著解釋說。

「福叔、鄭伯——」田慧從老婦人的身後走了出來，隔著前面的幾人大聲喊道。

田慧身旁的兩人被田慧突然喊的一聲給嚇到了。

然後，田慧在眾人驚愕的眼神中，進了楊府。

「大娘，我剛剛聽說妳家孫媳婦不大好，若是啥時候得了空，到我這兒來，忘了說，我也是個大夫，不過就是自己不掛診。剛剛還謝謝兩位大娘了——」

田慧特意讓福叔記得將這兩位大娘領進府裡。

秦氏已經在田慧回府的時候，就聽說了事情的原委。

這年紀大點兒的，孫媳婦有了身子只是不大好的，是羅大娘。而另一個年紀大約同秦氏差不多的，是謝大娘。

「多虧妳們二位了，要不是妳們，我這兒媳婦莽莽撞撞的，說不得要出了啥事兒。」秦氏趕忙道謝。其實剛剛一見上，田慧就已經客氣地謝了一回。

羅大娘兩人的日子並不是太好過，原本也是在東市這邊轉轉，看看是不是有商家或大戶人家將不要的東西給扔了出來，有時候真能撿到寶。不過，若是在平日裡，她們也不會來北區，可是這回不同了，是北區出了個縣案首，估摸著肯定是要發賞錢的，這才擠了過來。

沒想到是楊府！

這個神祕了許久的楊府。

且自己偶爾護上個有身子的媳婦子，居然會是楊府的當家夫人。實在是看著不像，跟想像中的那些坐轎子、坐馬車的夫人差多了！不過，傳聞中的楊府，好似，確實是這樣子的。

只坐了一會兒，羅大娘說了幾句客套話，又恭喜了一番，就告辭了。這般大喜的日子，楊夫人應該還不曾見到縣案首吧？

秦氏也不虛留，田慧小臉兒興奮著，大抵是有許多話要說吧。

秦氏婆媳倆，按照原來給的，又一人多給了一疋棉布，將人送了出去。

田慧又跟羅大娘約好了，過兩日後，讓她帶著孫媳婦來楊府。

「娘，兒子呢，剛剛福叔跟我說了，是圓子中了縣案首？」田慧挽著秦氏的手，甩啊甩的，恨不得一蹦三尺高。

「他爹帶著去他先生家了，明日咱回楊家村，好好謝謝祖先去，提前給妳爹掃掃墓、祭祭祖，求祖先保佑小子倆接下來兩場，都能拿頭一名！」秦氏如今沒有半點兒的不滿意。兒媳婦能生，而且生出來的兒子爭氣。這才剛剛成親，肚子就鼓了起來，又孝順，真是怎麼看怎麼好！秦氏眉眼彎彎，她果然沒有看錯，她這孫子倆就是能幹的。

「奶奶，您到底是讓我得頭一名，還是讓哥哥得頭一名啊？」團子笑嘻嘻地從一旁的廊下竄了出來。團子並不曾跟去，得了楊立冬的吩咐去尋田慧了，可惜，人沒碰上。

秦氏自然說的是圓子了，這不明擺著圓子比團子學得扎實又刻苦嗎？

「呃，團子啊，你剛剛有跟奶奶說想吃啥來著，奶奶給你做去。」秦氏艱難地轉移話題，孫子多了也不好吶，要「爭寵」啊。

不過，秦氏樂在其中就是了。

「奶奶偏心，哥哥怎的看起來就比我厲害不成？」團子癟著嘴，不過到底還是不願讓秦氏為難，只放下狠話，往後，他可要比哥哥厲害！

田慧自然是巴不得團子有些上進心。「行啊，娘跟你奶奶就等著靠你掙下誥命了——聽說，有誥命的都是了不得的！」

團子小頭顱一揚。「娘、奶奶，妳們等著，我去看書了！有吃的，就留給娘吃吧，我以後還要照顧妹妹的！」高高抬起腿走了。

惹得秦氏大笑連連。

昨日，「石頭宴」早早地就關門了。

原本只想著自家人熱鬧熱鬧，不過，沒承想，不少人還是聞訊趕來。久叩楊府大門不開，就直奔「石頭宴」。

「可讓人好找呢，我還想著等這人散了去楊府尋人，哪想得到都在鋪子裡待著呢。」縣尉豪放地笑著，可惜這楊將軍之子年歲小了些，若不然把自家姑娘說給楊家長子還真是個不錯的選擇。

唉，可惜了。若是自家還有個小姑娘就好了。

縣尉看著眉清目秀的楊家長子，也不知道將來會便宜了誰家的姑娘。

楊立冬笑著將人往屋子裡請，但凡是來道賀的，都在門口駐足了好一會兒，又將圓子誇了又誇。

阿土娘原本還想說些啥，不過看著樓下的人越來越多，她也得下樓忙活去了。

「慧娘、秦嬸，這些年，多虧了你們照應著阿土，阿土才有今日。阿土，過來，給你田嬸和秦奶奶跪下，磕個頭。」

阿土娘泣不成聲地拉著身旁的阿土跪下。「阿土，你也已經大了，你應該都知道的。你這些年學了這些花用的，娘總共就拿了四兩八百文出來，你姊成親的時候，你田嬸又將大半的銀子趁著你姊成親時都送了回來。

「這六年來，我跟你爹並不曾出啥力，你今日的一切都是你田嬸他們給的，從當初一個字都不識，你田嬸一個字一個字地教你們，我還聽你說過，你們先生說了，幸虧你們的啟蒙是你田嬸，才沒有被侷限在條條框框裡。這一點兒，你將終生受益。」

阿土早就在他娘說跪下的時候，已經筆直地跪在地上。

「阿土，快起來，別聽你娘瞎說！乖啊，聽話……」田慧被這突然的一下子給嚇得不輕。

秦氏也去拉阿土。「阿土，你是個好孩子，你田嬸有身子了，咱站起來好好說話。」

一陣兵荒馬亂之後，總算是各回其位。

「原本，我也跟娘啊、冬子哥商量了事兒。阿土在我家待好幾年了，這處著處著也有感情了，妳跟阿土他爹商量商量，若是行的話，我就認個乾兒子。不過我先說好了，以後阿土娶媳婦啥的，我跟娘啊都是要過過眼的，若是隨便給配個哪個村子裡的姑娘家，我可是不應的。」

這事兒秦氏也是同意的，不說旁的，供阿土在自家吃喝念書，阿土又是個肯上進的，都這麼多年了。聽楊立冬提起這事兒，秦氏也不反對，最苦的時候都過來了，現在日子好了，倒不介意這些了。

他們也是想著阿土能在自家自在些，別總想著自己是借居在楊府。

楊家村的習俗，仍是被秦氏保持了下來。

晚上不掃地，因為會把財運給掃出去。所以有時候一大早起來，天不亮的時候，聽到「撒——撒——撒」的聲音，就是阿土在掃地，乖得讓人心疼。

人丁興旺，上了年紀的人都是歡喜的。

不敢置信，阿土娘壓根兒就沒有想到這些。

「怎麼高攀得上——」其實，誰都沒有說，就算現在還是依著以前一樣，兩家在交往著。不過，楊府如今的地位和他們相比，早就是天差地別的。

「妳若是願意，一會兒趁著人多，我就讓冬子哥收了這乾兒子，阿土是我看著長大的，秉性良善，我就是喜歡這樣的孩子。這有啥不可以的，還是妳不願意？」田慧開著玩笑道。

阿土娘搗著嘴，哭著點頭，模糊地說著。「願意的、願意的……我只是沒有想到這孩子還有這麼大的福分。」

說了一會兒話，眾人的心情也平復了。

秦氏看著團子眼睛不住地往下瞟。

「團子、阿土，你們到圓子身旁站著去，多認識個人，混混眼熟，去吧——」秦氏推了推團子，讓他也下去幫著招待招待。

團子有些不自在地望著田慧。「去吧，你跟阿土都過去幫著招待招待，你爹定是看你這樣的性子，以為你們不喜歡這招呼人的活計，想著給你們偷懶呢。若是想去，就去吧，苦啊累的，別回來抱怨喏……」

「是，娘！」團子吆喝著往下衝，阿土亦步亦趨地跟在後頭，不過看得出來，這兩人的步子都是歡快的。

田慧笑著搖搖頭。「原是心疼這兩小子，沒承想小子倆正想往人堆裡湊，看來，咱這想法已經跟不上這些小子了。」

秦氏絲毫不以為意。「男子大抵就是這樣子吧，哪能一直護在婦人的羽翼下。」

阿土娘從得知阿土第一場中了後，她整整哭了一晚上，她一直忍著，不管阿土爹，還是公爹婆婆一向不支持，不過，阿土娘都扛了下來。

所有人都不知道的是，阿土娘有時候往楊府送的銀子，或是買的紙張，都是阿土娘的娘家送來給阿土娘的私房，娘家補貼出嫁的閨女的。

阿土娘也是為了硬爭一口氣，將楊家的銀子都交給了阿土爹保管，就是阿土爹也不理解。

「妳為何非得去做這些不屬於咱這種人的夢，兒子胡鬧也就胡鬧了，妳太縱容阿土了！」阿土爹深以為，應該將阿土拘在家裡，跟著他下地做農活，有了種田的本事，也不至於餓死。

實在是拗不過阿土娘，阿土爹也就撒手不管了，隨他們娘兒倆折騰去。

在得知阿土縣試得了第七的時候，阿土娘泣不成聲，就是阿土爹也是這幾年來頭一回對她說了軟話——「這些年辛苦妳了……」

等人都到得差不多的時候，田慧扶著秦氏也下樓去了。若不是因為今日順帶要收阿土為乾兒子，婆媳倆也不會下樓去。

「老夫人——楊夫人恭喜恭喜！」此起彼伏的道賀聲。

田慧還沒瞧清楚人臉，就已經在上頭的主位旁坐了下來。

「今日是個高興的日子，原本只想著自家人熱鬧熱鬧，沒想到大家都如此有心，也順道幫我家見證見證，今兒個我還要收個乾兒子。」說完，將阿土帶到自己的身旁。

「雙喜臨門，恭喜恭喜。」

阿土記在族譜的名字，只是楊阿土。楊氏一族，已經不講這是啥輩分的。取名都是由著自家人來，因為實在是講究不起，太多重名了，有些是不同輩分重名的。

如今，只要不是跟自己直系的四、五代人重名就成了。

「早前，請先生給楊端辰、楊端逸取名的時候，我就特別中意這個楊端信。若是你們夫婦倆願意的話，就給阿土取這個名兒，否則往後走得更遠了，這阿土啥的怕是不大好……」楊立冬跟阿土爹商量道，這事兒，也端看阿土爹的意思。

阿土爹哪有不同意的，就如圓子團子，平日裡家人還是如此叫，但是外頭，還是得換個文謅謅的。「行，冬子，聽你的，我又沒念過書，你說好就好——」

這一回，田慧受了阿土恭恭敬敬的一跪。「這也是臨時決定的，正式的見面禮，咱回家了再去挑。」

田慧喝了茶，阿土才起來，這禮也算是成了。

吃好喝好。

就是楊立冬也喝得微醉，這是真心高興的。圓子三人也被特准喝了酒，一個個地都成了小醉漢。

這一晚，阿土留在鋪子歇下了。

田慧這才跟圓子說上話。

「兒子，你可真能幹！」田慧一向是毫不遮遮掩掩。這兩年，圓子的身高高了不少，已經竄升到田慧的肩膀上面了。

她伸手想摸摸圓子的手，最後還是訕訕地放下了。

唉，果然是兒子大了，自己老了。

「娘，您想摸摸我的頭，您就摸唄，捏捏臉也成啊……」圓子說著將田慧的手放在自己的臉邊，催促著田慧試試手感。

「又瘦了——」田慧輕輕地捏了捏。

圓子的刻苦，大家有目共睹。田慧絲毫不覺得圓子是運氣好，天資比旁人好，只是他認準了目標後努力的成果。

「娘——」圓子不知怎的，就紅了眼眶，哽咽著。「娘，我這是長高了——」

田慧拍了拍圓子的胳膊。「嗯嗯，高了、高了不少，都快跟娘一樣高了，不過還是太瘦了。」

「娘——娘——」圓子輕聲地喊著「娘」，就往田慧的懷裡撲，也不敢太用力，生怕撞著田慧的肚子。

「兒啊——」

「娘啊——」好似要將這麼多年的心酸都給哭出來。

母子倆，大白日裡就在大馬路上抱頭痛哭。

這天兒還沒黑呢！

楊立冬本就有些醉了，被這一哭給嚇得不輕。催促著秦氏幾人趕緊先攬著團子回家去，若是兩小子都哭了起來，那真的是一道靚麗的風景線了。

團子迷迷糊糊地由著秦氏攬著往家裡去。

「這有了身子的，自然情緒敏感，你多擔待擔待啊——」秦氏自然知道楊立冬平日裡是一根頭髮絲兒都捨不得碰田慧，可現在他不是喝多了嗎？秦氏不放心地多囑咐了好幾回。

「娘，我沒喝醉！」楊立冬滿頭黑線地催促著人趕緊走。

福嬸不放心，還是留了下來，一邊勸著田慧。「慧娘，哥兒喝了酒，咱先回家去，這一哭，等下著涼就不好了，有話咱回去說。」

楊立冬也在勸著圓子，跟個醉漢講道理真的挺難的。

楊立冬索性背起圓子，往家走。

「慧娘，跟上，咱先回去給圓子洗把臉兒，這一身的酒味兒太重了，一不留神喝了多少酒？」

一大早，圓子就醒了，頭痛欲裂。

田慧聽到動靜，推開門。「圓子，醒了？」

「頭疼了吧？讓你喝了這許多，還抱著娘哭呢，羞羞臉……」田慧看著坐在床上的圓子，正傻傻地衝著田慧笑著，撓著頭，頗為羞澀。

「娘——」圓子撒嬌著喚了一聲。

楊立冬瞅準了時機進來，圓子臉上的表情一覽無遺。大快人心。

楊立冬在圓子手上可沒少吃癟，這會兒，真想大呼痛快！

「圓子，你那是不記得了，我跟你說，你若是記得，你定是會悔死的！」

「你起啥鬨呢！我覺得挺好，小孩子不就是這個樣子的，高興了便想哭！」田慧讓楊立冬幫著端著碗，空出手來摸摸圓子的頭。「好了、好了，先將醒酒湯喝了，團子也已經起來了，咱一會兒還要回村子呢。」

趁著圓子喝醒酒湯的時候，田慧忍不住嘮叨道：「你奶奶說是上街買點兒肉去，一會兒得麻煩里正開祠堂，也不知道能不能開祠堂，說是不能的話，咱就去你爺爺的墳頭說說話——」

「好了，妳先去看看團子那兒怎麼樣了，這兒有我呢！我跟圓子說說，往後喝酒可不能這樣子，傷身子。」

田慧不放心地囑咐了幾句，才拿著空碗出去了。

「別教壞兒子。」

「別難為情了，抱著你娘哭，有啥大不了的，你小時候也沒少抱著哭——」楊立冬這回說錯了。

「我小時候，不曾抱著我娘哭，都是偷偷地躲起來哭。」圓子頭一回說自己的事兒，一開口就是這種腔調，倒是把楊立冬給驚著了。

咳咳——

「其實，你娘是很疼你的。」楊立冬說道，不得不承認自己蔫了。

圓子狠狠地點了點頭，不帶絲毫的猶豫。

「我知道的，我知道我娘是疼我們的，否則也不會凡事都為了我跟弟弟著想。弟弟早就忘記了以前的事兒，我也記不大清楚了，只是有時候，會怕。爹，我是不是好懦弱的？」

楊立冬搖搖頭，他並不知道以前發生啥事兒，只是，他偶爾看到田慧的眼裡就只有兩兒子，他有時候都會吃乾醋。

「以前的事兒，既然記不住就都忘記了吧，咱家現在這樣子不是很好嗎？有時候，我看你娘護著你們的那股勁兒，我都瞧著吃醋，心裡酸酸的。」楊立冬一早就跟圓子說過，自己是真的中意田慧的，這會兒說出這話來，也絲毫不覺得有啥難以啟齒。

他覺得，圓子應該是最喜歡他們夫婦倆恩愛到白頭的人之一。

「我可跟你說了，往後喝酒不能這樣子喝——」昨日，有不少人都起鬨著讓圓子喝酒，鬧開了，也就不顧輩分差距，圓子因此喝了不少。

楊立冬孜孜不倦地傳授著喝酒經。

第五十五章　回村

田慧用過了早點，秦氏幾人才回來。

「娘，怎麼買了這許多東西？」

「有備無患，咱這一路慢慢地過去，到妳三嬸那兒吃午飯，我就多買了些菜，咱熱鬧熱鬧。還有些豬肉啊啥的，昨兒個就訂好的拜見里正啥的都要送點兒東西不是……」

秦氏說了，好多東西還在馬車上裝著呢。

「我叫了一輛馬車，怕壓壞了，這些東西就放在自家的車上。妳福叔他們已經先過去了，咱就慢慢來……」

楊家村也是早就得到了消息。

楊里正的幾個孫子，不知為啥，後來都去考了縣試，只第一場就灰溜溜地回來了，可是被一頓好揍！

等田慧這一輛馬車姍姍來遲時，楊家村的村口，已經圍滿人了。

夾道歡迎。

楊里正可是悔死了，早知道之前多照顧照顧田慧母子三人，這會兒也能多多攀上交情，如今，人家日子越過越好了，自己就是覥著老臉，也追不上了。

楊立冬領著一家人下了馬車，福叔早就過來，將韁繩牽了過去。

「楊里正——」

楊里正已經知道了楊立冬的來意，不等楊立冬開口說話，就搶先說道：「快去休息休息吧，等休息好了，咱開祠堂！」

在福叔他們那一輛馬車來村子的時候，楊里正就已經跑了一趟錢氏的小院兒，隱晦地問了楊立冬今日有啥安排，福叔很痛快地說了，反正早晚都要說。

阿花奶也在人群中，站在前頭，一看到相熟的秦氏，就親親熱熱地上前挽著秦氏的手。

「秦嫂子，我當初怎麼說來著，妳可真是有後福的！我聽著圓子這小小年紀就是縣案首，我可是羨慕死了，我家那兩孫子，大字都不識一個，可是晚了！」

秦氏只顧著笑了。

「我們先去錢嬸那兒，坐會兒，安排下東西，一會兒就祭祖，勞煩里正了。」楊立冬也被楊家村熱鬧的鄉親給驚到了。

秦氏在楊家村住了大半輩子，自然是跟誰都能說上話，不過有些人已經有些想不起來最後一次是在啥時候說的話，抹不開臉去。

「好了，大夥兒都讓讓，讓人先去休息休息，冬子剛剛可是說了，若是圓子兄弟幾個中了秀才，一家十斤豬肉啊！」楊里正大聲喊道。

「里正，這還不是秀才吶！」

「還等著去康定城考兩回呢，早著呢，不過，今兒個冬子馱了兩頭大母豬來，一會兒就在我家生火，大夥兒都來吃肉啊！」

「一家子都能帶不？我家那小子可是自打過完年就沒有吃過肉了。」楊立冬也不知道這是人群中的誰說的。「成，保管每個人都能吃上肉！」楊立冬大聲說著，這人才慢慢地散了去。

「來幾個人幫忙啊，就在我家附近生火啊——」楊里正有意表現自己，頻頻朝著自己的媳婦曹氏眨眼。

曹氏會意，拉了幾個幹活乾脆俐落的，一道兒往自家的方向去。

錢氏的院子裡如今多半只有兩位老人，現在則是還有一一他們娘兒倆在村子裡。孔氏有了身子，瞧著這肚子應該這一、兩月就要生產了。

錢氏如今啥都滿意，日子也越過越好了，只是，兩個兒媳婦都不是好生養的，這麼些年，孔氏好不容易才又有了身子，若是一舉得男就好了。

知事媳婦的肚子好像沒啥消息，不過凡事也隨緣，隨子孫緣。

田慧勸道：「嬸子，等知通媳婦生產完，坐完月子，您也搬到鎮上去住吧，不拘住在那兒，我那一進的宅子雖說有些小，但是住下你們一家人還是不成問題的，那宅子反正是空著的，咱來回走動也方便。那宅子裡一應俱全，就是家具啥的都有，院子裡也有水井的。」

錢氏不願意住到鋪子裡去，也不想經常住在楊府，畢竟不大方便。

「老頭子不肯去，若是去了，說是田裡的活兒咋辦？還有就是在鎮上，也沒有啥活兒能做，怎麼都不肯去，說是讓他們年輕人去吧……」

「妳家的地都是租給別人種了，在村子裡也沒啥事兒能做，住在鎮上，咱還能一處兒說說話。田慧那宅子我也是去過的，只要帶著被褥住進去就成。裡面的家具啥的都是上好的，住著還算是適意。」秦氏也開口說道。

錢氏也知道，自家老頭子如今只是在田裡頭轉悠轉悠，就是他想種地，也種不過來這許多畝地。

「孀子，這是知故讓我帶來的銀子，鋪子裡這個月的分紅十八兩，還有六百文記到帳上。這十兩銀子，是知故這個掌櫃的工錢。」

除了提前知道的秦氏，錢氏和孔氏都呆了！

「會不會弄錯了？」錢氏哪會算啥帳，只會平日裡買點兒東西啥的算算小帳。

當初田慧說的一成乾股啥的，見是推脫不過，也就隨著去了，想著往後等過年啥的時候給兩小子包點厚點兒的「壓歲錢」，或是田慧生孩子的時候，「滿月禮」重些，這樣子就能還回去了。

哪想得到！

這才一個月就分了十八兩銀子，知故的工錢還是另算的。「這一個月就二十八兩了！慧娘，妳趕緊收回去，這銀子我可不能要，否則我定是要一晚上睡不好的。」

田慧笑嘿嘿地又在桌上放了一個銀錠子。「這十兩銀子是還給孀子的，上回我借的！」

錢氏求救地望著秦氏，秦氏攤攤手。「我可是老夫人，這些事兒我都是不管的，我家的事兒都是慧娘管著的。這些都是慧娘用自己的銀子掙來的，她想怎樣就怎樣。我勸妳還是收著吧，推來推去便生分了。慧娘可是把妳家當娘家一樣的，若是往後慧娘被欺負了，你們記得幫她出氣就好了。」

秦氏開玩笑，說著就將銀子往錢氏的懷裡塞。

「好了，趕緊去屋子裡放起來，一會兒人多瞧見了不好。有銀子就給兒媳婦吃好些，給妳生個大胖孫子！」

孔氏也算是緩過勁兒來，不過，手還是有些抖。

「娘，我可是說好了，我若是生了兒子，也要跟圓子團子一樣去念書的，可得尋個好先生！」

錢氏笑著應是。「那是自然的，不過圓子團子那是先跟著慧娘念書的，慧娘可是有福運的！」

錢氏也已經從里正那兒聽說圓子中了縣試頭一名，阿土第七，團子名次卻是不大理想。她可是替慧娘高興了許久，就是在自家也沒少念叨。

楊立冬領著一家人回村祭祖，自是惹得不少人眼紅不已。

「秦嫂子，慧娘這是有了嗎？」阿花奶自打進了屋，就盯著田慧的肚子看。

田慧原本就不是錐子臉，而是圓溜溜的大餅臉，不過，胖的也只有臉，身材倒算得上是纖纖細腰。

雖說秦氏一再叮囑，田慧仍是有些坐不住，這一屋子的人說著家長裡短也就罷了，卻是好些都圍著田慧在說，田慧臉皮子抽抽，說是去看看孔氏，就溜了出來。

阿花奶身後的兒媳婦，阿花的後娘翠兒，也盯著田慧出去的背影。

田慧自打有了身子後，走路就會不自覺地將手護在肚子上，慢慢地往外走，一切小心為上。

提及此，秦氏笑咪咪的。「這不，月分還淺，就不適宜往外頭說……」其實，已經過了三月，秦氏也不怕惹了胎神動怒。不過，這事兒卻是不能往外說，所以只是含糊著應過。

「唉喲，這可真的是天大的喜事，真是可喜可賀。這可真的是雙喜臨門，有了圓子團子這般能幹的孫子，這不又要添丁了，難怪秦嫂子這滿足的樣子，可真真羨煞我了。」

如今，阿花奶也算是楊家村的富戶了，這一屋子的人坐著，也就聽到阿土奶在跟秦氏套近乎。雖說這兩人原本以前就走得近，不過也有好久不往來了。

秦氏倒是願意跟錢氏來往，可惜只說了一會兒，就來了不少的村裡人。

「慧娘確是頂好的，這兒媳婦可算是娶對了！」秦氏毫不掩飾對田慧的歡喜，自打田慧進了楊家的門，楊家是喜事不斷，日子一日好過一日。

關鍵就是自家日子確實好了，田慧也不想著要擺譜，只是安安分分地守著自家過日子。

總之，就是絲毫都沒有暴發戶的舉動。

還是大師算得準，旺夫旺子！

翠兒從頭到尾，一直靜靜地站在阿花奶的身旁。阿花奶對大媳婦一向是寬容得緊，畢竟同苦同難地過來，情分自然是非比尋常。

不過對這個不是自己挑選的二兒媳婦，阿花奶一向是管得多，就是阿花弟弟，阿花奶也是自個兒帶著的，絲毫不需這個新兒媳婦插手。

就是出門來，也都是讓這個新兒媳婦立在自己的身後，十足富戶家老夫人的做派。

總而言之，阿花奶對這個突然冒出來的兒媳婦不大滿意，或者說，防備得緊，生怕重蹈覆轍，跟阿花的親娘一般。

阿花奶有些羨慕，雖說前個兒媳婦留下了一子一女，不過，誰都不會嫌子孫多，人丁越是興旺就越好。

「我家老二的媳婦，說來還是比慧娘更早嫁進門的，不過，這肚子絲毫不見動靜，我這都瞧著就眼紅了。」

阿花奶確實後悔了，若是應了老二的，又是能生，教出來的兒子又是個考狀元的料子，那往後自家的孫子定然也是不會差的。

而且，田慧能賺錢，聽說鎮上開著鋪子，往來的都是有權有錢、帶著自家老小到鋪子裡來吃東西的。

如此，田慧自己一個人就能養得起兩兒子了，根本就不需費心！

怎麼說，都是賺錢的買賣。

翠兒紅著臉，低著頭，直感覺自己又一次成了笑話，被人盯著火辣辣得疼。

「我瞧著翠兒一看就是個好兒媳婦，若是慧娘，哪會在我身旁站那麼久，早就溜到一旁去了。妳就知足吧，不錯的兒媳婦。」秦氏禮尚往來。

楊家村的都知道，田慧這人，生性比較懶。

秦氏雖說絲毫不以為意，自家本來就沒有多少活能讓田慧做的，懶，就懶著吧。這不，懶出兒子來了，也挺好。不過，這會兒拿來誇誇別人倒是不錯。

這話說得阿花奶眉開眼笑。「我這兒媳婦就是這樣子，翠兒，妳不用老是跟著我，我一個人能出啥事兒，妳們年輕人自己玩兒去。」

翠兒微紅著臉。「娘，我就這樣聽著娘跟幾位嬸子說話挺好的，我這人沒啥本事，也不大會說話，多聽聽也能多學點兒。」

秦氏頭一回仔細打量著翠兒，暗道一聲，怕是不簡單，倒也難怪阿花奶變得這麼多了。

唉——

眾人紛紛誇著阿花奶好福氣。

「這是說啥呢，這般熱鬧，我說呢，這人都去哪兒了，原來是都在這兒躲著呢。」里正的媳婦，曹氏說笑著跨進了門檻，身旁並沒有跟著人。

論起和她最熟悉的，就是阿花奶了。「妳身旁總是跟著的小孫女呢，怎麼不在了？」

「喏，跟著阿花去看圓子團子哥兒倆了，咱村子裡讀書人可不多，這不跟著圍觀去了。」曹氏哀怨地道，被小孫女給拋棄了。

阿花現在一半的時間都待在村子裡。

阿花奶看了眼秦氏。「阿花跟圓子可是從小玩到大的，就是這以前的娃兒都大了，這情分也是非比尋常，一聽說圓子來了，阿花就撒腿往這邊跑，半點兒矜持都沒有，若是她舅奶奶知道了，非得用戒尺揍她一頓！」

不過，秦氏只是聽著，並不接話。

曹氏敏感地覺得阿花奶意有所指，也不接話，而錢氏早就跟鋸了嘴的葫蘆似的，只是乾坐在秦氏的身旁，偶爾起來招呼招呼，半點兒閒事都不願意搭理。

得不到人回應，阿花奶掃興地閉了嘴。

「還坐在這兒做啥呢，走走，上我家的院子坐會兒去，鎮上又送來了兩隻大肥豬，可真的是管夠了！」曹氏看著秦氏有些意興闌珊，若是自己也不大歡喜這一屋子的人乾坐著。不愧是看慣人的眼色的，曹氏很貼心地招呼著人往外頭走。

她走近阿花奶，攙著阿花奶的胳膊。「老姊姊，一道兒幫著我去掌掌事兒，我那幾個兒媳婦，一個個都不是擔得起來的。」

阿花奶雖說心裡有些不情願，到底還是不願拂了曹氏的好意。

「呼，總算是走了！妳不知道，妳躲到鎮上是清靜了，我實在是被擾得不得閒，也不知道咋回事兒，每日總有幾個人過來坐坐，有時候就是沒啥事兒，也要坐個一、兩個時辰再走。」

錢氏苦不堪言，原本想著是自己拿好點心好茶水供著，讓這些人得了一個好消遣的去處。

後來，錢氏就撤了點心，只是熱水招待，這些人還是照來不誤。這每天哪有那麼多話能說，說會兒這幾日的事兒，就開始憶古。

但是錢氏並沒有這般閒，現在索性也不將人往屋子裡請了，就自顧自地做事，可算是攔了一批人。

「慧娘讓你們去鎮上，就去唄，知通的媳婦不是就要生了嗎？在鎮上找個經驗老道的產婆，就是生了，知通每日從鋪子裡回來，都能見著人。鋪子的新鮮食材每日都有的，知通媳婦也能吃好，這多好的事兒，妳還是趕緊想想。」

錢氏也有些意動。「回頭我問問老頭子的意思。」

「這阿花奶剛剛是啥意思？」秦氏又不是傻的，那句話早就在心裡過了好幾番。

錢氏撇撇嘴。「我倒是不願意說人家的壞話，只是，咱可不比別人，若是我不說，下回若是說起來，就沒個準備。」

「自然，妳趕緊說說，我這心裡不放心得慌！」秦氏催促著。

錢氏娓娓道來。

原來，這話也不是阿花奶頭一回說了。

阿花奶在錢氏面前不止一回地暗示過，自家的阿花如今是識字的，又跟著她的舅奶奶學了大戶人家的規矩，就是做起活來也是把好手，總之，就是無可挑剔。

阿花如今十三了，正是說親的時候。

據阿花奶說的，如今有不少人家都上門來提親，或是探探口風的，不過俱是被阿花奶擋了回去。只說，自家的孫女還小著，想多養在身邊幾年。

「這是看上了圓子，還是團子了？」秦氏直言不諱。

「應該是圓子，沒聽見一直在說阿花跟圓子從小玩到大嗎？不過若是團子，應該也不反對。」錢氏早就已經在心裡剖析過了，不過不得不承認，阿花確實是個不錯的小姑娘。

「阿花確是不錯的小丫頭，小時候，可是個靈氣的丫頭，孝順又懂事。不過，也不知道多久沒見著了，不知道如今可有變化……」秦氏壓根兒就沒放在心裡，雖說有些覺得阿花配不上圓子，不過這事兒她也不打算插手。

回頭先跟楊立冬說說去，至於田慧那兒，秦氏輕易不拿事兒去煩她，只想著讓田慧好好地養著，到時候生個白白胖胖的兒子。

「自打你們搬了以後，我也不怎麼見著阿花，就是在古井旁見著了，也只是喚我一聲，沒啥多說的。」錢氏也不敢說阿花怎樣。

「不過，倒是有不少人來打聽你們那鋪子可還找夥計？就是不招夥計了，問問學徒可還要？」

秦氏擺擺手。「這事兒我可不曉得，這是慧娘的嫁妝銀子給置辦起來的，不是還借了妳十兩銀子才開起來的？我這個做婆婆的，哪會手伸得這般長。妳也知道慧娘是個孝順的，就是讓我去管事兒，我也不願意，我如今就給孫子倆打打下手挺好的，我倒過得挺樂呵。」

秦氏說的給孫子倆打下手，指的是給圓子哥兒倆燒燒飯，偶爾送送飯，或是打掃打掃。

第五十六章　皇上

楊立冬早在第一場考試揭曉的時候，就往驛站送了一封信，是往京城方向的，快馬加鞭。

驛使從水路一路北上，不過十日有餘就將信箋送上了康元帝的龍案。

金殿內，康元帝早就屏退了左右內侍，翹著二郎腿，半躺著倚在龍榻上。趙菜子垂手立於內殿，等著康元帝的吩咐。

非禮勿視。若是讓人瞧見了這一幕，一向內斂穩重的康元帝，坐沒坐姿、睡沒睡相，怎堪當一代帝王！

趙菜子也只敢心裡想想，這話他反正是絕對不敢說的，不過有人敢。

這人就是遠在南下鎮的楊立冬，最終，成功地被發配到了楊家村這個山溝溝一般的小山村子裡。

「你們當朕願意做這個皇帝，要是讓朕選，朕寧願待在西北，吃吃烤全羊、大蔥卷、大餅，豈不樂哉！」康元帝原本的封地在康定城，聽的是軟語儂音，嘗的是各色江南風味。

可是到了西北，就是那風都是能割人的，那時候他還是康王，差點兒罷工不幹了，要不是意外地發現，西北人吃東西真是豪邁，咯吱咯吱地咬著大蔥，大碗喝酒、大手划拳。

原本已經進入了半絕食狀態的康王，愣是吃下了卷餅，還沒吐！康王的水土不服，不藥而癒。

那日，就是楊立冬烤的肉，又安排人弄了這一齣。康王沒有提到的是，跟男人差不多高的西北女人，居然下腰也是這般容易！

趙菜子生怕康元帝就這般瞇著眼，把自己給弄睡著了，忍不住輕咳一聲，緩緩吐字。「陛下，若是讓人瞧見了，怕是不大好。」

康元帝總算是睜開了眼。

趙菜子好不容易成了親，康元帝也不好總是借著給他「賜婚」的由頭，時常招他留在金殿內商議「婚事」，藉機作弄他，就是作弄！

趙菜子曾深深地以為自己已經算得上逃出康元帝魔掌了，這不，又被以「要事與趙愛卿相商」給留了下來。

為何，這京城裡，如今走得走、散得散，只留下他了！

康元帝動了動身子，聞言乖巧端正地坐在龍榻上，伸手拿了一張卷餅，攤在左掌上，拿著銀箸。「菜子，你越來越不瞭解朕了。若是你早些說，烤肉快涼了，朕早就起來了——」

能吃就好、能吃就好！

康元帝是如此對內侍開口的。「趙將軍來了，去吩咐御膳房的，做幾個拿手的西北菜來，就卷餅吧！」

拿手菜，還是卷餅。

康元帝這是越發不打算糊弄內侍了。

原本，康元帝還會說道：「趙將軍從小生長在西北，乍一來到京城，怕是好些不習慣吧，去，吩咐御膳房的，做幾個西北菜餚來，若是做得好，趙將軍定會大大地看賞！」

嚴格來說，趙菜子並不是西北的。不過康元帝拿著做藉口，一向使喚得慣溜兒的。

「自己動手嘛，麻溜點兒！」

趙菜子「憤恨不平」地用一旁的另一雙銀箸挾菜肉，麻溜兒地捲起，咬上一口。

「怎麼樣？這可是朕特意從西北弄來的大廚，做的可是純正的西北風味兒，都快走了兩、三個月了，才到京城！」康元帝也不挾肉了，只看著趙菜子恨恨地咬了一大口卷餅，然後呆住了。

似是在回味兒。

他三兩下就解決了一個卷餅，不管康元帝如何勸，都不肯再吃一個卷餅。

趙菜子當做啥事兒都沒有發生，躬身立在一旁，也沒想著伺候康元帝用飯——

康元帝抖了抖左掌上攤著的餅子，開始挾菜，五花肉片、五花肉片、五花肉片、五花肉片……

趙菜子的右眼抖了抖，一眨不眨地盯著康元帝一片、兩片、三片、四片地放著五花肉片，還絲毫沒有停手的意思。

「陛下！已經是第七、第八片五花肉片兒了，您上回還說要保持身材，肉吃多了不好。」

忠言逆耳！

「朕是被餓怕了，就喜歡吃肉！」

趙菜子真的聽不下去了。

康元帝的前三十幾年一路順遂，到了西北後，不過是因為水土不服餓了幾日，後來，回京的途中，被人襲擊，無法只好躲進深山裡，又不敢生火，吃了近半個月的野果野菜。

自此，一發不可收拾。

「陛下，可是這餅子快捲不下去了。」趙菜子咬牙道。

康元帝眼疾手快地再挾了兩片五花肉。「湊個十全十美！」想著又放上了個荷包蛋，這才放下銀箸。

這吃點兒肉還得講究十全十美？

難不成每回吃肉，都得數著肉片來？單數不吃，吃雙數？

康元帝熟練地捲起，鼓鼓囊囊的一個卷餅，大口咬下去，滿足地點點頭。

幸虧，還記得食不言！

吃乾抹淨。

「可惜沒有以前的那個味兒了，楊立冬那小子難不成真的不打算回京？心眼真小，朕又不是真罰他，這就跟朕嗆上了，還樂不思蜀，娶了媳婦生兒子了，可惜了一手烤肉的好活計！」

意猶未盡。

康元帝低頭打量著幾個盤子，五花肉那一盤子裡消下去不少。

趙菜子眼疾手快地將幾個盤子收攏，不愧是在戰場上撒過熱血的，那叫一個「快狠準」。

康元帝也知自己不能再吃了，支著下巴，哀怨地道：「菜子，你這可是娶了媳婦忘了媒人！你也知道，要不是你們幾個在這兒，朕還吃不上這些東西。」

趙菜子微一踉蹌，甩手不幹了。

「陛下可是將我的親事攪黃了，我與我家媳婦的媒人，明明是冬子的媳婦。」

康元帝咧嘴一笑。「若是朕沒聽錯，菜子這是在怪罪於朕嗎？可見你還是戀戀不忘人。要不朕下旨，讓皇后家的那個姪女，不知叫啥的小姐指婚於你，結成千古良緣，算是成就了一段佳話，也算是讓朕這媒人坐實了！」

趙菜子的婚事原本是想著讓田慧來做這個媒人的，不過路途遙遠，只能作罷。崔魚兒挺著肚子成親，康元帝自然要為自己的部下撐腰，特批禮部籌備婚事。

康元帝親自下旨，皇后保媒。

不過，私下裡，趙菜子被罰跪了一整日，挨了十下軍棍，到了崔府，又被罰跪了一日。

趙菜子汗濕了掌，連連討饒。「魚兒是啥性子的人，陛下還能不知曉？陛下，我可是一路跟著您的，家宅不寧是大忌啊！魚兒挺著五、六個月的大肚子，要是有個好歹，或是給氣著了，那我也不活了！」

趙菜子絲毫不覺得康元帝只是在說笑，若是不把話給說絕了，康元帝說不準閒來無事，就下一道旨意，自此，趙府就多了個美嬌娘。

美不美、嬌不嬌，趙菜子不曉得，但是個雌的！

「看將你嚇的！堂堂一國皇后的姪女，就是做正妻也是綽綽有餘……」

「陛下，趙菜子不才，家中已有正妻，還是陛下您下的旨意。」陛下啊，我的正妻還是您給作媒來著！趙菜子這會兒趕緊服軟。

康元帝也甚是苦惱，他這不是被皇后纏得無法。

皇后，是康元帝的結髮妻子，康元帝還是敬重這個皇后的。

「朕怎聽皇后說，她那姪女甚是後悔，自打那回拒了你後，就後悔非常，只是小女兒心態，硬撐著不敢開口。至今不肯再嫁人，就是皇后給說了好幾戶好人家，都被那姪女給拒了！直到前些日子，皇后又一回提起，才哭著道出，她對不住你，就是進趙府給你暖鋪子也心甘情願，不要任何名分，若是你不願，就寧願終身不嫁！」

他，這是趕上桃花劫了？

「陛下，您懂得，我、我無福消受！」趙菜子就差揮汗如雨了，若是讓家裡的那個崔魚兒知道，自己就是因為相親相的次數太多了些，才惹上爛桃花，不知道會不會讓自己不准進屋？

「陛下，謠言不可信！」

康元帝輕咳了一聲，立刻就有人進來收拾東西。「給趙將軍搬一把椅子來。」

這是打算坐下來慢慢說了？

「陛下，咱多年的交情了，我這一從軍，就是跟著陛下的，你可是要念著咱這些年的舊情。這京城裡的，只剩下我了，若是我家宅安寧，我還能時常在宮裡陪著陛下吃吃喝喝，就是拿我做幌子，也便利哇——」

「菜子，你這是讓朕為難了。皇后，可也是跟著朕一路到西北的，這有多少女人做得到！朕對皇后是真心敬重。皇后從不為娘家說情，就是這事兒，朕覺得真不算是大事兒，這人都不要名分了，難不成還不行嗎？這不是將人往死路上逼啊？朕也無法，要不，朕也學人作個保，讓你跟皇后商量商量？」

康元帝躲在深山半月有餘後，帶著幾個隨從，大小賭場、妓院，哪兒人多往哪兒去，可是長不少見識的。

康元帝還創下了，憑著三個銅板賺了六十兩銀子的不破記錄。

真是天命所歸！

「陛下，我已經年紀一大把了，若是再不生，也不知道能不能生出兒子！我大姊說了，我爹娘的遺願就是讓我生個小子，繼承香火，魚兒正大著肚子，要是有個閃失——」趙菜子斷然拒絕。

他決定回去好好商量商量，這國丈府到底是何意思。

「那就等你家夫人生了娃兒再說，若是生了個丫頭的話，這事兒再議……」康元帝如今坐上了這個至高之位，卻也是多了很多的限制，比不得做康王的時候隨心所欲。

「陛下！」趙菜子驚呼，若是這胎是閨女，難不成就得往府裡抬女人？

崔魚兒就是大著肚子，也不曾給趙菜子安排通房，趙菜子也從不作他想，只想著多多跟崔魚兒生兒子生閨女，生他十個八個，把前些年的都給補回來。

「趙菜子，你應該知道，就是朕如今做了陛下，也身不由己，這後宮的女人，有哪個是朕中意的？」康元帝言語中有些落寞。

聞言，趙菜子也不多說。如今確實是比不得在西北那會兒，那誰不順眼就抽誰，到了京城，若是不學會轉彎，怕是會被那些文官給繞死！

「這是楊立冬的來信，你自己看看——」康元帝指指龍案上已經拆封的信箋。「自己拿去，難不成還要朕送到你手裡不成？」

趙菜子只是動作稍稍慢了些，就被康元帝給擠兌了。

吸氣呼氣！

看在一國之君當得如此憋屈的分兒上，趙菜子忍了。

「臣不敢。」趙菜子恭敬地道，頭低得更低了。

「得了，你還有不敢的？就是給你伺候暖被窩的，都要被你推三阻四！」康元帝咬著牙，壓低了聲線道，若不是龍椅還沒有坐熱，康元帝定要給那些倚老賣老的老東西一些顏色瞧瞧。

趙菜子被罵得一愣一愣的，撿起案上的信箋，才猛然發現，信上龍飛鳳舞的字跡，他不認識，默默地又還了回去。

康元帝原本陰霾的心情，一下子就被逗樂了。「哈哈哈——菜子你這是在逗著朕玩嗎？不錯不錯，取悅了朕！」

康元帝笑夠了，才道出楊立冬說了建東海防線的事兒。至於私信裡，就是借宅子的事兒了。「趙菜子！你來跟朕說說，朕可虧待了你們？這大老遠特意來了一封信，向朕借宅子，這有借還有還不？」康元帝的「厚顏無恥」，有很大部分師從楊立冬。

不過，楊立冬一向是誇讚康元帝，天賦異稟。

「若是別個，倒是真不好意思不還。不過，冬子，確是說不大準——」惡性累累，趙菜子只能讓楊立冬自求多福，誰讓楊立冬坑他的次數最多了。

雖說他成親的賀禮，楊立冬送了不少，不過，也不能抵消掉他坑自己的「良苦用心」。

「早幾日不是說了，冬子的長子奪得了縣案首，倒是不錯。這回，是借去給他兩兒子備考用的，也算是用心良苦了。」早一日前，趙菜子就收到了楊立冬捎來的信箋，言語懇求，態度誠懇，不過是讓他在康元帝面前多說幾句好話。

趙菜子深以為，楊立冬這是變了一個人！

他覺得，這是幕僚念信的語氣有問題，太過柔和，才讓他覺得楊立冬這是過得很艱難。

「喔？有這回事兒？」康元帝對各縣的縣試倒也不是特別重視，畢竟這只是第一場，算不得什麼。對著各地上來的情況，康元帝也並不曾細看。

這幾日，在朝堂上，聽著那些老傢伙東扯西攀，吵得他頭疼。

「嗯。說不準，可能還有希望中個秀才啥的。」趙菜子也知道，楊立冬說是借宅子，打的主意，大夥兒都心知肚明。

「大乾國的秀才，可是半點兒都不稀奇，就是十一歲中了秀才的也不是沒有！這麼說，楊立冬的夫人生的兩兒子都不是窩囊廢了?」

康元帝原本很難理解楊立冬為何會娶個寡婦，還是帶著兩兒子的寡婦。若是實在是歡喜，當個丫頭的也就算了，偏偏還大張旗鼓地記入族譜，這自己還沒生兒子，長子之位就被人占去了。

康元帝就是到現在也沒有釋然。

「我曾在楊府住過一段日子，楊夫人確實是教子有方，據說還會點兒醫術，就是性子有些懶。不過，若說這長子，確實是最適合不過了。依著楊立冬的性子，怎會委屈了自己一點半點兒的，說不準，真是個好苗子，陛下也算是為太子鋪路了——」

挑眉!

康元帝復又躺下。「喔——太子?趙愛卿倒是跟朕說說，這哪個皇子，才是太子之命?」

「臣該死!」

「是皇后生的大皇子，還是貴妃生的二皇子，抑或是德妃生的三皇子?還是嬪生的四皇子?」

康元帝還是康王的時候，並不覺得自己有一日能榮登寶位，自然是多多撒種，盼著兒子多多，福氣多多。

如今，這後宮裡光是皇子就有四位，而且，這幾位娘娘的娘家勢力均不弱。

關鍵是，都會經營!

楊立冬於十日後，終於得到回信，不過白紙黑字寫著「暫居」。

田慧挺著四個多月的大肚子，張羅著要帶的東西，這兒子還沒有走，就心裡空落落的，頗不是滋味兒。

三月初十，宜出行。

田慧實在是坐怕了馬車，又是借居在別人的宅子裡，她一個大著肚子的，實在是不大方便。

就是楊立冬也只是先去小住幾日，待得一切都安排妥當了，楊立冬就回南下鎮。因為這兒的事兒，實在是離不開人。

田慧每日都在庫房裡搜刮著有啥東西適宜帶去的，就是新長衫也做了好幾身。

「為夫不也是一道兒同行的，怎就不見妳給我準備幾身新衣裳，真真是昨日黃花……」楊立冬難得偷了閒，這日回來還早，一進屋子，就見到田慧在擺弄那些東西。

據說，這幾日，田慧總是將所有的東西都擺出來，反反覆覆地研究，看是不是哪兒缺了，團子開玩笑道：「娘若是再摸下去，這新衣裳都已經瞧不出來哪兒新了。」

少年不知離愁。

團子從來不曾出過南下鎮，對外邊的世界，有一種極度的嚮往。

好不容易才按捺下騷動的小心臟。

「噗哧！你這哪兒是昨日黃花，你不是一向說自己是常青藤嗎？怎麼一日之間就都黃了？這越活越回去了。」田慧被楊立冬給逗樂了。

楊立冬故作嬌羞。「我那是花自開，奈何無人賞。」

「好才學！好不跟圓子哥兒倆一道兒去考考？說不準比兒子還能耐，能考回個狀元回來！」田慧也已經知道，楊立冬不是沒去考過科舉，只是，連個秀才都不曾考回來。

「我堂堂一個武將，若是再弄了個文官做做，那我可就為難了。到時候列在哪個隊裡，可都是牆頭草。光是想想，都是為難我。」

楊立冬煞有介事地分析道，絲毫不考慮自己壓根兒就連個秀才都不是，這會兒是想得有些多了。

「我都不好意思說你作夢了。」田慧挺著大肚，艱難地轉了個身子，面朝著楊立冬，嗤笑。

楊立冬上前攬著田慧，下巴撐著田慧的頭頂，磨蹭了幾下。「慧娘，別讓我擔心，好男兒志在四方，若是養著成了咱娘養的母雞這般，妳就該愁了。」

秦氏真的好愁，因為去年養的母雞，原本就剩得不多了，如今只要隨便一個人走進雞圈裡，那幾隻僅存的母雞——

呆若木雞！

愁煞秦氏了，秦氏每日都是趁著天大亮了，才去撿雞蛋，說是要好好鍛煉鍛煉母雞的膽量，幾十隻新抓的小雞，倒是挺能蹦躂的。

這都一個月過去了，這幾隻母雞，絲毫不懂秦氏的苦心，只在秦氏偶爾進雞圈趕趕雞的時候，勉強踢到哪兒，就衝那個方向跑幾步，之後，就「咯咯噠」地蹲著不動了。

不過，逗趣的是，秦氏每回去雞圈裡轉悠了一圈後，第二日，這雞蛋總能多收幾個。

「娘，我勸您還是別去折磨這些雞了，人家活得容易嗎？說不準過幾日就得進了我的肚子——」楊立冬也是頭一回聽到這稀奇事兒。

還不待秦氏說了「不准」，團子又補了一句。「奶奶，別聽爹的，您還是去得勤快些，這日日多了蛋出來，多好吶！」

「還能換錢。」圓子悠悠地補了一句，可把秦氏給氣著了。

「要愛護自家的東西，不可殺雞取卵懂不懂？」

秦氏不知道從哪兒學來的，這些文謅謅的東西，可見是下過功夫的，這是要成養雞專業戶的節奏了。

秦氏也不指望田慧能給自己做後盾，那啥不會叫的狗要咬人，說不準，田慧正在盤算著做啥雞才好吃——

最終，秦氏的「博學」成功地勸服了蠢蠢欲動的眾人。

田慧聽到楊立冬將兒子比成「呆若母雞」，急了，伸手對著楊立冬的腰部，用力一擰，轉個圈圈。

嘶——

「有你這麼說話的嗎？」

「嘶——娘子，手下留情吶！唉喲，咱兒子在抗議了，說妳欺負他爹了——」

田慧的肚子被踢得突出一個小包兒，這下輪到田慧「嘶——」了。吃裡扒外！

楊立冬將手放在田慧的肚子上，不過，裡面的小傢伙就沒有動彈了。

「真懶，想來是翻個身了——」楊立冬為田慧肚子裡的這個娃兒擔心了，這都快五個月了，也只是偶爾才會踢個一下、半下的。

雖說只是一下，楊立冬仍是欣喜不已。

「好了，別擔心了，鄭老伯和福叔他們都是要去的，妳還有啥不放心的，我就是不放心家裡，我已經跟知故說過了，讓錢嬸也過來住些日子，回頭讓娘將東廂收拾出來，知故這幾日也住在府裡。」

楊立冬早就將事兒都安排妥當了。

「這不，從來不曾離了我的身邊，我就是不自在，這道理我懂——」田慧嘆了口氣，將衣裳一件件地都疊回箱子裡。

「我也知道，穿著舊衣裳舒適多了——」語氣中有些苦澀。「我也不知道我這是怎麼了——好了，別說了，道理我都懂，我也不會拖了圓子哥兒倆的後腿，我就是想找點兒事做做。」

「要不，妳跟著娘去村子裡住幾日？娘前幾日還念叨著要去村子裡瞧瞧，要不回村子裡熱鬧熱鬧？」楊立冬都已經跟楊知故說好了。「也是，這麼大的宅子裡，就剩妳跟娘了，肯定不自在。」

住在楊家村的時候，田慧從來不覺得這有多好，也不大跟人往來。「這樣了，怕是不大好吧？」

「有啥不好的，我一會兒就跟娘說說去，明日就是初九了，我們先送你們去村子裡，初十那日，從村子裡出來就是了。十二就是清明了，多住幾日，若是想回來，就讓人帶信兒給知故，這小子如今越發機靈了。」

楊知故自打當了大掌櫃的以後，越發能說會道了，不過，整個人散發出「人畜無害」的感覺，人緣頗為不錯。

楊立冬說著就去做了，第二日，一干人就浩浩蕩蕩地往楊家村裡去。福叔四人仍是在鎮上，待得明日楊立冬他們從楊家村出來。

阿土不好拗過他爹的意思，也跟著一道兒回村子，跟他爺爺奶奶辭行。

「昨兒個知故這小子就帶了口信來，這屋子裡已經都打掃一回了，都是乾淨的，就是棉被啥的我也都曬過了，今兒個再曬曬就好——」錢氏早就得了口信。

秦氏一家子經常會回楊家村，這小院子裡也並不是積了很厚的灰。

「可不就老是麻煩妳，我就是有些厚臉皮也不好意思了。」一回到村子裡，秦氏精神抖擻。

倒是田慧，楊立冬已經儘量放慢速度了，不過看起來仍是懨懨的。

田慧仍是暈車得厲害。

第五十七章　阿土

阿土隨著他爹往自家走去，一進自家院子。

院子多了不知道何時搭建起來的豬圈和雞窩，滿院子的雞屎，和豬圈裡發出的哼哼聲——

阿土爹傻住了。

阿土一看他爹的臉色，還有啥不知道的。不知怎的，他突然間不氣了，幸虧他娘並不曾跟著一道兒回來。

「爹——」阿土嘗試著低聲喚了一聲他爹。

阿土爹這才尋回自己心神。

「爹，小心腳下，不知道這是誰家的雞，看來咱這是沒家了吧——」

聽著兒子嘲諷的聲音，阿土爹一瞬間崩潰了。

他抄起倚在院角的一根棍子，滿地亂砸！那些小雞仔，本就跑得不快，雖說養了一個月，可是仍是禁不住狂暴的阿土爹，滿院子的亂砸亂竄！

阿土絲毫不擔心他爹怎麼了，有時候生氣也需要發洩的，總比憋壞了好。

阿土爹也只是挑著院子裡多出來的雞和豬圈在發洩。

阿土爹正在對豬欄柵撒氣，用力一踢，踢倒了欄柵，欄柵裡的五頭小豬一窩蜂地往外衝，他怒砸幾下，最後一隻小豬也命喪棍棒下！

「爹！」阿土驚呼。

原本踢死了幾隻小雞仔，阿土並不覺得怎麼樣，就是他，也恨不得全給踢了。可是他爹就是連豬崽子都要下手，看來是氣瘋了。

「爹，您這是咋了？可別氣著了，為了這麼些人，可不值當！」阿土給他爹拍拍背，勸著。

不過阿土的驚呼聲到底惹來了剛剛回來的阿水！

「啊——我家的雞！還有我家的豬！我娘說，這些是留著給我娶媳婦的，死了、死了，都沒了——」阿水衝上來就對著阿土爹又是踢又是咬的，阿土爹絲毫沒反應。

阿土瞧不過去，一把推倒了阿水。

「娘、奶奶，這些人欺負人，還打我！爹啊，您要斷子絕孫了！」阿水自小就知道自己是自家的命根子，只要一說這話，他的家人定是會第一時間出現。

「誰？誰敢欺負我的兒子！」果然，阿水娘人未至聲先至。

她看著院子裡一塌糊塗，到處都是死掉的小雞仔！「啊——誰動了我的雞！啊——還有我的豬！」

剛一嚎叫，阿水娘就看見了正在屋簷下站在的阿土爹父子倆。

阿水娘頓時覺得有些理虧，不過看著院子裡「死傷無數」，又開始嚎上了。「娘啊、爹啊，您們趕緊來看看吶，這親兄弟都欺負上門來了，不給人活路走哇——」

「大哥，你們怎麼回來了？」阿水爹聽說自家有事兒，看著那傳話人一副神祕莫測的模樣，就知道自家怕是真出事兒了，果然，想什麼就來什麼。

「對啊，你說我怎麼就回來了——」阿土爹頹然地丟下抄著的木棍，將整個身子都靠在阿土身上。

阿土吃力地扶著，雖說以前常覺得他爹總有一日會嘗到苦頭，可是他沒有想到，親眼見著了，卻是只有滿滿的心疼。他爹，一向把自己這個小家放在最後。

「爹，您還好吧？」在自家這個院子裡，阿土竟是連一把椅子都尋不到。

阿土爹渾身無力，不知道在想些啥。

阿水爹愣愣地站在一旁，他原本一開始就反對在大哥家的院子裡養雞養豬的，這原本就是將大院子給隔出了一小塊院子，然後給堆了土牆，這一養雞養豬，就是連個下腳的地兒都沒有了。

最重要的是，這個院子並不是自家的。

「大哥，我一會兒就將這些都清理了。」阿水爹自知自家理虧，只想著趕緊將這爛攤子給收拾好了，可是看著地上一地的屍體，胸口也直犯疼。

這可是花了好幾兩銀子給買回來的，現在都沒了。

「清理？清理啥！打死了我的雞和豬，難不成我還得幫著這人清理？呸！我告訴你，別想，就是親兄弟也得明算帳！有這樣子的大哥嗎？怎的，你家如今吃香喝辣去了，沒想著扒拉扒拉著親兄弟，二話不問就將這院子裡的都給滅了！來啊，你怎麼不把我也給打死了？我不活了，死了一了百了，都來瞧瞧，這誰家的兄弟如此狠心——」

院裡吵著，屋子裡阿土奶正在睡覺。

阿土奶正在自己屋子裡睡回籠覺，睡夢中好似聽到了淒厲的哭啼聲，猛地驚醒，嚇出了一聲冷汗。

仔細一聽，阿土奶慌亂地從床上爬起來，趿拉著布鞋就往外衝。這布鞋的鞋面，還是阿土他娘得了第一個月的分紅，給阿土他奶奶買的布料子。

阿土娘本意也不想給公婆買這買那的，本就膈應得慌，這才剛剛有了一小筆銀子，田慧原本想著都留下來給阿土買紙的。到了鎮上後，看到阿土的屋子裡，堆著好幾疊半人高的紙張，並不是田慧原先買的那種浸濕的紙。

阿土娘知道田慧如此照應著自己兒子，就知道並沒有半點兒虧待阿土。平日裡阿土提起田慧時，那自豪的語氣，阿土娘有時候聽著都有些吃味兒。

不過，將心比心，若是自己，自己絕對做不到這些。

這回，拿著十八兩銀子的分紅，阿土娘原本想拿個七兩、八兩買紙去，旁的她並不懂，知道讀書人最費紙了。不過，這銀子還沒捂暖，阿土娘到底有些不捨得，趁著「石頭宴」一早還沒開門的時候，阿土娘將鎮上的書齋都給逛了個遍，心裡越發敬佩田慧。

等到了夜間，阿土爹含蓄地道：「我看妳這幾日都在外頭逛，可是看中了啥東西？」

阿土娘搖頭不說話，馬不停蹄地燒了一日的菜，也有些累著了，這會兒只想躺著好好睡會兒。

「妳說咱是不是給岳母他們也買點兒東西？順帶著給我爹娘也買點兒啥，不用這般去逛，隨便啥用得上的都成，他們都不挑——」阿土爹早就想問了，眼瞧著孩子娘逛了幾日，可每回回來都是隻字不提。

這不，阿土爹也不敢伸手要銀子，他不是糊塗人，他知道自家能賺了這麼多的銀子，全是靠著阿土娘當初跟田慧的關係。

「你當我這是給你娘買東西去了？」阿土娘抑制不住地顫抖著身子。

黑暗裡，阿土娘死死地盯著阿土爹，直看得阿土爹心裡發麻。他還記得，有一回，年前的時候，跟著阿花爹和幾個獵戶上山去，那漆黑的夜裡，狼群經過，他們躲在樹上，他還記得，那狼群久久不肯離去，那眼珠子都泛著陰冷的藍光。

而此刻，阿土娘的眼神就是如此，陰森森地盯著他，就著月光，看得一清二楚。

「孩子娘，妳、妳怎麼了，怎這般看著我，我、我說錯了？」

阿土娘冷冷地笑了，越笑越大聲，越笑越是止不住，任憑阿土爹如何說，阿土娘就跟著了魔似的。

後來，後院住著的其他人聽著動靜都過來了，好不容易才將人給推醒。

當晚，還是知事媳婦陪著阿土娘一道兒睡的，不知道晚上說了啥，兩人眼睛都腫得厲害。

第二日，阿土娘招呼不打一聲地就出了鋪子，直奔早就瞧好的書齋，花了八兩的銀子，在掌櫃奇異的眼神下，豪爽地付了銀子，眼睛都不眨一下的。

而後，她又去了布莊，買了三疋布，阿土奶、阿土嬸子、阿土舅舅、阿土姥姥、阿土大姨，一個都不落，每人半疋！

銀子也花了個精光，剩下的一兩銀子，就給了阿土，讓阿土放著能在康定城裡買點兒東西。

阿土娘特意讓書齋的夥計送紙去楊府的時候，往「石頭宴」這裡停一停。

阿土爹的表情不知該如何形容，嘴裡不住地喃喃道：「瘋了，這是瘋了——」

阿土娘連一眼都不看下阿土爹，不過，仍是耳尖地聽到了低語。

實在是憋不住，阿土娘冷哼道：「後頭還有布料子送到，你不是掛心著要給你爹你娘買布料子嗎？我給你二弟家也買了！這些年我娘我兄弟我大姊照顧咱家的也不少，就是咱家的那些地，也都是我娘家幫著置辦的，買些布料子應該的吧！若是不應，沒事兒，我就都給你爹你娘你兄弟家送去！」

「我這有說啥不成？妳這出去一日就花了這麼多錢買東西，這日子還要不要過了？」阿土爹在家裡也是做慣了主的，因著這幾年阿土娘娘家給力，阿土爹也總算是會試著跟阿土娘商量著辦。

原本家裡的銀子都已經被阿土爹收著的，可是這回十八兩銀子卻一直被阿土娘攥在手裡，阿土爹也多次明示暗示，可都沒能讓阿土娘給拿出半兩銀子。

「我不要過了？呵呵——阿土還是不是你的兒子了？你當是供個讀書人，慧娘一家子供阿土念到如今，花了多少銀子可有找你算過！我原當你只是孝順，這也沒啥不對的，可是如今看你，竟是連我這粗俗婦人都懂得知恩圖報，但你呢？」

知事媳婦不放心，領著二二，陪著阿土娘去了楊府。

這些日子來，阿土爹的心裡並不好受，跟阿土娘默默地冷戰著。

當日送布料子回來，都還好好的，自家院子都還是整整潔潔的，他爹娘還說讓自己放心，會看好院子的，若是有機會，多提拔提拔老二。

阿土爹也自知自己是說不上話的，不過，他爹娘的和顏悅色也沒能讓他胡亂地應承下來，自然是實話實說，這事兒他使不上力。

最後，他爹表示理解。

他不明白，怎麼這才多久沒回來，這事兒都變得不一樣了？

當阿土奶趕到「戰場」，看著滿地狼藉，又聽完了阿水娘的哭訴，二話不說，抄起阿土爹掉落在地上的木棍，劈頭蓋臉地就向他砸下去。

只衝著阿土爹砸下去，對於阿土，她有些心生畏懼。

「奶，您是要打死我爹，您就好剩一個兒子？」阿土冷冷地道，阿土爹不躲不避不鬧，任憑著他娘往他身上揍，皮糙肉厚的，好似半點兒沒感覺。

娘揍兒子，誰都管不著！

秦氏也是聽到了風聲，不過，既然阿土娘不在，都是他們家人的私事，就是秦氏他們也不好多加干預。再說阿土爹一個大男人，若是自己心甘情願地受委屈，算了，還是不去討嫌了。

因為在阿土姊的喜事那日，秦氏就跟阿土奶起了衝突，秦氏也不想再去討嫌，就隨他去了。

至於阿土，一直就不是會讓自己吃虧的性子。

阿土的話就好似一句句地戳在他爹的心窩子上。

阿土奶揍累了，拄著一旁直喘粗氣。「奶奶，別累著了，還是我來幫您吧！」阿水早就憤恨阿土爹由著自己摔倒在地上，他何時吃過這種大虧。

「乖孫子——」阿土奶立刻變了臉色，和氣地望著阿水。

有了阿水，萬事足。

戲劇性的是，阿土奶真的將木棍遞給了阿水。

這回不光是阿土瞪大了眼，就是阿土他爹也回了神，呆愣地看著這一幕。

阿水得意地揚了揚頭，嬉笑著湊近阿土爹，猛地一棍子砸下去。

阿土爹還沒回過神來，一棍子下去，防備不住發出了悶哼聲。

哼！你不是會念書嗎？還不得照樣看著你爹被我揍！阿水還不忘給阿土使了個眼色。

阿土抬腿，對著阿水的大腿就是一個橫踢。阿水早就防備著阿土，阿土才剛剛有動作，阿水就拿著棍子對著阿土的腿砸下去，半點兒都不打算留情。

阿土生生地忍了這一下，上去就對著阿水一頓胖揍。

阿水哪是阿土的對手，阿土就是念了五、六年的書，不過，家裡的活兒總是沒少做，就是這一年在鎮上念書了後，做的活兒少了。

可阿水呢，一直是被家人寵著的，就是大熱天念書也是件苦差事，更別說啥做活了，真當是少爺一般養著。

自打分了家後，阿水家的日子也是越發好過了，大半的田都歸了兩老，阿水家又是跟兩老一道兒過的，別提有多滋潤了。

一場亂揍。

阿水的一身本事都是阿土教的，想當年阿土是村中小霸王，阿水也一直是在身後追著喊著叫「哥哥」。阿土心裡憤恨阿水居然敢下手打他爹，心裡有怨，下手自然是不會輕的。不過，阿水卻勝在木棍在手。

等阿土爹回過神來，這兩人早就已經扭打在一處。

阿水家的幾人早就被這局勢給驚呆住了，遲遲反應不過來。

阿土爹長臂一撈，將阿水手裡的木棍給奪了過來，阿土瞬間占了上風，衝著阿水，就是啪啪啪三巴掌，快狠準！

阿水何時吃過這種虧，兩隻手不敢置信地摀著臉，淚水在眼眶裡打轉，這是被阿土不小心給帶到眼睛了。阿水這會兒還不曾覺得疼，只是滿滿的不敢置信，阿土哥竟然會揍自己，還是這種憋屈的打臉！

阿水娘第一個反應過來，劈頭帶臉地就要上去撓阿土。

阿土打完巴掌，就往後退了。

阿水娘這不管不顧地衝上來，阿土爹將阿土護在身後，右手拿著棒子，指著阿水娘。

「弟妹，妳這是想做啥？」

「做啥，這小兔崽子打了我的兒子，我要跟他拚命，快讓開，我就那麼一個兒子，就讓你這個小崽子打出了好歹來！」阿水娘作勢就要衝，被阿水爹從後面給抱住了。

「你做啥！放開我，我不跟這些人拚命，我就枉為娘！」阿水娘拚命地掙扎著，試圖掙脫開來。

阿土奶心疼地摸著孫子的臉。「唉喲，這可是你的親弟弟，你還說自己是讀書人？都是用屁股在念書的！都是被你娘那個攪家精給教壞的，眼裡根本就沒有我這個奶奶、我這家人！」阿土奶已經氣急，說出來的話都已經口不擇言。

「奶奶，您這家人是誰，有我跟我爹、我娘嗎？」阿土冷冷地道，額間冒了幾滴冷汗。

阿土奶就是有些氣短，不過聽到阿土念念不忘他娘，怒火中燒！「你娘你娘！你這眼裡還有沒有你爺爺和我？我看你還是別去念書了，免得出去被人笑話，丟了我家的臉面！免得我老了，還要被人在背後唾罵！」

阿土爹氣樂了。「娘，我不想跟您說這些，二弟，我要教訓阿水，你沒意見吧？敢拿著木棍揍我這個親大伯，該打不？二弟，你自己說！」

「爹——我不要，憑啥！憑啥！」阿水呼叫道。

阿水娘在阿水爹的懷裡撲騰得更加厲害，已經不管不顧地在阿水爹的懷裡罵起了阿土爹。

「大哥，你就幫我教教阿水吧！」阿水爹咬牙道，他一直看得清清楚楚。

「好！二弟說得好！阿水，我就替你爹好好教訓你，目無尊長！」

阿土爹掄起拳頭，並不打算只是哄哄小子、嚇唬嚇唬做做樣子而已，他實打實地掄拳頭，對著阿水就要砸下去，不過，阿土奶挺身而出，將阿水攔在身後。

阿土爹待得看清他娘的動作，想收回也已經來不及了。結果，一拳打在阿土奶的臉上，待得收回手，隱隱都能預見這將是烏青一大片了。

「嗷——殺人了——兒子殺人啦——」阿土奶奶大呼，兩隻手都捂著右邊。阿土奶是個短腿老太太，如今阿水的身高早就已經超過了他奶奶，所以，這一拳就打在阿土奶的臉上。

「娘，怎麼跳出來！」

「娘，您怎麼樣了？」

「娘——大哥，你怎麼那麼狠心，這是要謀殺親娘啊，天吶——」

阿土奶生生地承受了這一下悶拳，直挺挺地站著，愣是沒倒下去。

若是按理，阿土奶說不準早就「暈倒」在地上。

阿土奶直到眾人再一次關切地上前詢問，才放聲大哭。

看熱鬧的早就擠滿了院子裡、院子外。

「唉喲，我看還是早些去請楊大夫過來瞧瞧吧，這弄不好若是面癱了可不好，歪鼻子歪眼——」也不知說話的這人是盼著阿土奶奶好還是不好。

阿水娘推了推阿水。「這小子都被嚇到了，去，趕緊將楊大夫請來給你奶奶瞧瞧去——」

阿水忙不迭地應道，踉蹌著往外跑。

「怎麼不來道雷劈死這個不孝子，竟然敢打老娘——」阿土奶搗著半邊臉，破口大罵。

阿土爹被罵得臉不是臉、鼻子不是鼻子的，不過，心裡仍是有一股氣。「娘，這是您自己送上來護著阿水的，我原本就是因為阿水大逆不道拿木棍打我，我才要教訓他的！」

「阿水算是哪門子的大逆不道，你又不是他的誰，我平日裡都寶貝著不捨得動阿水，你這個不孝子，你沒有生養阿水，難不成還想讓阿水供著你?呸——」

「奶奶，我勸您還是少說些話，真的面癱，可就治不好了。」阿土冷冷地道。這麼多人瞧著，他奶奶還真敢說，這心都已經偏到底了，完全是張嘴就能來事兒。

阿土奶悻悻地罵了兩句，果斷地閉了嘴。

阿土奶怎麼都不肯挪地方。「我若是從這個院門出去，這兩人就不肯認帳了，那我這受的這一下，可不就是太冤了！」

楊里正如今對阿土也愈加重視，不光是他做了楊立冬義子，還是讀書人。曹氏也聞聲趕來，目睹了全過程。

「我說阿水他奶奶，妳若是傷著了就好好看大夫，這都是妳兒子，有啥差別！再說，這事兒我也看得真真的，就是阿水不對，他爹也同意讓阿土他爹揍的，妳沒事攔個啥啊，這下子好了，自己傷著了。」

曹氏的身旁站著的就是圓子還有阿花，並著村子裡的幾個小姑娘，曹氏的孫女兒也在其中之列。

阿土奶一看曹氏的周圍，就知道這人是老大一家子那邊兒的人，不過看在是里正家的分上，哼哼不說話。

楊大夫已經確認阿土奶沒事兒，只需貼幾個大膏藥便完事兒，他就等著收診金——可是遲遲沒有動靜。

阿土爹這壓根兒就沒有想著帶銀子出來，前些日子才送了布料子回來，也沒想到能有啥用處，索性就沒帶銀子了。這會兒，根本就拿不出銀子來。

一個銅板兒都沒有。

他尷尬地站在一旁，只裝作沒見著楊大夫來回巡視的眼神。

院裡院外擠滿了人，可這會兒愣是一個人都不曾出聲。

阿土奶得知自己並沒有被打壞了，罵起人來更是隨心所欲。這會兒被楊大夫盯著，眼神裡寫滿了「是不是想賴帳、是不是想賒帳」，老臉都不知道往哪兒擱了。

「打了老娘，你還想賴醫藥費不成？我告訴你，你付了診金還要補貼銀子，你以為老娘這是好打的？不孝子，你個不孝子，還死愣著做什麼！」

阿土爹紅著臉道：「娘，我沒有銀子——」

「沒有銀子？沒有銀子？」阿土奶不敢置信地重複了兩遍，呸呸兩口。「沒有銀子你死這兒來做啥，難不成還要我養你？你賺來的銀子呢，銀子呢，都上哪兒去了？」

阿土奶可是一早就聽說了田慧那鋪子工錢優渥，上回回來還每家半疋布，可不就是發達了嗎？這會兒卻是連診金都付不出來了，是沒帶銀子？

「上回，又是買布的，這半疋布都快要小半兩銀子了……」阿土爹看了看阿土奶腳上的新鞋面。

阿土奶哪有不明白的，總之這銀子都已經用完了，立刻打斷問話。「我可沒銀子，你打傷了我，自然是你賠銀子，還有阿水家的這些雞啊豬啊，可是花了四、五兩銀子的，你想辦法來賠！你不是有工錢嗎？問慧娘借去！要麼拿地來抵！對，拿地抵！」

楊家村的地都漲價了，還有不少神祕的商戶來收地，不過楊家村吃夠了那幾年荒年的虧，愣是沒幾個賣地的，他們也沒處可搬，祖祖輩輩都在這兒過活。

阿土爹沈默不說話。

阿土奶越發覺得自己就是有理，逼著阿土爹在這兒當著眾人的面兒表個態。

「阿土爺爺，您可是早就來了的！阿土他還是不是您的孫子？他爹還是不是您的兒子？我怎瞧著不大像是親生的——」團子大聲喊道。

阿土爺爺看著團子在他身旁笑得古怪，就知道這事兒不妙。

團子這回並不是跟圓子一道兒過來的，因為圓子一過來就被一群丫頭片子圍著，嘰嘰喳喳的，好不煩人。

村人紛紛回頭，在阿水家院子外的大樹後看到了阿土爺爺。

阿土奶總算是見著老頭子緩緩地走過來了，哇地一聲哭了出來。「老頭子，你可算是來了，再不來，怕是要給我收屍了——」

圍觀的村人群中，不知道是誰，噗哧一聲笑了出來。

「這都是半老的老婆子了，原來見著自家相公，竟能這般、這般——」沒讀過書，也不知道該如何形容人。

團子仗著年歲小，扭著頭，懵懂地道：「是不是大姑娘的嬌羞哇？見著情人，就是這般羞答答的——」

成功地讓阿土爺爺靠近阿土奶的腳步頓了頓，就在那兒停住了。

他早就知道田慧的那兩個兒子，打小就不是好對付的，一肚子的鬼心眼，自己的這個大孫子，從小跟這兩人待在一道兒，若是不給這事兒一個好的交代，怕是要給記恨上了。

阿土爺爺很公正地罵了一頓阿水，還責令阿水爹好好管教阿水。

至於自己的老媳婦。「兒孫自有兒孫福，咱老了，可得一碗水端平了，兩個都是咱的兒子，咱的孫子，都是一樣的。」

「唉喲，看了這許久，總算是有人說句人話了，散了、散了——」有人起鬨道。

楊大夫急了。「怎麼能散了呢？雖說一個村子的，我就靠著那麼點兒手藝過日子，難不成膏藥錢還要我倒貼啊？唉，出診費我不要就是了！好歹把膏藥錢給我啊——」說到最後竟是苦哈哈地望著阿土的爺爺。

「給！怎麼能不給！阿水他爹，你去拿銀子來，就是出診費也不能少了。這事兒是因為阿水起的，你家出銀子！」

阿水娘心裡大不服氣，不過對著平日裡不大說話的公爹，卻是一句話都不敢反駁。

等楊大夫收了診金，眾人才慢慢地散了。

第五十八章 過繼

「阿土哥，你、你怎麼了？可有哪兒不舒服？」團子湊上前去，也不管那一家子彆扭的神情，特別是阿水。

圓子聞言扶著阿土，阿土試著動了動腿，撕心裂肺的疼，驚恐地望著圓子。

「阿土哥，別怕、別怕，娘在村子裡呢，娘在村子裡！」圓子也慌了，他從沒見過阿土如此慌亂的表情，還夾雜著痛苦。

阿土爺爺剛原本也是想走的，一刻都不想在這個雜亂的院子裡待下去，只覺得晦氣，老臉都丟盡了，但這會兒見阿土的模樣也慌了。

「阿土？你怎麼了？」阿土爺爺緊張地問道，他知道自己這個孫兒最是不會作假，一是一、二是二的，這會兒疼得動不了，怕是真的。

「還不是你的寶貝孫子，用木棍打了阿土哥，要是阿土哥有個好歹，我定讓你們一家子不得安寧！」團子氣得暴吼，撿起木棍，狂暴地揮著。

「團子——娘，咱去，娘那兒——」這麼幾句話，阿土都是咬著牙才能緩緩地道出來。

阿土爹這才反應過來，他不敢相信，阿土的腿傷著了——「阿土，爹背你、爹背你——」

還未到錢氏家的院子，團子就帶著哭腔大喊道：「娘、爹，您們快來啊——嗚嗚——」

楊立冬就站在院子裡，正跟著村裡人說著話兒，頭一個聽到團子的聲音，就急忙地往外竄。「這是怎麼了？這好好的哪兒傷著了？」他伸手扶過阿土，讓團子鬆了手。

團子抹著眼淚，三言兩語，斷斷續續地道：「爹，他們，欺負阿土哥，阿土哥被人用棍子打的，爹您別碰著阿土哥的腳，左腳，疼！」

楊立冬也清楚阿土家的鬧事兒，不過，作為個大男人自然更加不好干預別人家的家事兒。

「爹，就是他們，他們一家人，都不是好東西！他們都向著阿水！」團子怒指著阿土爺爺幾人，阿土爺爺訕訕地欲解釋，可是團子絲毫不給人解釋的機會。

「先讓你娘看看——」楊立冬不好跟團子一樣，當面指責人家偏心失職。

楊立冬這相處下來，也算是瞭解了團子的性子，最是會「裝瘋賣傻」。

圓子見楊立冬將阿土都扛了過去，才抽空說了一句。「爹，咱是不是應該去衙門裡報個案，阿土哥可不能白被人打了！」

「對，報案！報案！」團子起哄。「阿土怎麼說都是爹的義子，爹，可不能放過這些打人的！」

阿土爺爺忙告饒。「這都是小孩子之間玩鬧，這不就下手沒個輕重，都是自家兄弟，哪至於鬧到衙門裡去，是吧，冬子，都是自家親兄弟——」

阿土爹已經半句話都說不出來了，不管他爹對他使了多少眼色兒，拉了他的袖子幾回，他一概都不想理會。

句。

若是兒子真的不好了，那該怎麼辦？他該如何跟阿土他娘交代？

「冬子，若是阿土傷了腿，還能不能去康定城考試了？」鬼使神差地，阿土爹問了這一句。

阿土冷笑道：「我這腿若是好不了，這輩子都不能趕考了，就是好了，走路有恙，殿前失儀，哼——除非你們都想陪著我死——」

阿土心若死灰，腿上傳來刺心的痛，他，怕是真的好不了了。這就是他親爹——他，若是真的好不了，他們那一家子也別想安寧了。

有難同當！

阿土爹面如紙白。

阿水爹一個勁兒地道：「不會的、不會的，阿土定是沒事兒的，阿水能有多大的力氣，咱還不知道嗎？肯定會沒事的！」也不知道是在安慰自己，還是在安慰別人。

田慧按按這兒、碰碰那兒，好一會兒，才站起身子道：「讓楊大夫也過來瞧瞧吧，我不是專業的骨科大夫。」

「娘——」團子無可置信地呼喊道。

田慧搖搖頭。「娘又不是神醫，這骨頭上的事兒，我真的說不上來。」

楊里正原本也正跟楊立冬說著話，聽到田慧如此吩咐，就讓人去請了楊大夫來。

「我以前，也有見過類似的，養了一、兩個月，雖說已經好了，不過，這腳就留下了隱疾，偶爾會發疼發痛，下雨天特別嚴重，受傷的那隻腿後來走路，還短了一些。我也沒啥好法子，就只能貼貼膏藥，這一直以來都是這樣子的。」

楊立冬當即拍板，將鎮上幾個有些名望的大夫都請了來，可是都不理想。

阿土娘也跟著大夫來了，抱著阿土差點兒哭暈了過去。

阿土的大姨也得了信，二話不說，就先去阿水家和阿土奶那兒，把東西給砸了個稀巴爛，堵在院門口破口大罵。

阿土奶摟著阿水，就待在屋子裡，不敢出去，阿土大姨的戰鬥力她是知道的，這回又是帶了好些人來，堵在門口不讓人出來，要是敢露臉，就噴她一臉的口水。

阿水待在屋子裡，也知道怕了。「奶奶，您說不會是真的不好了吧？我不要去衙門、我不要去衙門——」

「不去、不去。他們要是敢，奶奶就吊死在屋子裡，看誰敢將你帶到衙門裡去！」阿水奶奶憤恨地道。

第二日，楊立冬送圓子團子去了鎮上，就是連阿土娘也回了「石頭宴」幫忙，阿土爹被留了下來照顧阿土。對阿水，也沒有人再提起要送到衙門裡去之類的話。

村子裡，漸漸地就有傳言，阿土這輩子差不多只能這樣了，就算是好了，也怕是做不得重活。

阿土每日都是待在錢氏的院子裡，掐著飯點兒，阿土爹就會來背阿土，回阿土奶那院子裡去吃飯。

因為田慧早有吩咐，每日都有骨頭湯、雞蛋，不過，亦都是跟阿水一人一半的。

阿水，在他爹回來的時候，被猛揍了一頓，不過，到底只是皮外傷，見著有好吃的，早就下了床。

阿土被他爹背著送回了錢氏的那個屋子裡，田慧和秦氏白日裡都在錢氏那兒坐著，夜裡自然是回自己院子睡的。

等送完了阿土，阿土爹就會搬把凳子坐在阿土奶的院子裡，啥事兒都不做，活也不會幫著做，就這般傻愣愣地坐著，不管阿土奶如何打罵，阿土爹就是不走。

「娘您要麼打死我好了，阿土成了這樣子，我也不想活了。我想著讓阿土過來給你們辭行，現在好了，這輩子就算是完了——」說著說著，一個大男人就這樣子摀面痛哭。

阿土奶就會在一旁破口大罵，久了，就是阿水娘也在一旁酸言酸語的。阿水娘心裡正不痛快著，好不容易攢了些銀子，買雞買豬的，這下子全成了泡影。

屋子裡也被砸了個乾淨，看著乾乾淨淨的屋子，就覺得窩火。

「老頭子，難不成，這父子倆就賴定咱了？」阿土奶忍了幾天已經憋不住了，阿土的腿看來是真的沒啥戲了。

「那就不是妳兒子，不是妳孫子了？要不是你們平日裡寵著阿水，能惹下這禍？說不準阿土就能考個秀才回來了！」阿土爺爺心裡仍是有些不大相信，總覺得這些人不鬧騰就是沒事兒，說不得還在後頭等著他呢！

不過，看在第二日楊立冬就走了，而田慧和秦氏又是哪兒都不去的。這老了，想得就有些多了。

「我能不這樣多想嗎？你難不成忘記了，咱好不容易有了個長孫，還特意去尋寺廟裡的大師算過，大師咋說來著，這八字咱家是留不住的，孫緣薄。咱一開始還以為這是不好養活來著，這不好不容易給養大了，如今還養出了白眼狼來了。看阿土對他爹，到今日是半句話都不曾說過，對咱，也就會冷哼。我看吶，這是記恨上咱了！要是真想著法子對付咱阿水，你就等著後悔去吧！」

這話才落，阿土爹果然回來了，一聲不吭地就坐在院子裡。

「老大，跟著我下地去——」

不動，無聲。

「老大，你聽到沒有？跟著我下地去，難不成你的日子就不要過了？阿土好不了，這日子還是得過！」

阿土爹紅著眼，猛地站起來，凳子都被帶倒了，翻倒在地上。

「你們一個個，是不是就盼著我兒子好不了？我告訴你們，不可能！不可能！我兒子肯定能好的！」阿土爹不斷地重複著，雙眼發紅，握著拳頭。

阿土爺爺不露痕跡地往後退著，嘴裡也不斷地誘哄著。「阿土能好的，肯定能好的——」

阿土爹這才平復了心情，又安穩地坐在凳子上。

四月十六。

阿土爹如故坐在他娘的院子裡，這一動作整整保持了一個月。

阿土奶已經被這人折磨得苦不堪言，每日花在阿土身上的肉啊、蛋啊，就花了不少，偏偏得了阿土爺爺的吩咐，不得虧待了。

就是連阿水都胖了不少，油水太足了。不過，阿土一點兒都不曾胖起來，反而還清瘦了不少。

「人家可是在鎮上做慣了大少爺的，咱家就是每日給他燉肉吃，他也不見得能胖個一斤半斤！」阿土奶已經對阿土怨氣深重，好吃好喝地供著一個月了，阿土對著他們，最好的情況只會冷哼一笑，笑得人頭皮發麻。

偏偏鬧僵起來，自家臉上不好看，人活一張皮。

阿土娘只是隔幾日過來一趟，也不給銀子，只會買點兒肉骨頭，那骨頭上的肉都被刮得乾乾淨淨的。就是燉骨頭湯，阿土娘也是自己看著灶，然後盯著阿土喝下去，旁人不得分半瓢羹。

不管阿土奶如何叫罵，阿土娘一句話也不搭理這些人，就是連晚飯也都是到秦氏那兒吃的。第二日，就匆匆走了。

阿土奶不管如何擺婆婆的譜，阿土娘就是不鬆口說銀子的事兒。「您若是覺得我這個兒媳婦不孝，忤逆二老，休了我便是了！」

阿土奶反而被噎住了。

休了阿土娘，這老大父子倆怕是一輩子都沒完沒了，她得因此減個十年壽。

這一個月，阿土的姥姥、舅舅、大姨隔三差五地就往楊家村送點兒肉啊啥的，不過都是往錢氏那兒去的，阿土奶沒敢去錢氏的院子撒野。

在阿土這事兒發生後，楊里正與十大族老就勒令阿土爺爺約束好家人，不許再去尋田慧一家子的麻煩，否則楊立冬回來，見著自己的媳婦受了委屈，怕是以後都不大會理會村子裡的事兒。

更何況，楊立冬在臨走前，是將自己的妻兒和老母託付給了這些人的，還是鄭重託付。

「我已經受夠了！你想個法子，讓老大回鎮上做活去。至於阿土，一個腿腳有問題的，還不隨著咱拿捏！」阿土奶壓低了聲音道。

阿土爺爺翻了個白眼，最近，他連旱煙都捨不得抽了，實在是拮据，這才一個月啊……

「阿土他爺爺──」楊里正跟幾個族老來了院子裡，果然如傳言說的這般，還沒進院子就能看到阿土爹坐在那兒。

「聽聲音是里正他們來了，一會兒妳少說話，族老他們不喜歡女人攙和事兒！」阿土爺壓低聲音說道，趁著出屋子前，趕緊囑咐。

阿土奶就是不甘心也無法，這十個族老可是一個關係跟自己近的都沒有，最近的是「九公」，那還是阿土爺爺的太爺爺跟九公的爹是堂兄弟，這已經是隔好幾輩了。

「這會兒人多，你就將咱上回商量的事兒說說。」阿土奶念念不忘。

阿土爺爺擺擺手，就出了門。隨後，阿土奶奶整了整衣衫，才跟著出門。這群老人，在村子裡最是講究，就是連婦人的穿著，都會念叨。

「族老、里正，你們怎麼來了？趕緊屋子裡請，老婆子，快去燒水來。」阿土爺爺招呼道。看見院子裡坐著的阿土爹朝著眾人訕笑，這才對阿土爹開口。「老大，家裡來了客人，你趕緊起來！」

阿土爹木訥地站起身，面無表情，無喜無悲，將凳子從院子當中拿開了，自己又挑了個阿土奶正房外頭的屋簷下坐下，絲毫沒有要跟人打招呼的意思。

「咱還是往屋子裡去吧——」阿土爺爺頗有些尷尬。

大族老不動，其他人也都不動。這麼些人就站在院子，乾望著阿土爹，心裡都忍不住嘆息。

「我剛剛看到族老他們過去了，這阿土腿都已經被打壞了，看來往後是不能再念書了，就是咱村子裡的書院都是請的秀才老爺，阿土、阿土這輩子也算是……」

因為無人說話，隔壁院子裡幾個婦人的聲音清晰地傳過來，阿土爺爺就是有意阻止，也不敢在族老面前叫罵，只能乾咳幾聲。

「我家孫子在書院裡念書，聽說先生教得好，說不準往後我孫子也能是個秀才老爺！要是讓我說，還不如早點兒給阿水娶個媳婦生個曾孫來得好，說不準就跟阿水一樣機靈，還愁以後享不到福，何必巴望著……」

「可不就是，我聽說阿水就是被耽誤的，當初若是一直跟著慧娘，說不準，如今成材的那個，就是阿水了……」

阿土爹發瘋似地往隔壁院子的土牆上砸拳頭，一邊砸一邊暴吼著，才不一會兒，拳頭上血淋淋的，淌著的血一滴一滴地滴在泥土地上。

「阿土他爹，阿土肯定會好的，你就放心吧——」楊里正大聲寬慰道。

阿土爹好似才剛剛聽到，漸漸地總算是恢復了正常。

阿土爺爺這回倒不是沒有制止，只是喝止不住，待得阿土爹恢復了正常才道：「這一個月來，老大你也鬧夠了！打了你娘，我有說過你半點不是？沒想到你還半點兒不知錯，你瞧瞧你自己，如今半點兒活不做，家裡就靠著一個女人在養家！說是在家照看你娘，你娘如今已經下床了，哪需要你照顧，明日，你就給我回鎮上去！」

阿土爹固執地搖搖頭，並不多說，他知道自己嘴笨，說不過別人。至於阿土奶奶，也確實是臥床休息了好些日子，雖然她傷的是臉，可是也在床上躺夠了。

「我不去！」阿土爹果斷拒絕。

「我既然管不了你，你就別做我兒子！我這一脈向來就是一脈單傳，你看看你二弟，出了事兒以後，還給你的院子都給整理乾淨了，就是半點兒損失也沒有跟你算帳。你再看看你自己，要不明日去鎮上，要麼，往後就不是我兒子！」

「我不去！我要照顧阿土，還有照顧娘！」阿土爹想也不想地搖頭。

「幾位族老，還請你們幫我見證一下，老大既然不願意聽我的，我也自覺實在是管教不了，這一個月來，我跟他娘每日都有勸，可是半點兒效果都沒有——」阿土爺爺長長地嘆了口氣，又抹了一把辛酸淚，真真是老淚縱橫。

「之前，也是我沒有管教好阿水，如今，都成了這副局面，怕是也回不去了。我想把老大這一房，過繼給我那沒了的大哥，也算是全了我爹娘的意思。」阿土爺爺鄭重地道。說完，還不忘打量這幾位族老的臉色，出乎他意料的是，大族老的臉色絲毫沒有變化，就是楊里正也只是低著頭不接話。

他心裡有些沒底。

鴉雀無聲。

過了好半會兒，大族老才開口問阿土爹。「你是啥意思？」

「憑啥！難不成我就不是爹的兒子！我是老大、我是長子，阿土是長孫……」阿土爺爺暴喝。「那就去鎮上做活！大哥的兒子才是長子、大哥的孫子才是長孫，過幾年，我讓老二過繼給你大伯！」

阿土爺爺原本有一個哥哥，在阿土爺爺剛剛出世的時候，他的大哥就暴病而亡。他爹娘在臨去前就有遺言，若是生了不止一個兒子，他往後一個兒子要過繼給他大哥！

原本，老大家的孫子眼見著就要有出息了，他捨不得。

老二家的孫子討得他們夫婦倆歡喜，他更捨不得。

左右為難，這才拖了下來。

楊里正嘆了一口氣。「原本，附近幾戶人家，都到族裡來說，你家這都鬧了一個月了，沒日沒夜，別人還得下地做活，這不，還問問你，給個解決的態度。若是這事兒阿土爹能應了，族裡就將靠著西邊的大樹的那座空宅子給你家，這事兒，往後就都不要提了。」

近一個月來，阿土跟他爹說話的次數用一隻手都數得過來，不過阿土爹卻是聽到阿土跟秦氏說過，他不想住在那個院子裡，那裡總會讓他想起那日的事兒。就是現在，只要待在那院子裡，就生怕有人衝進來，趁著他腿腳不便，再來揍他……

阿土爹就記在了心裡。

「這事兒，我回去想想……」阿土爹說道。

阿土爺爺難得聽到老大快要鬆口了，怎能放過這個機會。「不行，今兒個趁著族老都在，你就表個態！」

「我先去小解，立刻回來。族老們，快屋子裡請——」阿土爹想著阿土可能會開心，這人都恢復了大半。

阿土爺爺覺得老大這一個月來都是裝的，不過，阿土爹到底興奮中仍有些不對勁兒，這人也沒有之前那麼機靈了。

「阿土，咱們搬家好不好？就是你小時候常去躲貓貓的那個空宅子，爹還記得你以前可喜歡那宅子了——往後啊，你就沒有那些人了，咱就自家三個人。往後我也沒有爹了，我爹要把我過繼給他大哥，就是那個四、五歲就沒有了的大伯——阿土你會歡喜的吧，你娘也會歡喜的吧，你們以後會搭理我了吧？」

阿土爹站在阿土一米開外，踟躕地道，想靠近，又不敢。

不忍直視。

阿土低著頭。「爹，您可怪我？」

「不怪、不怪，你可是我的親兒子，我就是怪自己，怪自己沒能護好你，往後我哪兒都不去，就守著你——」阿土爹受寵若驚，阿土已經近一個月沒有叫過他一聲「爹」了。

過繼的事兒，這一日就定了下來，阿土並不曾跟著他爹出了錢氏家的院子。

阿土爹也應下了，不再每日待在他爹家的院子裡，要回去自家好好過日子。如今，已經不是爹和娘，是二叔和二嬸了——

看著阿土有些嚮往的神采，阿土爹驀地心底一鬆。

是他們放棄了自己這一家子的。

往後他也會是爺爺，他一定不會這樣子。阿土爹默默地想著……

四月十八，楊家村破例開了一次祠堂，將阿土這一房記在了阿土爺爺親大哥的名下，自此，就變成了隔房。

阿土家的新宅子，就簡單地整理了下，阿土笑著跟田慧說道：「就是夜裡都能見著天上的星星……」

不過，阿土抿著嘴的樣子，很開心。

四月二十。

太陽才剛剛出來，楊立冬就趕著馬車進了楊家村。

「阿土的腳如何了？」楊立冬趁著埋頭喝粥的空檔，抽空問道。

阿土臉上的笑凝固了下，不過，也只是一眨眼的工夫。「乾爹，我無事，已經好了許多，圓子他們如何了？」

「我也近半個月沒有去過了，這些日子都在忙衙門的事兒，並不在鎮上……」楊立冬只是含糊地提過，並不能多說。

「阿土，你能走動走動了嗎？」楊立冬一口就將碗裡的粥給喝個底朝天。「走兩步看看？」

阿土轉頭看向田慧。

田慧笑著點頭。「這都養一個月了，我每日讓你堅持動動腳，你都有照做，沒事兒，站起來，走幾步給你乾爹瞧瞧！」

阿土聽話地從椅子上站起來，重心移向右腳。「阿土，你這樣子不行，若是你往後都有了這個習慣，習慣右腳受力，說不準，左腳就會慢慢地縮了一些……」

「我一會兒就帶著阿土去鎮上，重新去弄個戶籍，在康定城那裡。說不準，會稍稍麻煩了些——今年的主考，我並不認得。陛下特指下來的主考，就是知府的面子怕都是不會給的。聽說是溫大人，溫家的嫡系。說來也奇了，這溫府世代居住在康定城，這次的主考還偏偏指派了溫大人在康定城做主考。我對文官向來不瞭解，這溫府還是名不見經傳的，這事兒也不知道有幾分把握。」

楊立冬早就寫了一封信給趙菜子，不過，遲遲沒有回信。

「阿土，這回怕是真要看你運氣了，若是不成，咱明年再來過就是了。」楊立冬寬慰道。

阿土走得極緩慢，雖說自己行動無常，不過只要一眼就能看出這腳跟常人還是有異的，正在恢復階段。

從楊立冬二話不說直接讓他走幾步，阿土心裡就有些隱隱的期盼。這會兒，還有啥不滿意的。自己的腳，並不是好不了，已經在慢慢恢復。

「乾爹，我聽您的，若是來年考，說不準我也能跟圓子一樣考個案首來。」

「好！好志氣！不愧是讓我忙活了這許久。」楊立冬拍掌大喝道：「你跟你爹說一聲，咱就去鎮上，然後跟你娘辭行。二十二就是府試的日子，沒時間了——」

「等等——我好像忘記了件事兒，我這是一孕傻三年，聽著好熟悉，溫府，溫家，康定城——」田慧撫著肚子，在屋子裡慢慢踱步，楊立冬也不催她。

田慧經常會忘記事兒，這時候，田慧一改自己慢吞吞的性子，著急得不行。

楊立冬不敢催她，就是阿土也不敢動彈，只敢在小範圍試著左腳用力。

「啊！我想起來了，我記得那個衛家大奶奶，還有她那兒子寶兒，當初得了厭食症，雖說是早好全了，但還是特意給我送了一塊玉珮，說是她娘送給她的，給她和她哥哥一人一塊……在那個匣子裡，你知道的。」

說起這個玉珮，還是在衛家大奶奶的兒子寶兒徹底痊癒了後，她的貼身嬤嬤特意來了一趟楊家村，給田慧送來的。

一時沒啥用處，田慧在最需要銀子的時候，也沒有想著把這東西給活當了，雖然她真的有想過——

至於藏東西的匣子，楊立冬自然知道是哪兒。

「我也不知道有沒有用，不過照你說的，這應該是溫小姐的大哥了，不知道溫小姐如何了……只聽說是離了衛府，不知在娘家的日子可是好過……」後來，田慧就不知道溫小姐的處境了，不知道日子過得如何。

阿土被楊立冬帶離了楊家村，在楊家村引起了騷動。

雖說，楊立冬對外稱，帶著阿土去康定城尋大夫，不過村子裡的都等著看阿水爺爺這一家子反應。

阿水奶奶，原本村子裡都是稱呼她為阿土他奶，後來，她不樂意，村裡人也隨著她的意思，喊她阿水奶，現在也確實只是阿水奶。

在阿土離開楊家村的隔日，阿水爺爺也離開了楊家村，整整一日，聽說，是去了南下鎮外的寺廟。

楊家村一向就少有將長子過繼給別人的，這人可都等著看笑話。也虧得這一家子憋得住。

不過，阿土爹仍是待在楊家村，修整著自家的新院子。

田慧也不止一次勸阿土爹去鎮上幫忙，可是都被阿土爹婉拒了。「我想著先弄好這宅子，這屋頂補補漏，去了鎮上就沒空了，等過年回來，只需置辦些東西，就能過個好年了！」

說起這些，阿土爹神色輕鬆，滿滿的滿足感，阿土受的苦也並非白受了。

田慧知道，阿土爹這是沒事兒了。

第五十九章　二女

「嬸子，我爹去山上打了幾隻山雞來，奶奶讓我拿了一隻來給您煲湯喝——說是，對肚裡的小寶寶最好了。」說到最後一句話的時候，阿花的臉微紅，就是聲音也輕了不少，緊張地擺弄著下襬。

因著阿花爹的緣故，田慧本能地就想拒絕，不過阿花不由分說地就將那隻野雞拎進了錢氏家的灶房裡。「嬸子，天兒熱了，這雞得趕緊吃了。一半鹹的，一半煲湯，剛剛好。」

錢氏舀了水讓阿花洗洗手。「這阿花一轉眼也是大姑娘了，再弄得滿手的雞毛，可是不合適咯！」

阿花聞言，趕忙就著錢氏瓢裡的水洗了乾淨，小聲地說道：「其實，往常我也注意的。這不著急著送過來，還不曾褪了毛……」

「阿花妳瞎說！妳不是每日都幫著妳那後娘做活？做活哪有乾乾淨淨的，妳可別想著唬我奶奶還有我田姨！」一一站在田慧的身旁，叉著腰，架勢十足，小嘴裡噼哩啪啦地一陣吼。

「一一怎麼跟妳阿花姊說話的，要叫姊姊！咱鄉下地方，自然是要做活的，誰能不做活，就是妳秦奶奶在家也做活呢，燒飯洗衣，哪樣都得做。」錢氏瞪了眼一一，也不知道這丫頭怎就小心眼多。

秦氏卻是歡喜一一的機靈勁兒。「一一，妳不是在念書嗎？怎這會兒還不去書院？」

「對啊，一一，我聽我弟弟說了，妳也是識字的，還說妳都被先生誇了呢。」阿花衝著一一討好地笑著，有些拘謹。

一一傲嬌地嘟著嘴。「誰說我不去了，阿花姊不走，我就不去書院，我得看好了。」一一不時地抬頭看著天兒，布鞋蹭著地上，顯得十分焦躁。

錢氏臉上有些掛不住了，這才七、八歲的娃兒就如此難對付了。「這布鞋還是剛剛新做的，妳要是蹭破了頭兒，妳自己給我做去！趕緊去書院，妳阿花姊難得來一趟，坐會兒說說話。還不趕緊念書去，可是妳自己哭著鬧著要去識字的，不要去以後都別去了。」

錢氏擺下臉，怕這小丫頭多說了些不該說的，人家可是啥意思還不曉得呢，弄壞了人家的名聲可真就完了。

「奶奶！」一一憤恨地一跺腳，心裡權衡著，還是識字最重要，當圓子哥哥的媳婦，自然要會識字的。

「阿花姊，妳識字不？」一一揚著笑，好似剛剛的所有事兒，都是阿花的錯覺。

阿花茫然地點點頭。「我在鎮上的時候，住在舅奶奶家，有跟著學過認字！不過，識得的並不多，寫得不好。」說完，還偷偷地看了一眼田慧。

田慧接收到阿花的眼神。「那阿花可是跟我挺像的，我就是識得幾個字，可惜就是不會寫。」田慧還以為阿花被一一堵得有些無措了，才接過話茬。

「才不一樣呢，田姨就是到現在還有練字呢，這就是先生說的，活到老學到老！我一定能比阿花姊認得字多，寫得也好！奶奶，我去書院了。唉喲，哎呀，晚了、晚了，先生要打板子了！」一一驚呼著，拔腿就跑。

錢氏無奈地衝著一一的背影大喊。「妳別跑啊，慢慢走，不差那麼一會兒時間。」

秦氏看著一一的背影。「不瞞妳說，慧娘要是給我生個孫女兒也挺好，趁著我現在還不算老，每日給小孫女做新衣服，穿得喜氣洋洋的，定然是討人歡喜。」

秦氏也算是想開了，圓子團子都記在自家的族譜裡，依著這兩孩子的秉性，還能對自己不好？若是又是個孫子的話，一準兒以後也是每日都待在書院的，那自己還是見不著。還不如先生個孫女兒，至於孫子慢慢生就是了。

「孫女兒本來就挺好，這不，孔氏生了三三，可比一一她們姊妹倆難帶了許多。」孔氏已經生了，生了一個兒子。這可是樂壞錢氏夫婦倆，總算是有孫子了，雖然嘴上不說，可是心裡還是著急的。

三三的滿月禮也是隨便給弄弄過的，雖說都第二胎了，孔氏生產的時候還是有些難，洗三和滿月，都是簡單辦的。

孔氏在床上養了一個多月還沒有下床，錢氏讓她多養著些日子，養個兩個月，身子恢復好了，下回再生也容易些，就是老了也不受罪。

自打阿花被一一給鬧了一頓後，就鮮少往錢氏的小院兒跑了。

「唉喲，真是來得巧了，我這不一想著慧娘這兒，說不準就有好吃的，果然還是來對了。」里正的媳婦，曹氏樂呵呵地道，手裡拿著一個竹編的籃子。

田慧幾人正坐在院子裡，曬曬太陽，圍在四四方方的木桌子旁，桌上正擺著一個茶壺，泡著枸杞紅棗茶。錢氏總是說喝不慣這水，不過，這些日子被田慧逼著喝了不少，好在還有紅棗的一絲甜香。

昨日，楊知通又回來了，知故讓他帶來了好幾包點心，也不知道知故從哪兒弄來的，味兒還真是不錯。

問楊知通這是哪兒買的，楊知通也說不上來，只道：「平日裡，我也不咋出鋪子，是三弟買來的，要不回頭，我再去問問？」

田慧只能應好。「也不知道有沒有山楂做的，知通你幫我問問唄。」

楊知通一大早就去了鎮上，臨走前，田慧又囑咐了一回。這些日子，田慧好些嘴饞，總想著吃點兒啥好吃的，就是半夜，有時候也會餓醒。

秦氏現在就跟田慧一道兒睡，秦氏本就淺眠，田慧稍一動作，秦氏就醒了，就是田慧也不好意思了。「娘，您再睡會吧，我就是喝點兒水。」

如此，多弄了幾回，秦氏也琢磨明白了，田慧這是餓了。

為此，秦氏還特意帶了口信去鎮上，讓楊知故平日裡就帶點兒點心啥的，夜裡放在屋子裡。

「娘，我不餓，我就是嘴裡饞了。」如此大張旗鼓，田慧也有些不好意思了。

哪想，秦氏卻是豪邁至極，手裡有銀子，半點兒不心慌。「咱家不缺這點兒銀子，想吃啥妳就跟娘說。若是讓冬子回來，見著妳瘦了，還不得在心裡埋怨上我。」

秦氏是巴不得這兒子媳婦感情好，若是能三年抱兩，那可真是要樂壞秦氏了。

錢氏招呼著曹氏和阿花奶趕緊進院子來，就搬了兩把竹椅子出來。

「這是在說啥呢，大老遠的，就聽到妳們的笑聲了。」阿花奶手裡的籃子裡，放著一件深藍色的小袍子，還有些針線，這是來一道兒做活的。

秦氏也沒閒著，手裡正做著小襪子。

這人才坐下，錢氏家院門口不遠處的空地上就停了一輛牛車。

阿花奶坐在那兒，正對著那塊空地，看得清清楚楚。「我說錢妹子，妳家今兒個可真的熱鬧了，這不那邊又停了一輛牛車，好似是妳老大媳婦的娘家的——」

曹氏也跟著站起來，探頭道：「還真是有輛牛車呢，這錢妹子家的親家妳都識得了。」

曹氏跟阿花奶本就是一個村子裡出來的，是以，說話一向隨意慣了。

「哪家的親家這般好，這三日兩頭地就往閨女家搬東西，不過，也是錢妹子這家人好，這親家住在自家這老長時間了，都不計較。」阿花奶話說到一半，就猛地改口。

錢氏卻是不在意，隨口解釋道：「這兒媳婦坐月子，她娘家人來照顧，我這不還省了心，有個幫手，左右都方便。我這就去迎迎，妳們先坐會兒。」

秦氏也跟著站起來。「我跟妳一道兒去迎迎，看著好似又帶了好些東西來——可真難為妳這個親家了。」秦氏不放心，囑咐田慧自己可坐好了。

阿花奶看著秦氏如此「寶貝」兒媳婦，心裡忍不住空落落的，隨即想到了阿花，心又一個摺皺一個摺皺慢慢地舒展開了。「放心吧，我們都在這兒看著呢。」

曹氏和阿花奶兩人與孔氏的親家並不大熟悉，也只是見過面、點過頭的交情。

「慧娘，妳的那兩兒子可真是出息了，村子裡有好些都憋著勁兒，待得也教出一個跟圓子一樣的兒子孫子呢！」阿花奶樂捧。

如今，阿花奶的幾個孫子也都去書院裡念書了，就是大兒子家那十幾歲了的，也被硬送去書院，不說往後考科舉，就是識幾個字也好，別被人給騙了去。

總之，楊家村興起了好學之風。

田慧笑著謙虛，總覺得阿花奶最近「矯情」了許多，最重要的是，這兩回過來，阿花奶都不曾帶著「門神」一般的兒媳婦。要不是她早已嫁人，又是挺著個大肚子，田慧都要懷疑這人是來挖牆腳的。

「這也虧得運氣好——」田慧謙虛道，不過，對於念書，田慧管得並不大多，真真是受之有愧。

鎮上的「石頭宴」，孔氏的娘家，隔個一段時間，就有蝦米往鎮上送，田慧也是高價收購。對孔家來說，這也是不小的收入，不過，孔家本就是有一條小船的，偶爾也會到康河撒撒網，弄點兒魚自家吃，或是送送人，再多就沒有了。

康河每日都有好些小船在船上漂著，不過說來也怪，這康河的下游，並沒有多少的魚，若是運氣不好的，只能網個一、兩條巴掌大的魚。

若是想滿載而歸，這就得出了康河，往東海去了。東海又是極不平靜的，倭寇橫行，海盜也有不少，若是一不小心，這人能不能回來都是個問題。

不過，如今，這些倭寇和海盜多是無首之輩，最喜幹那些押著人質，讓人質的家人送銀子送貨物。是以，南下鎮的村民是極少出海的。

前幾年，就是下康河都不敢。今年，自打有軍隊駐紮在康河附近的小島上，這才敢撐著小船往康河去。不過，凡是入河的船隻，都得交稅。

孔家已經做成了採購商，附近的漁民，都樂意賣給孔家，孔家在鎮上也有個攤位，不光給「石頭宴」供魚。不過，「石頭宴」收的魚，價格也不算是低，孔家還能賺上一些。

「親家，怎就又帶了這許多東西，我早就說過了不許帶，這不，咱家裡都是有的，就是缺啥，讓知通從鎮上帶回來就是了，今早知通才去了鎮上呢……」錢氏對孔母是真心歡迎。

年紀大了，若是一晚上起個好幾回，第二日準是沒啥勁兒，有個人能換換手，也能好好歇歇，換換班。三三這個胖孫子，還真是夠鬧騰的。

「說啥呢，笑得這麼開心。」孔母的兒子也跟著來了，幫著將一簍子一簍子的東西給送進屋子裡。

孔大哥憨厚地笑著，跟著眾人打了招呼。「我先去看看妹妹，一會兒就回去了，家裡還忙著。」

錢氏招呼著孔母坐會兒，喝點兒茶，吃些點心。

曹氏倒是不像阿花奶有如此多的打算，她來之前早就得了她家老頭子的招呼，可別動了啥不該有的心思。是以，說起話來，也是隨意得緊，只需將關係拉近些就好，往後換選里正的時候，能給自己兒子多說說話。

至少現在，曹氏仍是無所求。

「我們正說著，你們這兩親家，若是旁人不曉得的話，準以為這是親姊妹呢，這有說有笑的，可真真是羨慕。」

說起這個，錢氏也深以為如此，錢氏跟孔母的關係極好，特別是這回孔母又在自家住了近一個月，早就混熟了，也不講究啥客套不客套的。

這才剛剛送走了孔氏的大哥。「不好啦、不好啦——」由遠及近。

「奶奶——奶奶——呼呼——」曹氏的小孫子氣喘吁吁地跑來，端看那小身材就知道，往後又是個小胖子。

曹氏心疼地看著小孫子汗流浹背，這額間的汗珠子不住地往外冒。「有啥事兒不能慢慢說，小心讓你爺爺聽見了，準得給你一棍子。」

話落，曹氏的小孫子就試著慢慢地呼氣、吸氣，好一會兒，才算是喘勻了。楊里正如今對幾個孫子沒少動棍子，每日都要考校功課，還都親自去接幾個孫子下學，跟先生問了今日的功課，回去後，一個個地考校過來。

並且，拿的還不是戒尺，而是棍子。

至於小孫子雖說沒挨過打，不過是因為年紀小，記憶力好，先生教的功課都記牢了。他卻沒少見著幾個哥哥受罰，嘖嘖，一棍子下去，說不準第二日就坐不穩了。

「唉呀，不好了，阿花她弟弟跟二一她們幾個女娃子打起來了——」氣一喘勻，立刻把正事兒說了。
阿花奶一聽自己一向乖巧可人的孫子被人揍了，這心可是嚇得直跳。「在哪兒打起來呢，快帶我去瞧瞧——」
錢氏早就聽到自己的孫女也有分兒，不過，聽得曹氏的小孫子這話裡的意思，好像吃虧的還不是自己孫女？
當一群人趕到的時候，就看到祠堂外的空地上，圍滿了村裡的小孩兒。
附近的大人三三兩兩地站在圈子外，偶爾大聲地往圈子裡喊幾聲，只是距離太遠了，聽不清楚到底在說些啥。
阿花奶慘白著一張臉，自家孫子就站在圈子裡，脹紅了一張臉，歇斯底里地在辯解著什麼，小孩兒圍成的一個圈子足夠大，只是她家孫子站在那兒，卻是孤零零的。
若是看得仔細些，阿花的弟弟，阿葉周圍的圈子旁，正站著他的兩個堂兄。阿花奶大兒子家的兩孫子，就站在阿葉的身後，只是，阿花奶的大孫子都已經十多歲了，跟對面的幾個女娃子，自是不好一番見識。
是以，看見阿花奶急匆匆地過來，可算是鬆了一口氣。
村子裡，時常有小孩子鬧嘴，打打小架，這都不算啥。
所以，這圈子，圍得是又快又圓，熟能生巧。
阿葉的對面，立著一排四個女娃兒，個個叉著腰，士氣十足盯著對面的阿葉。剛剛一走近，就聽見阿葉大喊。「先生說了，好男不跟女子一番見識，妳們讓開！打花了妳們的小臉兒，到時候妳們可別跟我哭！」

阿花家，阿葉是最小的孫子，自小就是養在阿花奶的跟前，大房的自然不會來對這個侄子「說長道短」，阿花他爹，因為對這一雙子女愧疚狠了，在他的眼裡，這一雙子女生來就是懂事的。

至於阿花奶，本就是隔代親，自此，阿葉就無半點兒錯處能被人說道。至於那後娘，也得看這個後娘得勢不得勢。

阿花奶遠遠地打量了下阿葉，完好無缺，只是這張臉脹得過紅了。

原本，田慧大著肚子，秦氏是怎麼都不肯讓田慧也跟著過來的，孔母雖說也擔心自己的外孫女，不過這屋子裡沒人，她也放心不下。

處得久了，對錢氏的為人，孔母也多少知道了些，最是護短。難為的是，錢氏對兩個孫女，也一樣護著。

「娘，我好似剛剛聽到一一出事兒了？」孔氏早就在屋子裡聽到聲響，不過，婆婆硬是讓自己躺了這許久，若是為了這麼點事兒出去，落下病根就「前功盡棄」了。

孔母走到搖籃旁，逗著剛剛喝完奶的三三，隨意地道：「不過是小孩子鬧彆扭，妳婆婆已經過去了，慧娘她們婆媳倆也過去了，應該沒啥事兒，不過好似是跟那個阿花的弟弟吵起來。聽楊里正的孫子說是，一一跟好幾個女娃子打阿花的弟弟。」

孔氏鬆了一口氣。「一一這丫頭越發無法無天了，這跟男娃兒都能打上，我看往後誰家敢娶！」

孔氏想起一一，也頗為頭疼，這些年，就一一這麼個閨女，孔氏也是一心撲在一一身上。孔氏就是想不明白了，明明自己都不是那種蠻橫的性子……

那還不是隨了妳……孔母在心裡默念著。

「那圓子不是挺好嗎？我聽一一總說著，要給圓子哥哥做媳婦呢——你們兩家人也相熟，一一嫁去了他們家，妳也能放心，怎麼說不會虧待就是了……」孔母越說越來勁兒。「關鍵是那個圓子，一看就知道是有出息的，雖說不是楊立冬親生，不過，看著就不像是個會讓媳婦受委屈的……要不改日去跟慧娘說說？」

孔氏驚得張大嘴，雙頰脹得通紅，好半晌才找回了自己的聲音。「娘，您知道您在說啥不？」

「怎麼了？我說錯了？」孔母後知後覺地道，反覆思量，沒錯啊，雖說自家外孫女是高攀了些，不過，這不是會跟慧娘親熱些嗎？

有不少人就是從自己的娘家挑兒媳婦的，這也算是常見了。

「娘！圓子、圓子可是被楊立冬當成長子的，在族譜裡，就是作為長子記入族譜的。圓子不會只是一個秀才或是舉人就完了的，我估摸著這話還是秦嬸說過的……」孔氏自然也知道讓一一嫁到慧娘家做兒媳婦是多麼誘人，不過，自家卻是高攀不起，這可不敢想。

「一一不也是在念書嗎？往後識字了，就配得上了。」實在是圓子各方面都太「誘人」，孔母不死心地道。

孔氏冷了語氣。「娘，我難不成不想一一嫁得好？但是圓子團子兄弟倆不可能成的，說不得往後讓慧娘幫著說親，倒是還有可能。說起來，咱這是連鎮上的富戶都算不上，就是在這楊家村裡，也只是還算不錯，圓子家，那可是正經的官宦之家，就是知縣大人的官職都比不上楊立冬。光是這點兒，圓子又是長子，這事兒說出來也只是會讓人為難。一一，雖說不是嬌養著的，但是也算是女娃子，總也不能虧待到哪兒去，聽說官家夫人不好當，三妻四妾都是常事兒——如此，我還是盼著一一能在我的眼皮子底下，過得愜意些便好了。」

雖是如此說著，孔氏心裡仍是失落，要不是錢氏早就囑咐過了，這些事兒不許提，若是這兩孩子有緣有分的，等大了再說便是了。

「那一一，一直都心心念念著要嫁給圓子哥哥的，這大了可不得失望了……」孔母也知道這事兒算是沒啥戲碼了。

孔氏勉強地笑著搖頭。「大了就會好的，等到了十幾歲，一一總不成還這般不知羞，到處嚷嚷著要嫁給圓子哥哥不成？」

孔母也並不多說，這楊家的孫女，楊家想來自有一番打算，總之，不會虧著自家的外孫女就是了。

田慧看著圈中怒目相對的幾個小人兒，不覺有些好笑，這圈子外三三兩兩聚齊的大人，多半就是抱著這樣的心思。聽說，楊家村裡，時常就有小娃子「鬥毆」。

後來有一回，被先生逮了個正著，這「鬥毆」的方式就變了，變成了圍著圈圈，改論理去了。

不過是這些娃子，說理，又能說出多少理來呢？

「你道歉！乖乖地說對不起，我們就放了你這一回！下回注意些，也是我們這些女娃子，不願意動手動腳，若是換成了別人，早就將你揍到地上去了！」一一就像隻鬥勝的小母雞似的，雄糾糾氣昂昂。

阿花奶想撥開人群，走到圈裡去，被幾個小娃子給擋住了。「不許進、不許進，大人不許進！」

「我是阿葉的奶奶，怎麼就不許進了？我找我孫子！」阿花奶如今看誰都是「同謀」，語氣不善。

突然一聲。「阿葉，你要你奶奶幫你？」

「阿葉都快哭了，趕緊讓他奶奶來幫他吧，羞羞臉，不要臉，七個鼻子八個臉，找個媳婦幫你來洗臉——」最後的幾句，圈裡圈外的小娃兒都大聲喊了出來，整齊劃一。

阿葉大聲辯解。「才不是、才不是——」可是沒人聽他的。

阿花奶就是有心想進去安慰安慰自己的孫子，可這會兒進退兩難。

「奶奶，您別過來！對付幾個臭丫頭而已！」阿葉羞憤難當，不過念了幾個月的書，還知道要尊老。

一一哪裡有半點放過的意思。「你說啥！我們是臭丫頭，那你是啥？羞羞、羞羞，只會找奶奶！有本事你跟我們來幹一架，贏了就讓你走，也不讓你道歉了！」

「我沒錯！憑啥讓我道歉，我不服！」阿葉也是頭回惹了這幾個「村中女霸王」的眼，還被好事的給聚了個正著。

就連今兒個先生隨口說的「跑得了和尚，跑不了廟」，這種論調給扯了出來。

唉，可惜自己就慢了幾步，家門口都能見到了。

錢氏看著這大孫女就要擼袖子幹架了，趕忙出聲。「一一，妳們這是幹啥，還不趕緊回家去！」

大公的寶貝孫女就站在一一的右手邊，皺著眉頭表達自己的不滿。「一一奶奶，我們這是正義的一方，我們村中女霸王這個名號可不是白來的，這人就是嘴硬欠揍，打趴下就會服軟了……」

不知為何，這讓田慧想起來了，前幾日，曹氏閒聊的時候說的話。

自打圓子中了縣案首後，村子裡讀書的娃兒就多了起來，不過，也不知道為何，這書院裡總是坐不滿，原以為還要請先生的，卻總是有空缺的位子……

這該不會讓村子的幾個女霸王給揍回家了吧？

越想，越覺得如此。

大公也是站在不遠處，雖說對自己孫女的站位有些不滿，因為沒有站在中間，下回，可得好好教教孫女，該如何站在中間博注意！

「奶奶，這回真有正事，等我讓阿葉服軟了，我就是回去讓您揍一頓也成啊！」一一擺擺手，霸氣十足，不愧是村中女霸王。

噱頭亂擺！

錢氏笑也不是，氣也不是，只能對著阿花奶歉意地笑笑。

圈子裡，這幾個女霸王都開始擼袖管了。

大戰，一觸即發。

「這到底是啥事兒！」阿花奶暴喝。

震住了圈裡圈外人，阿葉紅著眼眶，果然還是自己親奶奶好！

聽說這幾個女娃子打人就朝著臉來抓，還抓頭髮，留著長長的指甲。先生說了，長指甲不能練字，可這幾個丫頭就是不剪，先生也不強求，也不會動用戒尺。

他剛剛明明看見先生的影子！

阿葉越想越揪心，對著一向疼愛自己的奶奶，吸了吸鼻子，苦哈哈地道：「奶奶，我沒做啥事兒——嗚嗚，真沒做啥——她們欺負人！」

「我們哪有欺負人，是你滿嘴的謊話，不揍你揍誰？」大公的孫女自小受到了大公的薰陶，訓起人來，也是有板有眼。

阿葉自然是不認了，大聲叫屈。

「奶奶，您跟她們說，我沒有說謊！您快點兒說啊，快點！」阿葉站在圈裡，隔了幾個湊熱鬧的小娃兒，跟阿花奶求助道，身旁的大堂哥就是攔都攔不住，一直小聲地勸著阿葉少說些。

阿花奶聽得一頭霧水。「好、好，奶奶說——不過，奶奶在家裡說過那麼多的話，你說的是那些話？」

「就是您說過的，姊姊要跟圓子哥哥說親的，你們說的，圓子哥哥好，兩家相熟，姊姊嫁到他們家是最好的！」阿葉還在那兒圍著這兩人的各種關係繞啊繞的。

阿花因為這幾日來了小日子，這還是她第二回來了癸水，正在家裡頭睡著，渾身不自在，猛然聽到大伯娘在說阿葉跟人打架，這不急急地披了件外衫，就往這兒來了。

這氣兒還沒喘勻，就聽到阿葉說了這一通話，這是，是她親兄弟吧？阿花驚得頭都不敢抬了，邁著小碎步往後退，稍一抬頭，就看到眼尖的村裡人正對著她指指點點。阿花咬著牙，看著不遠處的田慧，硬是生生地站住了。

只一會兒，就有「好心」的村人過來寬慰阿花了，吧啦吧啦。

「我弟弟最是單純了，不知道從哪兒聽來的這話，居然連我也沒有聽過！」阿花感激地衝著眾位嬸娘點點頭，只是臉上的表情，卻是驚恐萬分。

都是一個村子裡的，又是看著阿花長大的，阿花的乖巧在村子裡是出了名的，村人又心疼她早早就失了親娘。唉，如今又被自己的親弟弟這般「黑」了……

阿花奶暴喝，可仍是壓不住阿葉歇斯底里的聲音，這周圍能聽到的都已經聽到了——

田慧沒承想看個熱鬧，鬧到最後還是自家的熱鬧。可是，她家的圓子，不是才剛剛十二嗎？這就被人惦記上了，還是個青梅竹馬？

田慧一直盯著圈子裡，她本就離這個圈子不算遠，因為是跟著錢氏一道兒來的，這會兒，就恰巧成了焦點——

錢氏這會兒也閉嘴了，訓孫女啥的，還不如讓阿花奶訓那個蠢笨蠢笨的乖孫子來得重要。錢氏只是瞪了一眼一一，輕聲說著「回去再尋妳算帳」，心裡頭打定主意了，要好好整治整治這個無法無天的臭丫頭。

阿花奶自然早用餘光瞥見了田慧一直就是那副神情，半點兒都沒有要說話的意思。好似，她真的只是來看熱鬧的。

與阿花奶交好的婦人，隨意地跟身旁的婦人說道：「圓子如今可是出息了，秦嫂子，趁著妳們婆媳倆難得在村子裡，妳們也跟咱說說，可有瞧上咱村子裡的？我那孫女雖說年紀小了些，但是好兒郎誰不想留意著，再說秦嫂子妳們婆媳倆可是出了名的和氣……」

阿葉也已經知道自己闖了禍，端是看著他奶奶面如黑炭，就知道自己要挨揍了。

秦氏從來不知道，自己在村子裡算得上是頂和氣的人……

至於田慧，那就更是別說了。

秦氏不知道田慧的心思，自是不好貿然開口，只是說了幾句場面話，意思意思。

「慧娘？」這事兒她們從來不曾探討過。

「娘，我不想給兒子娶個楊家村的兒媳婦——」田慧心裡早就隱隱地有這種打算，只是一直不曾說出來，這會兒附在秦氏的耳邊，田慧毫不猶豫。

秦氏一愣神，雖說也覺得楊家村的這些女娃子自然是配不上自己的乖孫，也沒想過從楊家村挑孫媳婦，不過，田慧的話，卻是對楊家村怕是沒啥好印象——

也罷，本就是受了委屈的，若是自家冬子娶了旁人，慧娘怕是仍是過得不甚如意。

看著秦氏那憶古的表情，就知道秦氏想岔了，她只是隨口那麼一說。

「照理說，這事兒大夥兒都應該知道，也不應該擺在這兒說，我家圓子也才十二歲，並不打算這麼小小年紀就訂親。」秦氏揚聲道。

周圍議論紛紛。

田慧皺著眉頭。「大公，勞煩您走近些——」楊家村的幾個族長老中，就數大公說話最有分量。

田慧客氣地請大公往這邊走走，村人見這副陣仗，看來這田慧是真有事兒要說，村人都悄悄地挪著步子，靠近些。

「大公，若是我沒記錯的話，楊家村的男女是不准通婚的！」田慧緩緩地開口道。

大公點頭，這條族規，在每年的大年三十那日，族裡新增族人時，都會將族規念上一遍。是以，楊家村的，無人不知。

「誰不知道，圓子團子是白撿的——」有些人在底下竊竊私語。

秦氏怒了，巡視著望了一圈，也不知道是哪個人在底下說的這些話。

「大公，既然您也在這兒，這事兒就好辦了！圓子是我家的長孫，這可是明明白白記上了族譜的。楊氏一族，世代不得通婚，我家的長孫、二孫，以後的三孫都是如此，還望大公給個見證！」

「自然，若是跟楊家村的丫頭成了親，我們幾個老傢伙定然是要上門的，這事兒絕不可以！」大公嚴肅地道，這可是關係著族裡的聲望，切不可容人胡來。

「阿花奶，我看妳回去得好好教教妳家孫子，這啥事兒都能往外說？可憐了阿花這個小姑娘，被這麼個兒弟給坑了！」大公嘖嘖有聲地搖頭。

「圓子團子一直是我楊家的子孫，我奉勸各位一句，別動啥歪腦筋，否則連累了一房人！族裡明確規定，若是違反了族規，逐出楊家村，從此，就不是楊氏一族的族人！」

大公朗聲道，一大把年紀了，仍是中氣十足。

之後的日子，就是數著日子過的。

這幾日，隔壁村的徐亮帶著他的媳婦嬌兒，也來了一趟楊家村。

徐亮有些失禮地盯著田慧的肚子看，倒也坦然，轉頭就對秦氏說道：「嬸子，不瞞您說，我這是羨慕冬子哥的好福氣，我爹娘可是催得緊了，不說嬌兒，就是我，這心裡也著急——」

秦氏對這個小時候就時常來自家的小子還算是不錯，這會兒看著他有些失禮，但還說得過去，也就大度地笑笑。

「可不就是，你爹娘可也是千盼萬盼地才將你給盼回來的，就你一個兒子，哪會不指著你傳宗接代……」

秦氏已經見過嬌兒好多回了，這人還是瘦瘦弱弱的，舉止間就看得出來，跟咱這種鄉下人家不一樣，真替人著急。

徐亮在鎮上開了家成衣鋪子，據說，生意也還過得去，勉強餬口。

只坐了一小會兒，徐亮就又領著嬌兒告辭了，說是等下回冬子回來了，再過來坐坐。

「我看那嬌兒瘦瘦弱弱的的，就不像是個好生養的。」秦氏搖頭嘆息，比劃了下那嬌兒的骨盆，又搖了搖頭。

田慧低頭不說話，因為，她在秦氏的眼裡，一直是個好生養的——

因為，她用事實說話了！

第六十章　舊故

四月三十，太陽都快下山了，由遠及近，一輛馬車疾馳著靠近楊家村，到了楊家村的門口，才險險地勒住轀繩。

「娘、娘——」田慧正在自家院子裡散步。

院門也已經落鎖了，楊家村裡的村民一向睡得早。

田慧聽得熟悉的呼喚聲，三步併作兩步就去開門。「等等啊，我來開門——」

「妳讓娘來開門，這門栓子重！」楊立冬一聽到田慧的聲音，就覺得自己想得慌，這都多久沒好好說話了？他聽人說，這有了身子的，不能做重活兒，不能朝上舉東西。

「沒事兒——我這吃好喝好的，這點兒力氣還是有的。」

吱呀！

團子最是直接，直接撲到田慧的懷裡，田慧的肚子好似有了感應似的，肚子一鼓，衝著團子挨著的地方拳打腳踢。

「娘！」團子驚恐地不敢動。

「這是你的弟弟還是妹妹的，在踢你呢！」田慧自然感受到了肚子突然鼓起的一處。

圓子團子之前也沒少圍著田慧的肚子，不過，肚子裡的這個好似都不怎麼給臉，從來不曾在這兩個哥哥面前「露一腳」。

圓子靈活地將團子擠到一旁去，伸出手，附在田慧的肚子上，又是一腳！

圓子兩眼放光地望著團子，嚇得立刻不敢動了，但是，只有一腳。

阿土也小心地伸出手，靦覥地看著田慧，有些不好意思附上手去，田慧衝著阿土點點頭，將他的手放在肚子上，一腳！

之後，再也無動靜了。

楊立冬看得心癢癢，正想伸手，就被田慧瞪了回去。

「好了，不會再動了，你們這個弟弟還是妹妹的，可懶了，等閒不願意動……趕緊進屋子裡，都站在門口做啥呢！」田慧將三隻手給拍走，領著人蹒跚地往院子裡走。

秦氏也是聽著動靜，從茅房裡出來了。「可算是回來了，我早就在那兒算著日子，想著差不多這兩日就該回來了——可吃過東西了？」

楊立冬幾人是在鎮上停了停，將福叔幾人送到楊府，順道在「石頭宴」用了飯再過來的。

親熱地說了一會話，田慧才注意到，阿土的腳好似更索些，雖然走得仍是很慢，但是能看出來，只是時間的問題了。

「阿土的腳沒事了？」慧娘並不曾說謊，當初她真的盡力了，沒有設備，她無法知道阿土的腳到底如何。

阿土晃著腳。「乾娘，沒事了，說來也多虧了乾娘。」

自打腿受傷了以後，阿土越發不愛說話了，也或許是突然到了變聲期的緣故，阿土就在自家親近的人跟前才願意張嘴。

原來，楊立冬遞了帖子，幾次上門拜訪，都不曾見到溫大人。就是知府大人作保，也被喝斥了回來，楊立冬被激得好大的火氣。

府試前一日，楊立冬拿著田慧給的玉珮，就是楊立冬也沒有想過這個玉珮竟然作用如此大。待得進了溫府的大門，成了溫府的座上賓，才知道，溫府上下甚是感念田慧當初救了寶兒，因為那麼多個大夫，只有田慧一人確診寶兒是得了病。等溫大人回府，就挨了溫老夫人的枴杖柄，喝斥溫大人如此對待恩公。

「誤會、誤會！楊將軍，都是誤會吶！下官出任之前，就得了陛下的口諭，這不就是實在是皇命在身……」

楊立冬也知道自己這是不管用了，自己這麼拚命地在辦事，還被康元帝給擺了一道。康元帝特給溫大人傳了口諭，南下將領的私事一律推脫不辦。「那這事兒是辦不成了？」

「哪能呢，楊將軍都拿出小妹的玉珮了，下官就是豁出去不做這個官，也得替楊將軍把這事兒給辦妥了！」溫大人拍拍胸脯道。

「行了，有啥條件你就說吧！」楊立冬知道這面前的溫大人，年紀不大，可好歹也是年長自己幾歲，能得了陛下的口諭，看來也是心腹之人。

都是同道中人，楊立冬半點兒都沒有打算客氣。

不過，溫大人絲毫不以為意。「楊大人還是先喝口茶，尊夫人可有問起舍妹來？」

這個倒是有，田慧知道當時的溫小姐身不由己，後來不知道為何就斷了信，沒有了音訊。「在我來之前，還特意問起了，若是能碰見溫家人，讓我打聽打聽來著，說是想著寶兒了，溫小姐可是說過讓寶兒來小住幾日的……」

見楊立冬能冷靜下來說這許多話，想來也是楊夫人特意吩咐的，溫大人臉上的表情也鄭重起來。

「說來，應該是後來楊夫人的信箋，小妹不曾收到吧？因為，小妹和離了。」

在衛府，溫小姐作為衛府的大少奶奶，還護不住自己的兒子，衛老夫人的嫡孫！

就算是寶兒的身子骨好了些，也漸漸能進一些肉食，不過廚房一向不準備寶兒的肉食，只弄些白粥，或是一些素菜，連一點葷腥都見不著。

寶兒已經恢復了食慾，自然就想吃些肉食，溫小姐怎能忍受寶兒受這種罪，又不是吃不上肉食。溫小姐就領著寶兒，在自己的院子裡用餐，也是按著田慧吩咐的，每餐都吃些少量的，看著寶兒滿足的表情，母子倆抱著偷偷樂。

饒是這種偷著樂的日子，也不讓人過。

溫小姐被衛老夫人喚了去。「妳那院子裡，怎的每日都讓人熬藥？難不成妳還不曾死心？寶兒這是有佛緣，旁人就是求都求不來！」

「老夫人，這藥是給自己吃的，我娘弄來的秘方，我娘家嫂子不是連生了兩兒，聽說吃的就是這方子——」溫小姐溫順地道，如今寶兒無恙了，等到痊癒了，再一點點地跟府裡透露出「寶兒喜歡吃肉食」。

衛老夫人自然是喜歡多子多福，還有多壽，聞言老臉都笑出了菊花來。「如此便好，妳與大孫兒可要多生幾個。妳能如此想，我便放心了。懂事的丫頭，可不枉我擔心了這一陣子。」

「勞煩老夫人擔心了，孫媳和寶兒都無事……」溫小姐恭順地道，做回了那個乖順的孫媳婦。

衛老夫人點點頭。「嗯，妳一向最是乖巧的，寶兒畢竟是妳的親兒子，往後還能不惦記著妳？我就說，這事兒妳想得多了，如今跟大孫兒再生一個，也少了個牽絆，寶兒的落腳處已經尋好了，是京城的大寺廟，等過了年就送去。原本，想著妳可能看不開，如今我也放心了。」

溫小姐一直捏著拳頭，長長的指甲摳進了手掌心，才讓她得以冷靜下來。

一直憋了兩日，到了第三日，因為是溫夫人的壽辰，溫小姐名正言順地帶著娘家陪嫁的婆子丫鬟，還有自己的嫁妝單子，光明正大地回了娘家。

溫老夫人經歷了溫府由盛轉衰，真正地握著溫府的實權。關鍵是，溫老夫人對出嫁的溫氏女子都護得緊。這些年，溫府，正謀劃著東山再起。

幾十年來，溫府出嫁的姑奶奶，大都已經在各府握有一定的實權，成了老夫人了，感恩著當初溫府對自己的維護，自然是力挺溫府的大少爺，也是如今的溫大人。

溫老夫人沈吟了半晌，第二日就讓溫大人帶著溫小姐及寶兒，坐船上京城去了。

過了三日，衛府上門來接大少奶奶回去，說是老夫人想念寶兒了，日思夜想，不過被溫府的下人用大棍給打了出去。

後來這事兒鬧到了衙門，溫府都不向外交人，只說要和離。

衛府怎可忍受得了被人算計，誓不甘休。

寶兒母子在京城的消息傳了回來，衛老夫人便領著家人，坐船北上，打算順帶直接將寶兒送進京城的大寺廟，還免得一番折騰了。

這事兒還鬧到了康元帝的案前。

溫大人早就將這事兒求上了康元帝的跟前，就是連趙菜子幾個跟著康元帝的近侍府上，溫大人也是每日的常客。

也算是運氣不錯，溫大人得了這幾個新晉將軍的眼緣，四皇子那會兒正病了，每日都是懨懨的，寶兒就被宋將軍給帶到宮裡，寶兒本就討喜，又比四皇子的年歲小了些，四皇子頭一回做了哥哥，恨不得將自己宮裡的好東西都讓寶兒給帶回去。

後來，痊癒了，四皇子時常纏著康元帝讓寶兒進宮來。

康元帝也見過好幾回寶兒，再三讓人盯著寶兒與四皇子在一起時說的話、做的事兒，確認了這才像是溫府的子孫，也算是暗地裡默認了溫大人的動作。

溫府賺得了先機，等到衛老夫人穿著誥命服，進宮求見了太后，被太后好一頓敲打。

最終得以和離，康元帝還下了旨，大意是，你衛府不珍惜孫兒，想把好好的孫兒往寺廟送，那還不如給真心疼愛寶兒的溫府吧！若是衛府不改初衷，衛府的孫子輩又不缺寶兒一人！

後來，衛府揣摩著聖意，仍是將一個庶出的孫子送到了寺廟去。

溫大人說起小妹的現狀。「說來也是巧了，小妹現在已經跟宋將軍訂了親，等臘月裡，就要嫁給宋將軍了。」

楊立冬這才想起，前些日子，宋將軍來信說已經訂親了，未婚妻姓溫，其他的隻字未提。

宋將軍已經三十好幾了，可是並不曾娶親，如今是五品將軍。

「如此，就要恭喜溫小姐了。」楊立冬總算是客氣地道。若不是田慧想知道溫小姐的近況，楊立冬也不會問得這般細。

溫大人接過阿土的戶籍。「這事兒，來之前趙將軍也吩咐過下官，只是下官身攜要事，才不能在外頭跟楊將軍接頭。」

溫大人拿出早就準備好的信箋，這是趙菜子讓他帶來的。「說來，若是楊將軍今日不來尋我，我也定會上門去尋楊將軍的。」

楊立冬一邊打開信，溫大人開口解釋道：「康定城還是聖上封地的時候，這衛府的子孫若是參加了科考，必然都是前三，有時候就是連案首都是衛府的。若是沒有記錯的話，這衛府前前後後，出了好幾個『小三元』。」

楊立冬將信塞到懷裡，揶揄道：「既然如此，那陛下不是給了你一個機會，讓你公報私仇了？」

溫大人自然感受到了楊立冬前後對他語氣的不同，也知道是這一封信的緣故。「承楊家軍的吉言了。」

兩人相視一笑。

「你家的私人恩怨我管不上，不過別連累了無辜。我家可有三個小子要應考，你別給我弄砸了！我可是指著這三個小子給我在陛下面前爭口氣的，光這事兒我就來回跑了幾趟，折騰得夠嗆。我那裡的事兒正忙著呢，可是再也騰不出手來了。」楊立冬已經被折騰了幾個來回，若是再來個重考，這可是受罪了。

溫大人連連告饒。「此事是我之罪過，還望楊將軍理解下官的難處。」

楊立冬自是笑笑。「都是為陛下辦事，你我不是外人。」

一團和樂。

田慧聽說了溫小姐的喜事，道了聲「菩薩保佑」。這些日子，田慧被秦氏和錢氏影響至深，不過至少沒說出「阿彌陀佛」，否則楊立冬就該驚嚇了。

這次隨同溫大人來的，還有一位御醫，可是巧了，楊立冬領著三個小子去溫府拜見溫老夫人的時候，御醫也正巧在。

御醫也有心想賣個好，主動給阿土看了腿，還道是養得不錯，若是方子再改一改，就能好得快些，也少受些罪。

秦氏喜道：「這也是阿土的福報，這人啊，都是有福報的，因果迴圈，不是不報！」

這些日子來，因為錢氏得了孫子的緣故，打算去寺廟裡還願，錢氏去了幾回，自然對這個大師是信服了，秦氏聞言，心裡也癢癢的。

跟著錢氏一道兒去了幾回，秦氏這心裡也越發相信了。「大師說了，阿土的這個腿必然是無事的，有驚無險，果然靈驗！過幾日，阿土你跟著我一道兒去寺廟，我也給你還願去。」

「娘，阿土的腿才剛剛好，怕是爬不了那麼高的山。」田慧含蓄地道。

阿土爹的新院子也早就修繕好了，不過他一直沒有回鎮上去。

他知道慧娘在這兒，楊立冬他們父子幾人肯定還會再來村子裡的，阿土爹就一直等著，這院子空置了十來年，屋頂漏了，院子裡凹凸不平，籬笆沒了……不過，這些都是小活兒。抽著空兒，阿土爹還去了山裡幾趟，春筍啥的，都給弄了不少回來。

啥也不說，都往田慧家的院子送去，還是洗得乾乾淨淨的。

這可是讓阿水奶奶沒少在村子裡叫罵，看不下去的村人就會對著嗆聲幾句。後來，阿土爹還是如此我行我素，對著阿水奶，竟然很坦然地叫聲「嬸子」。

後來，阿水奶就絕了心，不在村子裡喊著罵著，只關起門來過日子，聽說，正在給阿水尋覓親事。

阿土爹自是也聽說馬車進了村子，想著，這麼晚了，多半是楊立冬幾人回來了，將未吃完的粥碗往灶臺上一放，就往田慧家的院子這兒跑。

離得也不算遠，果然，沒跑幾步就看見屋子外頭的大樹上還繫著韁繩。

阿土爹有些緊張地整了整自己的衣衫，懊惱地皺著眉頭，有些後悔出來得著急了，就是連件乾淨的衣裳都不曾換，心裡正猶豫著是否應該回去換件乾淨的衣裳再來……

「這麼晚，應該是你爹了，阿土，你爹也不容易……」秦氏去灶房生了火，院子的大門不曾關上，正巧看到了阿土爹的身影。

阿土點點頭。「我都知道——」

「去吧，跟你爹好好說說，你爹喜歡聽你說事兒，有事兒咱明天再說，也不急著這一會兒……」田慧讚許地點點頭，讓阿土趕緊跟著他爹回去。

阿土慢慢地走到院門口，清晰地聽到院子外已經有些急躁來回的腳步聲，深呼了口氣，才張嘴喚了一聲。「爹——」

阿土爹頓住了，過了好一會兒，才咧開嘴，狠狠地點了點頭。「噯——你回來了？」瞬間紅了眼眶。

阿土裝作低頭，啞著聲兒道：「爹，您怎不進來？來好一會兒了？」

阿土抬腿邁出了門檻，父子倆面對面地站著。

「阿土，你的腿好了？沒事兒了？好了？真好了……」阿土爹後知後覺地回想著阿土的身旁並無旁人，阿土只是動作稍稍慢了些，但是確實是他自己邁出了門檻！

「爹，咱回家吧——」阿土打斷了阿土爹難以抑制的激動。

回家——

「好、好，咱回家、回家——爹已經將咱家都整好了，爹知道你一直羨慕著圓子他們家裡種滿了韭菜、蘿蔔的，爹也開了一小片菜地，保管你能吃到新鮮的菜！還有房門我也都換過了，土牆我也請人重新砌了一圈……」

這一路，阿土爹都在喋喋不休地說著他們家，阿土從來不知道，他爹居然能一氣兒地說出這麼多話來。

「爹，娘回來過嗎？」阿土不知為何，問了出聲。

阿土爹搓著手，落寞地搖搖頭。「你娘這是怨上我了，不肯回來見我，自打你走了就沒有回來過——」阿土的姊姊阿木倒是不放心，來過幾回。

看著他爹只是埋頭幹活，也並無不妥，留下點兒豬肉啥的，就離開了，畢竟都嫁人了，也不好整日待在娘家。

「爹，等乾娘他們回鎮上的時候，您也回去吧，咱鋪子幫著做活啥的，也挺好的。」阿土提議道。

阿土爹走得很慢，生怕阿土跟不上。

沈默不語。

「我也要去鎮上念書的，難不成您都不回去了，就一個人住在村子裡？跟著他們一起？」阿土知道他爹的性子倔，若是不將話給說狠了，他爹這是打算不開口了。

「沒有、沒有！他們這樣對你，還要趕我們一家子，他們現在就是我叔和嬸，咱自家過自家的日子，我都知道的——只是你娘那兒，恐怕，被我傷著了。」阿土爹急忙解釋，好不容易兒子不埋怨自己了，可不能讓人誤會了。

阿土敲了敲自己的腿。「我這腿沒事兒了，娘這氣也消了大半兒，您回去哄哄不就成了。您沒見著，乾爹就時常哄著乾娘，您看，乾爹這一家子就半點事兒都不曾有……」

父子倆就互相探討起該如何將阿土娘給哄得「回心轉意」。

阿土也對他爹說了這些日子的事兒，還說了康定城，說自己見到了御醫，說了自己參加了府試……

阿土爹興奮得一晚上沒睡著，看著睡在自己身旁的阿土，阿土都已經長大成人了，而自己為阿土做過的事兒，真少。

想到的時候，更少——

只一天的工夫，楊家村就傳遍，阿土的腿已經沒事了，不少人看著阿土自己走回去的，雖是走得慢，但是確實是自己走回去的！

阿水爺爺自然也聽說了，黑著一張臉用完了粥，就自己扛著鋤頭下地去了。

很是反常。

楊知雲好不容易碰上了這哥兒倆，哪會輕易放人走。「團子，就算是你們現在跟著你娘去了別人家，但是你們忘記了嗎？你爹以前有了銀子都給你們買吃的，那會兒，就是我都羨慕你們時常能吃上糖葫蘆——」

圓子看了眼團子，也不說話了。

他能說，自己從來不曾有糖葫蘆嗎？自己吃的，都是團子偷偷省下來，到了夜裡，偷偷地往自己的嘴裡塞。自小，他就知道，他爹待他，與團子是不一樣的。

楊知雲滿意地看著這呆愣不動的哥兒倆。「其實，你們現在有出息了，你爹在地下應該也很滿足了。你們也別怪我娘，若是有辦法，誰都不會不想要自己的子孫。如今，你爹名下就那麼一個丫頭，這若是斷了後，你爹可是連香火都沒了。」

圓子不知道楊知雲這回動的是啥心思，冷冷地開口道：「不知道妳楊知雲有沒有訂親了？難不成是想讓我們哥兒倆，給妳這個曾經的小姑姑說親？」

團子倔強地抿著嘴，不知道想著什麼，有些不甘示弱地盯著楊知雲。

楊知雲不知為何，圓子竟會知道她還沒訂親的事兒。「圓子，你怎麼說這些？我的親事，是我娘做的主兒。」

倒也不是圓子刻意去打聽，只是因為楊知雲對他們哥兒倆一直不懷好意，旁人說的時候，圓子就留了神。

「我勸妳還是別再想著嫁到鎮上去了，踏實點兒，找個附近村子的！」團子總算是開口了，圓子知道的事兒，沒道理團子不知道。團子說這話的時候，也確實是真心真意。

可是聽在楊知雲的耳裡，卻是變了味兒。這些日子，楊知雲聽夠了看似好意地勸自己趕緊在周圍的村子裡訂親，但她可是沒有漏掉她們眼裡的笑意，一個個都在笑自己！現在，就是這麼點兒大的小孩兒都還勸自己，這是巴不得看著自己的笑話吧！

「哼！別在這兒亂裝好人，你們娘帶著你們兩個拖油瓶，都能嫁給楊立冬，為啥我就不行？難不成我還比不上你娘一個被趕出去的！」楊知雲炸毛了。

「活該一輩子嫁不出去！」團子氣急了，他是好心勸她。

圓子不屑與這種人多說，拉著團子就往山上去。

楊知雲氣得跳腳，看著這哥兒倆走了才後悔，自己明明在這兒等了好一會兒，才算是等到了圓子哥兒倆走過。

上山的路上，兄弟倆有默契地誰也不說話。

圓子哥兒倆，在山上團團轉，卻再也找不到那個以前往過的山洞了。

在下山的路上，圓子猶豫再三才開口說道：「團子，你往後離他們那一家人遠些！」

團子不以為然地道：「為啥？難不成你真的忘了爹嗎？」

圓子如今已經十多歲了，當初的事情，隱隱都已經知道了。對這個曾經的爹，他真的沒啥感覺。「他都已經去了，我不想再多說。只是，你別忘了娘這些年做的事兒，你若是為了那家人傷了娘的心，別怪我不理你。」都是兄弟，圓子說不出再重的話。

「是哥哥你都忘了，就是因為爹當初對你不好了一些，你就忘了所有的事兒了嗎？」團子不服氣地嚷道。

圓子啥也不說，徑直下山去了。

團子想追上去解釋解釋，可是，又拉不下這個臉。

他真的沒有想過要跟這家人如何，只是想起了爹以前對自己的好，也只是嘴快地這麼回了一句。說來，難怪圓子不信任自己。

如此想著，團子也歇了去解釋的心思。

過了兩日，啟程回鎮上。

坐在馬車上，原本親親熱熱地坐在一處的兄弟倆，圓子去了外頭，跟楊立冬並排坐在車轅上。團子則是坐在車廂裡，有些無趣地坐在阿土旁邊。

今日一早，阿土爹就動身往鎮上去，一輛馬車根本就坐不下這許多人，跟阿土打了聲招呼，就往鎮上去了，想來這個點兒，也應該到鎮上了。

「你跟你哥哥這是咋回事兒？」田慧搗了搗團子的胳膊，壓低了聲音道。賊兮兮的，生怕外頭的圓子給聽見了。

圓子若是不想說，就是田慧也問不出什麼東西來。

沒想到，這回團子也只是搖搖頭，固執地不肯開口。

田慧無法。「隨你們去吧，也大了，我是管不上了。只需記住，你們是親兄弟，莫做傷感情的事兒。你也別仗著你哥哥疼你就欺負人，誰都不曾欠了誰的，別覺得這些都是應該的！」

這些話，田慧拔高了聲音，外頭的圓子也聽了正著。

第二日，楊立冬就去出了個小差，預計沒三、四天是回不來的。

「娘，我陪您睡吧？讓奶奶也好好歇個幾日。」圓子難得地纏著田慧，不肯回屋去。

田慧嘆了口氣，應了。娘兒倆只是睡了一晚，誰都沒有開口說話。田慧這回也不想開口開解，有些事兒還是等這哥兒倆自己解決吧，她總有不在的一日，總有力不從心的一日……

閏四月十五，楊府喜報連連。

楊端辰再中案首！

團子和阿土都過了府試。

這回，就是馮知縣也穿著官服拜訪了楊府，大讚並勉勵圓子了一番，爭取博個「小三元」，為南下鎮爭光！

楊家村的村民沒有想到阿土也去科考了，還過了府試！一直沈寂許久的阿水家，在這一日，終於傳出了吵鬧聲。阿水奶狠狠地喝斥阿水娘一番，阿水娘哪受過這等閒氣，跟著阿水奶對吵了幾句，就收拾包袱回娘家了。

臨走前，還撂下了狠話，若是不來接她回去，她這輩子都不肯再回楊家村了。

阿水娘還想拉著阿水一道兒去鎮上，誰承想，被阿水拒絕了，阿水娘跺跺腳，還是自己背著包袱坐上楊大夫家的牛車，回娘家去了。

楊家村的村民們閒聊之餘，就等著看這家人是否會回頭來尋阿土這家人，八成現在腸子都已經悔青了。不過，說起來，這家人也已經僵持得夠久了，怎的還不去鎮上將人給接回來？

又等了幾日，阿水娘的娘家人上門來了。來的是阿水的舅母，叫囂著讓人趕緊將阿水娘給領回去，別忘記將這幾日在娘家吃的米糧給還回去！

阿水奶也是見過阿水舅母的，不過這樣子的舅母她也是頭一回見。以前在鎮上的鋪子裡，都是端著一副高高在上的架子，這會兒怎麼看都有點兒破罐子破摔，竟是斤斤計較起出嫁的閨女吃的那點兒米糧。

見阿水奶這幾人不說話，舅母急了。「說話啊，這人都已經是你們家的兒媳婦了，這無緣無故就將人給趕回娘家，這可是哪門子道理！」

瞧熱鬧的村民們看不過去了，當初欺負起阿土一家人，這嘴倒是伶俐得很，可這會兒見著這種人，這嘴就跟鋸了嘴的葫蘆似的，啥話都不知道應個一句。

天生，矮了人一等。

「妳家的那個妹子，可不是別人趕回去，是她自己收拾包袱回鎮上的，臨走，還是坐著牛車走的，咱村子裡人，可都是瞧見了，是吧？你們說！」

周圍人附和不斷。

「怎麼可能！小妹回去可不是這樣子說的，說是欺負她了，將她趕了出來的！」舅母寡不敵眾，不過仍是不大信。

在楊家村的地盤上，他們可是不怕一個鎮上的小商戶，楊家村村民如今底氣十足。

「咋不可能，我們這些外人難不成還合起夥來騙妳？妳那小妹可真不得了，被婆婆說幾句，就跟婆婆頂嘴，還收拾包袱離家出走，這樣的兒媳婦誰家敢要哦……」

圍著的幾個婦人紛紛出言幫著嗆聲，阿水的舅母連連敗退，不過仍是不信。

「怎就妳這麼一個人家的嫂子過來了，妳家相公和妳爹娘呢，我看是妳自己偷著過來吧，不想妳小姑子在娘家住了？嘖嘖嘖──」越說越是那麼一回事兒。

阿水的舅母慌得連連搖頭，她也是好人家的閨女，她爹娘一直教導她要善待公婆、小姑子，事事要以相公為先。這回，也是她相公和公爹讓她過來的。

「我爹娘和相公都沒空，這不，就只能我一個人過來了，阿水他奶奶，勞煩妳有空去將人給領回來吧，畢竟阿水都這般大了，阿水他娘老住娘家也不像那麼一回事兒！」阿水的舅母也算是明白了，是她那小姑子回去並不曾說了實話。

「不去！要是她還要回來，她自己會走回來的，若是有了更好的去處，她就去吧，左右妳家也養得起這個閨女，我家卻是養不了一尊活菩薩！」阿水奶也對這個兒媳婦無話可說。

這幾日，老頭子對著她無半點兒好臉色，她也算是意識到了，阿水這小子，雖說已過了十歲，可是啥活兒都不會做，每日都嫌棄飯菜不夠好。

這些日子，阿水被逼著跟著下地去了。

「阿水他奶奶，這話可不能這樣說啊！若是妳覺得我家失禮了，我爹娘和相公真的是沒時間。他們、他們都在外頭做活——」阿水的舅母對這事兒難以啟齒，照著這般看，阿水這家人並不知情。

「在外頭做活，妳家的鋪子請人了？」阿水奶迷糊地道，這話越聽越糊塗了。

阿水的舅母深吸一口氣，看著周圍的村民，一個個眼冒金星，沒有半點兒離去的打算，呼出一口氣，快速地說道：「如今，我家連個鋪子都沒有了，在西市租了個小鋪面，我娘平日裡管著，勉強餬口飯吃。相公和公爹都在外頭尋活兒做，也幸虧都是識得幾個字的，給人做做夥計，還是要的。就是我，在家裡也接一些繡活做。總之，今非昔比了，若是小妹回來了，她有做錯的地方，你們多多管教就是了，如今家裡已禁不起她折騰了。」

阿水奶完全愣住了，就是周圍圍觀的村民哪想得到這些，他們原以為是來給阿水奶壯壯膽子的，沒想到如今人家的日子，說不準比阿水家都還要差些……

過了兩日，還是阿水爺爺發話，讓阿水爹去將人接回來。阿水奶自覺上了個大當，害得自己白白損了個寶貝孫子，對待阿水娘，自是該訓斥就訓斥，有時候竟是連掃帚都給動上了。

阿水娘自是不敢再回娘家了，在娘家的日子，苦不堪言。她娘就算是護著她，到底也只是一個婦人，她爹也訓斥她，身在福中不知福，若非過年過節，不准回娘家！

她，真的無處可去。

阿水娘沒有說的是，她爹狠狠地訓斥了她一頓，大罵她「豬腦」！

「我怎麼就生了妳這麼個沒腦的東西！妳大嫂跟楊府的當家夫人關係好，妳巴結妳大嫂，還怕過些日子沒點兒湯喝？這下子好了，好好的兄弟嫂子愣是給結了仇，往後，我倒是看看人家如何來折騰妳！」她爹氣急，空空的煙桿子，狠狠地放在嘴裡抽了抽，可是裡頭並無半點兒煙絲。

他只是過過乾癮，如今日子緊巴巴的，他還想著一家子縮衣節食，早日將鋪子重新買回來，這可是祖傳的鋪子啊，就是他老了，也沒有臉去見他爹……

「這還有沒有天理了，我又不曾害了他的命，他們家還能將我折騰死了？我呸！」阿水娘猶自不信，這南下鎮還由不得這些人一手蓋天！

「就你們這樣子的，人家不用怎麼折騰你們，只需要冷眼看著，就夠你們喝一壺了！」

阿水娘就是不甘心，也無法。

楊府可是正興旺著……而自己的好日子似乎也是到了頭。

——未完，待續，請看文創風393《二嫁得好》4（完結篇）

2016年1月出版

龍鳳呈祥

文創風 372～377

他耐心等候，苦心經營，只為與她執手偕老，
在外人眼裡，以他的身分，根本不需這般委屈，
可他不覺得委屈，因為她是這般美好的姑娘啊……

天上人間　與君結髮／慕童

她是極罕見的龍鳳胎，一降生便是祥瑞喜慶的代表，
加之又是家中唯一嫡女，爹娘對她的疼愛那是誰都看得出來的，
更別提她上頭的大哥哥、二哥哥，對她簡直有求必應，
而且說句不客氣的話，她家裡個個都長得很好看，她本人更是美呆了，
可沒想到，那位神神秘秘出現在她家藏書樓的小船哥哥竟比她更漂亮！
看著他那張傾城的臉，她一時就犯了傻，竟脫口問他是不是書精來著？
說實在的，小船哥哥真是個萬中選一的夫婿好人選，
然而她聽到了爹爹跟他的對話，發現他竟是當今聖上的親弟弟──恪親王。
可惜了，他們兩人間差的不僅是身分，還差了十歲，
等她長大到能嫁人時，他孩子都不知道生幾個了，唉……
但沒想到，陸庭舟居然頂著山大的壓力不娶，硬是等她長大！
而且這麼大年紀了不僅沒大婚，府裡竟連個通房都沒有，
也難怪她娘心裡會忐忑不安，認為他該不會是哪方面有問題了，哈。
反觀她這個正主兒倒是挺自在的，畢竟這種夫君可是打著燈籠都沒處找的，
何況他還三番兩次地救過她，以身相許那簡直是再合理不過的事啊！

為流浪貓狗加油 和貓寶貝 狗寶貝

廝守終生(一定要終生喔！)的幸福機會

對人來說，貓寶貝狗寶貝只是生活的一部分，但妳(你)對牠們來說，卻是生活的全部，領養前請一定要考慮清楚——

▲ 擁有燦爛笑容的可愛女孩Ruby

性　　別：女孩
品　　種：米克斯
年　　紀：3歲
個　　性：親人、親狗；不會護食，會坐下指令；
　　　　　不會亂叫，會自己進籠內
健康狀況：已結紮；已施打狂犬疫苗及七合一疫苗；
　　　　　四合一、血檢都過關
目前住所：新北市淡水區
本期資料來源：台灣認養地圖

『Ruby』的故事：

Ruby在幼犬時期就被送進五股收容所，當時Ruby和她的兄弟姊妹都不慎染上犬瘟，唯有Ruby撐了過去，存活下來。沒想到這麼一待就是三年的光陰。

Ruby個性很好，許多假日會去收容所幫忙的志工都很喜歡她，大家都認為她的笑容十分燦爛，於是將她取名為Ruby，在法文中是「紅寶石」的意思。

去年的十二月初，我接到五股收容所長期志工的通知，Ruby因為在收容所待的時間太久，所以要被轉介至更偏遠的瑞芳收容所。

當下得知這個消息，毅然決然把她接出來，在朋友的幫忙下將Ruby安排到寄養家庭生活。

Ruby的寄養家庭是由一位單親媽媽跟三個就讀小學的小朋友組成，他們也都很喜歡她，卻因為家庭、經濟因素不能長久照顧。

寄養媽媽說，Ruby是一個活潑調皮的女孩，經常在大家出門上班、上課時跑去偷翻垃圾桶。回家後唸她，Ruby又會一臉無辜地撒嬌，一副壞人不是她的樣子，把責任都推給寄養家庭本來養的老瑪爾濟斯身上，真是讓人又好氣又好笑。

希望這樣活潑又可愛的Ruby能夠找到適合她的主人，一同分享她的活力，體驗未來充滿朝氣的生活，我相信，這一天一定會到來！如果你/妳願意給Ruby一個溫暖有愛的家，歡迎來信carolliao3@hotmail.com(Carol 咪寶麻)，主旨註明「我想認養Ruby」，謝謝大家。

認養資格：

1. 認養者須年滿25歲，有獨立經濟能力，並獲得家人、同住室友或房東的同意。
2. 認養前須填寫問卷，評估是否適合認養。
3. 須同意簽認養寵物切結書。
4. 同意送養人日後之追蹤探訪，對待Ruby不離不棄。

來信請說明：

a. 個人基本資料：姓名、性別、年齡、家庭狀況、職業與經濟來源等。
b. 想認養Ruby的理由。
c. 過去養寵物的經驗，及簡介一下您的飼養環境。
d. 若未來有當兵、結婚、懷孕、畢業、出國或搬家等計劃，將如何安置Ruby？

文創風 392

二嫁得好 3

國家圖書館出版品預行編目資料

二嫁得好 / 小餅乾著. --
初版. -- 臺北市 : 狗屋, 2016.03
冊 ; 公分. --（文創風）
ISBN 978-986-328-569-4（第3冊：平裝）. --

857.7 105000275

著作者 小餅乾
編輯 王佳薇
校對 蔡佾岑 許雯婷
發行所 狗屋出版社有限公司
地址 台北市104中山區龍江路71巷15號1樓
電話 02-2776-5889～0
發行字號 局版台業字845號
法律顧問 蕭雄淋律師
總經銷 知遠文化事業有限公司
電話 02-2664-8800
初版 2016年3月
國際書碼 ISBN-13 978-986-328-569-4
原著書名 《寡妇难贤》

定價250元
狗屋劃撥帳號：19001626
網址：love.doghouse.com.tw E-mail：love@doghouse.com.tw